Menino de ouro

●●--●

Claire Adam

Menino de ouro

tradução
André Czarnobai

todavia

Para os meus pais

Parte um

I

Somente Trixie está no portão quando ele estaciona. Ela está sentada em cima do traseiro olhando para alguma coisa do outro lado da estrada, as patas dianteiras plantadas à sua frente, sólidas como tocos de árvore. Provavelmente é uma iguana, pensa Clyde, ou uma cutia, a julgar pela expressão em sua cara. Ele olha na mesma direção enquanto puxa o freio de mão, mas não consegue enxergar o que ela talvez esteja vendo. Só tem mato daquele lado da estrada: é mato até lá embaixo, no rio, e depois mais mato, até chegar nas plantações de cacau. As folhas brilham por causa da garoa que acaba de cair, e o asfalto da estrada está fumegante. Ele caminha em direção ao portão, tira a camiseta, enxuga o suor do rosto, da nuca.

Ele se limpou um pouco antes de sair do trabalho, mas o cheiro da zona industrial ainda está impregnado — no seu cabelo, em suas roupas, entranhado em suas juntas. As pessoas se referem a isso como "cheiro de óleo", ou "cheiro de petroquímica", se são um pouco mais informadas. Hoje, Clyde sabe, ele cheira a sebo, amônia e ovos podres, porque passou a tarde percorrendo a fábrica com o engenheiro, selando válvulas, abrindo comportas, coletando amostras em pequenos sacos plásticos e, em seguida, fechando novamente as comportas e abrindo de novo as válvulas. Normalmente ele estaria vestido num macacão azul em vez de suas próprias roupas, e teria tomado banho na fábrica antes de ir embora. Mas, desde o assalto, há algumas semanas, ele mudou seu turno para o dia — apenas como medida temporária — para poder ficar em casa com Joy e os meninos durante a noite. Não paga tão bem quanto o turno da noite, mas Joy diz que se sente mais segura com ele em casa.

Brownie e Jab-Jab vêm correndo até o portão, seus focinhos cobertos pela poeira vermelho-alaranjada que há debaixo da casa. "E aí? Tava todo mundo dormindo?", ele pergunta. Eles se espreguiçam e espirram olás, arfando em sorrisos longos e felizes. "Cachorrada preguiçosa!", diz a eles, enquanto os afaga por entre as barras do portão. "Preguiçosa!" Mas eles sorriem e abanam o rabo: sabem que ele não está bravo. Mas, peraí, ele pensa, qual o sentido de eles estarem acordados durante o dia? Seria melhor que dormissem durante o dia para que estivessem acordados à noite. Não se pode esperar que um animal fique acordado vinte e quatro horas por dia, nem mesmo um cão de guarda.

"Pra dentro, pra dentro", ele diz, enquanto vai levantando o trinco de cima do portão. Os dois vira-latas recuam até o gramado malcuidado na lateral da rampa da garagem, mas Trixie se levanta e fica ali, parada, inabalável, uma parede maciça de músculos rottweiler franzindo o cenho para o espaço onde as duas metades do portão se juntam.

"O que aconteceu com você?", Clyde lhe diz. "Você não vai sair pra rua, você sabe." Ele olha novamente por cima do ombro, procurando pela coisa que parece incomodá-la. O sol havia se posto atrás das árvores, e o caminho estava fresco e tranquilo, mergulhado nas sombras. Os pássaros já haviam se recolhido; faltava apenas aquele bem-te-vi na goiabeira perto do portão, o falastrão que é sempre o último a se retirar. "Você ainda está por aqui?", Clyde diz. "Todo mundo já voltou pra casa!" O pássaro pisca os olhos, inclina a cabeça listrada para um lado e para o outro; e então, como se tivesse repentinamente percebido como estava sendo tolo, sai voando apressado.

Clyde abre apenas um pouco o portão e pega Trixie pela coleira, tentando tirá-la dali. "Eu preciso guardar o carro!", ele pede. Ela rosna: é um leve ruído em sua garganta, os olhos fixos no chão. Se ele lhe der mais um centímetro, sabe que ela vai partir em disparada na direção da estrada, e eles passarão o resto da noite tentando pegá-la para trazê-la de volta ao quintal. Clyde deixa a tranca se soltar e balança o portão. "Paul!", ele chama. "Paul! Vem aqui segurar esse cachorro pra mim."

Há um breve movimento na janela — alguém acena para dizer que está indo —, e então Peter vem andando pela varanda. Os meninos são gêmeos, mas, mesmo dali, de cinco a dez metros de distância, Clyde pode dizer que aquele é Peter, não Paul. Paul tem a tendência de andar se esgueirando — como se estivesse brincando de ficar invisível, Clyde sempre pensa —, mas Peter anda com passos firmes, a cabeça erguida, os braços um pouco afastados do corpo, e não com os cotovelos colados, como se não soubesse o que fazer com eles. Peter tem apenas treze anos, mas já tem quase a mesma altura de Clyde, e é tão peludo quanto. Ele tinha trocado o uniforme da escola por calções, e as marcas das meias ainda contornavam seus tornozelos.

"Tá", diz Peter, enquanto desce os degraus. Ele atravessa rapidamente o concreto quente, aos pulinhos, até o trecho coberto de grama na lateral, a grama marrom e ressecada pela estação seca.

"Cadê o Paul?"

"Saiu."

"Saiu? Saiu pra onde?"

"Sei lá. Foi pro rio, eu acho."

"Segura esse cachorro pra mim enquanto entro com o carro."

Peter segura Trixie enquanto Clyde manobra para dentro da garagem, um galpão ao lado da casa erguido com varas compridas e zinco. Quando ele a solta, a cadela se afasta e começa a se sacudir, como se tivesse acabado de sair de um sumidouro. Depois ela retorna à sua posição na frente do portão, sentada sobre as ancas, olhando para o mato do outro lado da estrada.

Joy está sentada quando Clyde entra, o ventilador virado para ela, jogando o vento em sua direção. Os lençóis que eles colocaram sobre o sofá e a poltrona desde o assalto estão estendidos e organizados, mas, mesmo assim, o lugar tem um aspecto terrível. Joy parece cansada e com calor, o cabelo ensebado, preso num rabo de cavalo, os pés descalços cobertos de poeira, pretos de terra. Ele próprio está se sentindo muito encardido para ir até ela e a cumprimentar com um beijo.

"A água acabou?", ele pergunta.

"Sim."

"Quando foi? De manhã?"

"Perto da hora do almoço", ela diz. "Eu vi que a pressão estava diminuindo, então enchi as vasilhas." Ela continua falando enquanto Clyde vai até a cozinha para largar suas chaves. Ele espanta as moscas dos pratos que se acumulam na pia. "Não deu pra cozinhar", ela diz. "Eu tirei o *roti* do congelador e fiz uma berinjela pra comer com ele. Ia fazer curry, mas não deu pra cozinhar."

Ele volta para a sala de estar e levanta as tampas das travessas de pirex sobre a mesa: *choka* de berinjela, carregado na cebola e no alho, do jeito que ele gosta, um pouco de salada de pepino e algumas fatias de *paratha roti* quentes enroladas num pano de prato. "Não esquenta, isso aqui tá ótimo!", diz Clyde. Ele fala aquilo exagerando na animação, para que ela não se sinta mal por aquele jantar tão simples.

Ele lava as mãos usando um balde no banheiro e veste uma camisa limpa: aquilo terá de servir por hoje, no lugar de uma ducha.

De volta à sala de estar, ele puxa a cadeira na ponta da mesa, mas Joy não se levanta. Ela permanece sentada no seu canto do sofá, a mão direita girando a aliança, empurrando-a até a junta do dedo e depois puxando-a de volta para baixo.

"O que houve?", ele pergunta.

Os olhos dela saltam para o relógio na parede, bem atrás da cabeça de Clyde.

"Que foi?", ele pergunta, mais uma vez.

"Só estou aqui pensando como é que o Paul ainda não voltou pra casa."

Ele se senta, puxa uma fatia de pão *roti* do meio do pano e coloca em seu prato. "Ele vai voltar quando achar que deve, eu acho."

"Mas já está escurecendo", diz Joy.

Peter entra, olha para os dois e depois se senta. Clyde pega um pouco da berinjela e usa a parte de trás da colher para espalhá-la em seu prato, para fazê-la parecer maior.

"Tava pensando em ligar pro Romesh", diz Joy, "e ver se ele está com eles." Romesh é o irmão mais novo dela — ele vive com a família a pouco menos de um quilômetro estrada acima, num sobrado cheio de carpetes e aparelhos de ar condicionado. Joy o observa enquanto ele rasga um pedaço do *roti*. "Você não está preocupado?", ela pergunta.

Ele enfia a comida na boca e mastiga, os antebraços na beira da mesa, o rosto fechado, encarando o espaço vazio à sua frente. Ao lado, Peter olha para baixo, concentrado em sua refeição.

"Hein?", ela pergunta novamente, depois que Clyde engole. "Você não está preocupado?"

"Eu?", diz Clyde. "Por que eu me preocuparia?"

"Eu vou ligar pra eles pra ver se Paul está lá", ela diz.

Ele não está. Depois que desliga, Joy vem para a mesa e os três comem juntos em silêncio.

Quando termina de comer, Clyde leva seu prato à cozinha, mas não tem onde colocá-lo. A pia está lotada de pratos sujos, e os balcões, cobertos de panelas, tigelas e potes de sorvete, todos cheios de água. Ele espanta as moscas com a mão.

"Clyde, não se preocupe com isso", diz Joy, entrando na cozinha. "Vá sentar na varanda. Você quer uma Carib gelada ou algo assim? Pega uma garrafa ali na geladeira." Ela tira o prato de suas mãos.

"Amanhã trabalho cedo", ele diz.

"Bom, só uma cervejinha não vai te matar, né? Não dá pra tomar só uma?"

"Nah", ele diz. "Vou tomar uma água com gelo. Nós temos gelo?"

"Um monte", ela diz. "Vai descansar, Clyde. Eu levo a água pra você."

Na varanda, ele se acomoda numa cadeira e acende um cigarro. Consegue ouvir claramente as manchetes do noticiário das sete horas vindas da casa do vizinho: a tradicional mistura de mentiras contadas pelos ministros do governo, mortes nas estradas, estupros, sequestros, e assim por diante. As mesmas histórias, dia após dia.

Brownie e Jab-Jab sobem até o portão de ferro fundido que fica no último degrau e abanam o rabo pra ele, os olhos brilhantes e alertas agora que anoiteceu. Ele estica o pescoço para olhar: o poste na sua rua não funciona há anos, mas ele consegue distinguir a silhueta robusta de Trixie ainda postada em frente ao portão.

"Deram de comer pros cachorros?", Clyde pergunta a Joy, quando ela vem com a água gelada para se sentar com ele.

"Acho que não", ela diz. "Acho que esta é a semana do Paul dar comida pra eles. É por isso que estou dizendo que fico preocupada em saber onde ele está."

"Ele disse alguma coisa antes de sair?"

"Não. Não que eu me lembre. Mas ele mal tem aberto a boca desde o assalto. Você não acha? Ele está incomodado com o que aconteceu."

"Bom", disse Clyde. "Incomodado? Ou emburrado?"

"Incomodado", diz Joy.

"Você está querendo dizer que eu peguei muito pesado com ele?"

"Não estou dizendo isso. Só estou dizendo que vocês discutiram, não foi? E que ele ficou incomodado."

Clyde junta as mãos sobre o colo e olha para fora, na direção do quintal da frente. Ele tira os chinelos e apoia um dos pés no outro joelho. Durante todos esses anos, Joy sempre disse que ele pegou muito pesado com o menino: mas o que ela está pensando agora? Será que ele foi duro demais, ou talvez não o suficiente? Ele toma um gole de água e põe o copo de volta no porta-copos. Olha de novo para o quintal da frente, balança o pé. Jab-Jab ergue a orelha para ouvir alguma coisa farfalhando no mato e depois sai trotando escada abaixo para investigar.

Hoje faz duas semanas que o assalto aconteceu. Clyde chegou em casa e encontrou o portão entreaberto, a casa escura. Ficou sentado no carro, os dedos agarrados ao volante, sabendo o que poderia estar esperando por ele lá dentro. "CHACINA", diziam os jornais, quase todos os dias, acima das fotos. Em outros dias: "MAIS UMA CHACINA", ou "QUANDO ISSO VAI ACABAR?". Dois vizinhos, o sr. Chin Lee e o sr. Bartholomew, entraram com ele, armados com facões e porretes, e encontraram Joy e os meninos amontoados no chão da cozinha, a boca amordaçada com retalhos de pano, as mãos e os pés amarrados com arame. "Estão vivos, graças a Deus!", disse o sr. Chin Lee. "Todos estão vivos!" Clyde se sentou contra a parede com a cabeça entre as mãos; os vizinhos trouxeram alicates, comida, Dettol, gelo. O sr. Bartholomew pegou o telefone e ligou para a esposa. "Todos estão bem", ele disse. "Eles só foram amarrados. Ninguém morreu."

Na manhã seguinte, quando acordou, ele já tinha um início de dor de cabeça. Havia planejado fazer apenas o chá de Joy e voltar para a cama, mas, quando chegou na cozinha, experimentou a sensação nojenta de esmagar uma larva com os pés descalços. Elas estavam por todo o piso; Paul, usando chinelos de dedo, já estava dando o seu jeito com um pedaço de jornal na mão. "Puta que pariu, um dia!", disse Clyde. Paul não disse nada, talvez tenha se encolhido um pouco mais em direção ao chão. Clyde estava fervendo de raiva. "Um dia que você deixa de tirar o lixo, e acontece essa merda!" Ele mordeu a língua, mas as palavras continuaram dentro de sua cabeça: *E as joias de Joy já eram, e a casa foi virada de ponta-cabeça, e eu estou perdendo um dia de trabalho. E aí o Paul me vem com essas idiotices dele! Sempre com essas idiotices!* "Bom, você pode esquecer aquele pré-Carnaval em Port of Spain", Clyde estourou. Fazia semanas que os meninos não falavam de outra coisa além dessa festa: Clyde ia levá-los de carro até Port of Spain no começo da tarde e os buscaria à meia-noite. "Ninguém vai a festa nenhuma!" Ele ficou esperando, possesso, mas não houve resposta. "Você não tem nada a dizer em sua defesa?" Mas Paul apenas ficou ali, com aquele seu olhar vazio; Clyde teve de se segurar para não dar um belo safanão na cabeça do menino para despertá-lo. "Quer saber?", disse Clyde. Ele ouviu as palavras jorrando de sua boca. "Talvez a gente devesse mandar você para St. Ann's pra valer desta vez." Paul não deu nenhuma resposta, mas alguma mudança sutil em sua postura — um leve rebaixamento da cabeça, um despencar de ombros — mostrou a Clyde que o menino tinha ouvido e entendido.

Na varanda, Clyde apaga seu cigarro. O noticiário agora fala sobre o preço do petróleo. Seus pés se enfiam de novo nos chinelos, e ele agora anda pela casa — pelo corredor escuro, passando pela sala de estar, depois atravessando a cozinha até o corredorzinho que leva para os quartos. Ele bate na porta do quarto dos meninos.

"Sim?", diz Peter. Sua voz agora é grave, uma voz de homem.

"Sou eu."

Peter abre a porta, dá um passo para trás a fim de dar espaço a Clyde. Atrás dele, em sua cama, há um livro e um caderno abertos, canetas, lápis, réguas. Os lençóis da cama de Paul estão estendidos, impecáveis: um par de calças cáqui dobradas ao meio na beirada da cama, a camisa azul-clara amassada no chão, ao lado da mochila.

"Você olhou na mochila dele?", Clyde pergunta.

"Você quer que eu olhe? Pra quê?"

Ele fica parado na porta enquanto Peter tira um punhado de livros de dentro dela, folheia as páginas. "Acho que não tem nada aqui", diz Peter. "O que você quer que eu procure?" Ele vasculha o fundo da mochila, tira o que encontra lá: uma bromélia seca; vários caroços de passas de ameixa salgadas; uma embalagem de Caramel; um canudo mastigado; algumas moedas. Peter olha para Clyde por alguns instantes, a mochila vazia na mão, e depois lentamente começa a colocar os livros de volta.

"Vem cá", diz Clyde, quando Peter termina. Peter olha para os livros e os papéis organizados em cima de sua própria cama e depois segue Clyde pela casa, até saírem na varanda.

Está bem escuro agora — os morcegos já saíram. Joy acende a luz, uma lâmpada fluorescente que tremula e faz a cabeça de Clyde doer, mas pelo menos mantém os morcegos afastados. Paul, quando era menor, costumava dizer que aquela luz deixava o rosto de todo mundo verde. Ele tem razão, pensa Clyde, enquanto se senta na cadeira da varanda e estica o braço para pegar seu maço de Du Mauriers: essa luz deixa todo mundo com uma cara meio de doente. Em lugar do marrom costumeiro, agora todos eles parecem meio desbotados, meio mortos. Enquanto eles conversam, insetos insistem em voar contra a lâmpada lá em cima, fazendo com que pequenas sombras dancem pelo rosto deles.

"Me fala sobre hoje à tarde", diz Clyde. "A que horas ele saiu?"

"Foi logo depois que a gente voltou da escola", diz Peter. "Umas quatro e meia."

"E o que ele disse?"

"Nada. Ele me perguntou se eu queria ir lá pra perto do rio, e eu disse que não, e aí ele foi."

De cima, vem um tímido *bap-bap* dos insetos se chocando contra a luz. Joy puxa a camiseta com a ponta dos dedos para tirá-la das dobras da barriga.

"Ele levou alguma coisa com ele?", Clyde pergunta.

"Não."

"Estava calçado?"

"Acho que não."

"Eu vi os meninos quando estava voltando pra casa", diz Clyde. "Eles estavam jogando futebol na rua, perto do posto de gasolina. Eles perguntaram se o Peter queria ir lá jogar, mas não mencionaram ter visto Paul nem nada do tipo."

"Ligue para os vizinhos", diz Joy. "Ligue e pergunte se eles o viram."

Eles ouviram as notícias internacionais e depois as cotações do mercado financeiro. Quando o homem do tempo entrou, Clyde ficou de pé — ninguém dá a mínima para o homem do tempo durante a estação seca: todas as noites ele gasta cerca de dez minutos apenas para dizer que amanhã será quente e que não vai chover. Peter e Joy seguem Clyde até a sala de estar e o observam enquanto ele disca os números para falar com os Chin Lee, na casa ao lado.

"Alô, boa noite!", diz Clyde quando o sr. Chin Lee atende. Ele adota um tom jovial, pede desculpas por ligar tão tarde. "Só estou ligando para saber se a água voltou. Você tentou a torneira da caixa-d'água?"

Ele olha primeiro nos olhos de Joy, e depois nos de Peter, enquanto escuta. O sr. Chin Lee tinha água em seu tanque; ele oferece um pouco a Clyde. "Não, não", diz Clyde. "Joy guardou água hoje de manhã quando a pressão estava boa. Mas, se ficarmos sem, eu mando o Peter aí com um balde." Quando eles estavam se despedindo, ele diz: "Ah, a propósito, Paul não está aí, por acaso?".

Mas o sr. Chin Lee não o tinha visto. Clyde diz para ele não se preocupar, que Paul provavelmente deveria estar em algum outro lugar da vizinhança e perdeu a hora.

Ele fala com o próximo vizinho da Trilha, e depois com o seguinte, mais distante, lá no fim. Joy lhe traz uma lista telefônica, e ele começa a ligar para as pessoas que moram nos novos bairros, muito embora não consiga se lembrar de ninguém de quem Paul seja amigo por lá. Ninguém o viu. Ele desliga o telefone e os três se olham, em silêncio.

"Quer que eu vá procurar?", pergunta Peter.

"Você sabe pra onde ele vai?"

"Na verdade, não. Ele costumava ir sempre lá perto do rio, mas não sei se ainda vai lá."

"Você não sabe?"

"Não."

"E quem poderia saber? Ele tem algum amigo que mora aqui perto?"

Peter balança a cabeça lentamente.

"Fala, então", diz Joy. "Talvez eles saibam de alguma coisa. Quem é?"

"Bom, eu não sei direito", diz Peter.

"Diz mesmo assim."

"Talvez o Sando."

"Sando?", diz Clyde. O nome verdadeiro do cara é uma outra coisa, algo muito banal, mas todo mundo usa esses apelidos idiotas hoje em dia.

"Eu disse que não sei."

"Mas você deve ter algum motivo pra ter pensado nele. Você está falando daquele sujeito com os dreadlocks? Que está sempre de óculos escuros?"

Peter assente com a cabeça.

"E por que você acha que ele saberia do Paul?"

"Eu não disse que ele saberia coisa nenhuma."

"Tá, mas então o quê? Que ligação eles têm?"

"Eu sei lá. É que, tipo, no maxi táxi, de manhã, o Sando se comporta como se eles fossem amigos ou coisa assim."

"É mesmo?", diz Clyde. Então esse cara acha mesmo que eles são amigos? É com esse tipo de gente que Paul está se envolvendo? O cara tem mais de trinta anos e passa o dia inteiro nos ensaios das bandas, dando em cima das mulheres e fumando maconha.

"Acho que o Paul não está fazendo nada", Peter diz rapidamente. "Ele não está usando drogas nem nada disso, se é o que você está pensando."

"Bom", diz Clyde. Ele já está pensando em trazer Paul de volta arrastado pela orelha. "Quando ele voltar, vou descobrir." E quanto a esse tal de Sando? Ele teria uma conversinha com aquele imprestável e perguntaria: Que lance é esse que você tem com o meu filho? Que lance é esse que você tem com um menino de treze anos?

"Acho que vocês dois deveriam atravessar a estrada e procurar no mato", diz Joy. "Deixa o Peter te mostrar aonde ir. E ele pode chamar o Paul. Se estiver escondido, é mais provável que saia de lá se ouvir a voz do Peter."

Clyde fica tamborilando os dedos, pensando. Por que ele deveria arrastar Peter para o mato no meio da noite só para agradar ao Paul? Já é ruim o suficiente que uma pessoa tenha que sair à sua procura, imagina duas! E depois do assalto e tudo o mais, ele não quer deixar Joy sozinha ali. "Não. Eu vou sozinho", diz Clyde. "Peter, você fica com a Mamãe."

Peter providencia uma lanterna, e Clyde veste calças compridas e sapatos. Bermudas e chinelos não são bons para entrar naquele mato do outro lado da estrada. Antes, quando Clyde era pequeno, ele costumava entrar lá descalço: durante o dia você consegue facilmente encontrar seu caminho, desviando dos formigueiros, das pedras pontiagudas, dos espinhos e de tudo o mais. Mas já faz muito tempo desde a última vez que esteve lá e, além do mais, quem é que sabe o que pode estar à solta por lá, agora à noite? Cobras, sapos, cutias e todas as criaturas da noite, ou espíritos, ou seja lá o que eles são. La Diablesse e Papa Bois e todos os outros. Não que ele acredite nessa baboseira de verdade. Mas, mesmo assim, o acordo, até onde ele sabe, é que os humanos fiquem num dos mundos e os espíritos em outro: só de pensar em entrar naquele mato escuro agora, Clyde se sente um invasor. Mas, como de costume, não há nenhuma outra coisa a fazer. Amarrando os cadarços em seu quarto, Clyde pensa: Esta é a última vez. A última vez que ele faz malabarismos por aquele menino. Na próxima semana, depois que a poeira baixar, Clyde pensa, vai se sentar com ele e dizer, sem rodeios: Chega. E duas semanas atrás, que Paul quase matou Joy? Chega dessa loucura. Ele vai pedir desculpas pelo que disse sobre St. Ann's. Ele não estava falando sério. Vai dizer: Eu sempre disse que nós preferimos cuidar de você aqui em casa a te mandar para aquele lugar em que só deus sabe o que poderia te acontecer. Mas agora já chega. Você precisa parar com essa loucura.

De volta à varanda, ele liga a lanterna, aponta a luz para o trecho da estrada que se estende do outro lado do portão:

a grama alta tem um tom estranho de verde sob a luz da lanterna, uma cor que não existe sob a luz do dia.

"Você vai levar a Trixie?", Peter pergunta, na varanda.

"Não, não. Melhor ela ficar aqui com vocês", diz Clyde. "Tranca depois que eu sair. E se acontecer qualquer coisa, liga pro Romesh."

Clyde começa a descer os degraus, a luz fraca de sua lanterna flutuando na escuridão, Brownie e Jab-Jab caminham à sua frente. Às suas costas, ele escuta Peter fechando a porta e colocando o trinco. Trixie ainda está parada, sentada perto do portão. Ela gira a cabeça: seus olhos refletem a luz da lanterna, dois discos fantasmagóricos no escuro.

2

Clyde atravessa a estrada e passa por cima da vala, abrindo caminho na grama alta com as mãos. Muito tempo atrás havia uma trilha aqui: ela começava no limoeiro e ia de árvore em árvore, de modo que as crianças costumavam tentar andar apenas sobre as raízes, sem encostar os pés no chão. Mas, assim que entra no mato, ele se sente perdido: nada está onde ele se lembrava. As folhas compridas da grama exibem um verde prateado à luz da lanterna. Largas como facas de trinchar, elas estão cobertas de pelinhos que se prendem à sua camiseta, de modo que ele precisa parar para se livrar delas a cada passo que dá. Depois de apenas quatro ou cinco metros, ele já quer dar meia-volta e enfrentar o caminho de volta até a estrada, mas se obriga a seguir em frente. Ele tropeça em raízes de árvores, pedras e conchas vazias de caramujos, cor de osso, do tamanho do punho de uma criança. Os tufos da vegetação fazem cócegas em seus cotovelos, espinhos afiados no chão desamarram seus cadarços. Ele aponta a luz da lanterna para o chão, procurando por qualquer sinal de Paul, mas não vê nada — apenas besouros e pequenos lagartos correndo, e as folhas da dorme-dorme se fechando firmemente ao seu toque, como as velhas fecham suas persianas quando veem um louco passando pela rua.

Isto não é lugar para Paul estar à noite. Mesmo muito tempo atrás, antes de as coisas ficarem como estão agora em Trinidad, os adultos diziam às crianças para tomarem cuidado quando viessem até aqui. Detentos que fugiam da Golden Grove Prison usavam aquele matagal como esconderijo: Clyde e seus amigos tinham encontrado duas vezes os macacões laranja, descartados como se fossem pele de cobra, escondidos debaixo de pilhas de folhas ou meio enterrados no chão. Batistas espirituais às vezes passavam por aqui com suas longas túnicas brancas, badalando sinos à luz de velas, ou com um frango numa mão e um facão na outra. E teve aquela outra vez, da qual Clyde ainda se lembrava vividamente, quando ele tinha cerca de oito anos e uma mulher louca saiu nua de dentro daquele mato. Seu pai estava no quintal da frente e Clyde na varanda, e aquela mulher nua apenas abriu caminho pelo meio do mato, parecendo uma louca com aquele cabelo todo emaranhado e o corpo todo esfolado. Seu pai disse a ela alguma coisa que Clyde não conseguiu ouvir — talvez lhe tenha perguntado o que havia acontecido, ou se oferecido para ligar para a polícia. Mas a mulher simplesmente ficou ali, completamente nua, sacudindo a cabeça como se tivesse formigas em seus cabelos. "Apaga meu fogo!", ela disse. Isso foi tudo que ela disse: *Apaga meu fogo! Apaga meu fogo!* E depois de algum tempo, deu uma guinada para o lado e saiu andando pela estrada bem depressa.

Ele já devia ter saído da trilha, se houvesse uma: para todas as direções em que olha, há apenas mato, bem mais alto que sua cabeça. Ele procura por alguma referência para se orientar — aquele coqueiro tombado; aquele galho sob o qual tinha que se abaixar para passar, coberto de líquen e bromélias —, mas não sabe para onde está indo. Daqui a pouco, ele pensa, também estará perdido, e alguém terá de entrar aqui para resgatá-lo. Luta com uma trepadeira comprida que se enroscou nele; tenta arrancá-la do seu corpo, mas, quando dá um puxão, a ponta que estava presa lá em cima, em algum lugar entre as árvores, se solta e faz despencar uma chuva de ramos e folhas mortas e, alguns instantes depois, um galho apodrecido com um ninho de cupins ainda preso nele. Clyde corre, derruba a lanterna, fica esfregando o rosto, os braços e o cabelo loucamente para se livrar dos insetos. Quando recupera o fôlego, procura pela lanterna e lança sua luz ao redor. No chão foi desenhado um círculo, com flores que parecem estrelas amarelas nas bordas. Ele consegue divisar um toco de vela, penas de galinha e gravetos posicionados formando os dois e três típicos do *obeah*.* Afasta-se rapidamente da clareira, ouvindo o estalo delicado das folhas grandes se partindo.

"Paul!", grita. "Paul! Onde você está?"

Ele agita a lanterna furiosamente ao seu redor, esperando que o rosto de Paul apareça naquela luz estranha, que ele veja o menino descendo de uma árvore, ou saindo de seja lá qual for seu esconderijo, que surja tomado pelo remorso, arrependido de ter feito toda aquela palhaçada. Ele joga a luz nas árvores, subitamente desconfiado. Não tem nenhum espírito aqui, ele diz a si mesmo, isso é tudo bobagem, superstição. Diz aquilo mais uma vez, em voz alta. "Não tem nenhum espírito aqui!" Ele lança sua luz em todas as árvores à sua volta antes de continuar caminhando.

Ele chega até o barranco que termina no rio. Agora, na estação seca, a água bate no máximo nos tornozelos, e ele provavelmente poderia saltar de uma margem à outra se quisesse. Nas duas margens, o bambu cresceu e tomou conta de tudo; seus caules compridos, inclinados sobre a água, criam um padrão todo trançado, como o telhado de uma cabana. Ele consegue encontrar o caminho até a pedra grande, aquela onde as crianças costumam se sentar, e sente-se bem ao avistar algo familiar.

---

* Religião caribenha similar ao candomblé. [N.T.]

"Olá?", ele diz. "Paul? Onde você está?" Ele fica bem parado, escutando. "Paul?", ele chama mais uma vez. "Você está escondido? Saia daí, por favor. Mamãe está morta de preocupação com você. Você não pode sair andando pelo mato assim, no meio da noite. Não é seguro."

Ele olha para cima, para os galhos mais altos, imaginando o rosto selvagem do filho, meio escondido atrás do cabelo comprido, o cabelo que o menino se recusa a cortar. Chamam ele de Tarzan por causa do cabelo; Clyde não tem muita certeza se aquilo é um apelido de fato — Paul "Tarzan" Deyalsingh — ou apenas uma maneira como o chamam pelas costas.

"Eu não estou bravo", ele diz, tentando fazer com que suas palavras soem convincentes. "Você pode sair. Não estou bravo. Não vou te mandar para St. Ann's, eu só estava brincando. Nós podemos falar sobre aquela festa, se você quiser."

Ele pensa em dizer "Me desculpa", mas depois muda de ideia. Por que deveria pedir desculpas? Era Paul quem estava errado, pra começo de conversa: ele não devia ter provocado os bandidos. Nem mesmo Joy tentou defendê-lo dessa vez.

Foi Joy quem contou a ele o que havia acontecido. Era tarde da noite quando ela contou, a noite do assalto, talvez duas ou três da manhã, depois que eles haviam se despedido de todos os vizinhos que vieram para ajudar, e ele e Joy tinham ido para a cama. Ela se deitou de lado para olhar para ele, e sussurrou tudo o que tinha acontecido: como os bandidos sabiam sobre o dinheiro; que era o que eles estavam procurando. "E o que você disse a eles? Você disse alguma coisa a eles?", Clyde perguntou. "Não, é claro que não. Eu disse a eles que não tinha dinheiro nenhum", ela respondeu. Então Joy contou a Clyde tudo que Paul havia feito: que ele se recusou a se deitar no chão quando o bandido mandou; que xingou o bandido e avançou contra o homem, como se quisesse bater nele; que o homem apontou a arma para ele. Naquele momento, disse Joy,

26

ela viu tudo preto; não conseguia explicar, mas era como se o mundo tivesse ficado todo preto para ela, tudo assombrado por algum tipo de escuridão. Ela não conseguia lembrar o que havia dito, apenas que tinha tentado agir normalmente. Levantou-se do chão; postou-se na frente de Paul e o empurrou para trás. Então, o homem encostou a arma em sua cabeça, bem no meio da testa, fazendo com que ela se inclinasse para trás. Ela ficou em silêncio quando disse aquilo e, depois de um instante, procurou pela mão de Clyde e a apertou com força. Eles ficaram deitados daquele jeito por algum tempo, olhando para o teto, lado a lado, no escuro.

Os sapos começam a coaxar mais uma vez. Não parece haver aqui nenhum outro ser humano agora. Talvez Paul tenha estado aqui e foi embora sorrateiramente, sem que Clyde percebesse; talvez nunca tenha vindo. Clyde chupa os dentes da frente. Esse menino está fazendo um carnaval: ele vai voltar andando pra casa amanhã, satisfeito por ter armado toda essa confusão — e, enquanto isso, Clyde está aqui, na escuridão total, procurando por ele! Ele parte na direção da ponte, deslizando um graveto no chão à sua frente, para a direita e para a esquerda, como se estivesse abrindo caminho. Ele está perdendo seu tempo. Irá até a casa de Romesh e pedirá para pegarem seu carro para, juntos, dirigirem por aí e procurarem. Romesh devia ter ligado de volta e se oferecido para ir com ele; agora, Clyde terá de ir até a casa de Romesh e chamar por ele no portão, como um mendigo, para pedir sua ajuda.

Ao chegar na ponte, ele sobe até a estrada. Os postes de luz não funcionam há anos — alguns têm uma cobertura tão densa de trepadeiras que ele não consegue discernir postes de luz dos postes para linhas telefônicas —, mas ele conhece muito bem aquela estrada: mato dos dois lados e sem asfalto, apenas uma vala no acostamento, dentro da qual os carros estão sempre caindo. Ele ergue a lanterna e lança sua luz no mato enquanto vai seguindo pela estrada.

Cerca de um quilômetro à frente, na estrada, um carro está parado no campinho, portas abertas, faróis acesos, o rádio tocando música. Três ou quatro homens estão esparramados na grama em meio a tacos e *wickets* de críquete, garrafas de cerveja e refrigerante. Ele reconhece a música — a daquela mulher, aquela negra americana com a cabeça cheia de cabelo, Tina Turner; um dos homens canta junto com ela, retorcendo a cara do mesmo jeito que a mulher faz no clipe da música. Clyde ergue a mão para cumprimentá-los quando passa por eles. Ele costumava jogar críquete à noite com aqueles homens, porém, invariavelmente, assim que o críquete terminava, começava o jogo de cartas, em seguida as garrafas de rum, e depois os maços de dinheiro. Ele não atravessa pelo campinho, permanece na estrada, olhando fixamente para a frente, num passo constante, até chegar na Bougainvillea Avenue.

Todas as ruas nos novos bairros têm nomes como esse: Ixora Crescent, Hibiscus Drive, Bougainvillea Avenue. Quando Romesh e sua família se mudaram para cá, ele tentou convencer Clyde a comprar uma daquelas casas, e Rachel, a esposa de Romesh, ficava mostrando para Joy os três banheiros, a lavanderia com espaço para uma máquina de lavar e uma de secar, e o piso liso azulejado, que Joy disse que seria muito fácil de varrer e lavar. Mas Clyde não conseguia entender do que eles estavam se gabando, quando todo mundo sabia que tinha sido o pai de Rachel quem havia comprado aquela casa para eles.

Na Bougainvillea Avenue, a vira-lata velha da primeira casa já estava no portão. Ela aponta o queixo para o céu e emite um som agudo e repetitivo: *ru-ru-ru-ru*. Imediatamente, os outros cães começam a latir e correm para os seus portões; em todas as casas da rua, holofotes repentinamente revelam o gramado de seus quintais, as rampas de cimento das garagens, os portões enormes, todos com cães do outro lado. A vira-lata continua com as orelhas em pé enquanto ele passa por ela, os olhos anuviados tentando encontrá-lo. "Sou só eu", ele diz. Suas orelhas desabam, ela balança o rabo.

Os cães na casa ao lado são de raça — uma dessas raças frescas com o pelo alaranjado e rabo que se enrosca por cima das costas. Eles latem para Clyde, depois um para o outro, em seguida para os outros cães da rua, depois um para o outro mais uma vez. Na varanda, acima da garagem onde os carros estão estacionados, as luzes estão acesas, e pessoas estão sentadas, conversando. Ele não consegue ver direito por entre as grades que protegem a varanda e as trepadeiras repletas de flores que eles cultivam em meio às barras de ferro, mas parece que a família toda provavelmente está lá: a mãe e o pai, três crianças crescidas e o filho mais velho do marido, que é piloto da BWIA. A família toda tem direito a voar de graça na BWIA por causa do piloto: no Natal, eles foram ao Canadá; no verão anterior, à Suíça. O carro do piloto está estacionado na rampa da garagem. Clyde vê as pessoas se levantando e olhando para a rua: ele ergue uma das mãos e faz um cumprimento.

Na casa de Romesh e Rachel, os pastores-alemães enfiam o focinho por entre as barras da grade, latindo e mordendo. "Sou eu, seus bobos", ele diz aos cães. "Vocês acham que vim aqui para assaltar a casa ou algo assim?" As pupilas se dilatam, os olhos fixos nele. Clyde estica o braço para segurar uma das barras, bem alto, onde os cães não conseguem lhe morder a mão, e balança o portão.

Ele espera, as mãos na cintura, em meio a todo aquele barulho e aquelas luzes de segurança, e aquelas pessoas espiando de suas janelas para ver que comoção é aquela. Tanto o carro de Romesh quanto o de Rachel estão estacionados na garagem; acima dela, a varanda está escura, e a porta da casa fechada, mas Clyde vê uma luz na sala de estar e escuta a voz de Jr Ewing na TV lá dentro.

Na casa ao lado, com aqueles cachorros idiotas cor de laranja, a mãe da família se inclina sobre a mureta da varanda.

"Quem está aí?", ela pergunta.

"Boa noite", ele responde. "Sou só eu. Estou esperando pelo Romesh."

Ela se vira e repete aquilo para os outros, e depois grita para ele, lá embaixo: "Está tudo bem?".

"Sim, sim, obrigado", ele responde.

"Onde está seu carro?", ela pergunta. Ela precisa repetir aquilo diversas vezes até Clyde entender a pergunta. Alguns outros membros da família do piloto juntam-se a ela na mureta — o pai da casa, uma garotinha de camisola, um filho adolescente. Uma mulher com brincos reluzentes que balançam e o cabelo preso num rabo de cavalo se levanta e leva uma pilha de pratos para dentro de casa. Clyde sabe o que a mãe quer perguntar: se está tudo bem desde o assalto. Ele faz um sinal com o polegar para eles. Não há motivos para lhes perguntar sobre Paul: ninguém ali tem nada a ver com ele. Vê o piloto se levantar — ele reconhece o porte físico do homem, alto e com os ombros caídos. O piloto leva uma garrafa de Coca-Cola até os lábios e inclina a cabeça para trás, bebe; fica segurando a garrafa contra a luz para examinar o fundo.

Finalmente Romesh vem até a porta de sua varanda e olha para fora. Clyde acena. Romesh volta para dentro e depois sai de novo com uma chave, destranca a porta de segurança e desce os degraus. Ele ainda está vestindo suas roupas do trabalho: calças compridas e a camiseta com o logotipo da empresa do pai de Rachel, as mangas cuidadosamente dobradas até o fim para que a camiseta mais se pareça com um colete, exibindo seus músculos minúsculos. Romesh não é muito alto, mas é bastante flexível: um desses *coolies** baixinhos capazes

---

* Imigrantes indianos e seus descendentes. [N. T.]

de botar um saco de farinha ou arroz em cima do ombro e sair andando pela estrada debaixo do sol quente. Ele se move com um tipo de arrogância que as mulheres costumam achar sexy, e usa no pescoço um pingente do coelhinho da Playboy pendurado numa corrente de ouro, com um pequeno diamante no lugar do olho do coelho. Romesh gira o chaveiro no indicador enquanto se aproxima da entrada. Os cães seguem andando de um lado a outro na frente do portão, latindo para Clyde de uma ponta à outra, como se estivessem esperando que uma fresta se abrisse.

"Por que você demorou tanto?", diz Clyde. Ele precisa gritar para ser ouvido.

"Eu já estava quase me deitando", disse Romesh.

"Quê?"

"Eu já estava quase me deitando!", diz Romesh. "Preciso levantar cedo, você sabe!"

"Prenda esses cães", diz Clyde.

"Quê?"

"Prenda esses cães!", Clyde grita. "Eu quero entrar e falar com você." Ele precisa repetir aquilo diversas vezes, mas, por fim, Romesh prende os cães numa corrente e volta para destrancar o portão.

Clyde segue Romesh degraus acima e atravessa a varanda escura para entrar na casa. Ele esperava cumprimentar outras pessoas — Rachel, ou algum outro amigo ou vizinho ou parente —, mas não há ninguém ali. As cadeiras estão encaixadas sob a mesa de jantar, a toalha de plástico está limpa, os condimentos lindamente organizados em cima de uma esteirinha no centro dela. Do outro lado da sala — a sala tem, pelo menos, uns dez metros de comprimento, e a maior parte é só um espaço vazio — a TV está ligada, os créditos de *Dallas* estão subindo; ao seu lado, o ventilador gira sua cabeça lentamente de um lado para outro.

"Você sempre deixa o volume tão alto desse jeito?", Clyde pergunta.

Romesh baixa o volume, depois se senta num dos sofás — eles têm três sofás, duas poltronas e um pufe, todos em veludo cotelê marrom. Seus olhos seguem fixos na TV.

"Rachel e Sayeed estão em casa?", ele pergunta.

"Sim, sim", diz Romesh. Ele gesticula com uma das mãos na direção dos quartos. "Estão dormindo. Cara, está tarde. Eu vou desligar esse troço e me deitar. JR é um mentiroso, você não acha? Você assistiu?"

"Não, eu não assisti."

"Você não assistiu? Ah, meu Deus, eu esqueço que eles levaram a TV. Desculpa. Se você tivesse me lembrado, eu teria gravado pra você. Quer que eu grave o da semana que vem?"

"Bom... tudo bem", diz Clyde. "Por que não? Eu não me importo de perder, mas Joy gosta do programa."

"Vou gravar pra vocês. Você devia ter me dito." Ele abre a estante sobre a qual está a TV, tira uma fita VHS e examina o que está escrito na etiqueta. "Eu posso gravar por cima disso", ele diz.

"Escuta", diz Clyde. "Paul não voltou pra casa. Você poderia pegar o carro e vir comigo? Eu queria dar uma olhada na pedreira."

"Ele ainda não voltou? Mas está ficando muito tarde!"

"Exatamente. Joy está morta de preocupação."

Romesh deixa a fita VHS sobre a estante, ao lado da TV, e depois fecha suas portas. A TV exibe um comercial da colônia Trouble. "Cara, eu vou desligar esta coisa", diz Romesh. "Eu vou pra cama." Ele gira o botão e a imagem na tela encolhe até virar um pontinho, e então desaparece.

"Espera, eu quero que você venha comigo", diz Clyde. "Não quero ir no meu carro pra não parecer que não estou em casa."

"Você quer ir no meu carro? Quer as chaves?" Romesh se levanta, fica parado na frente do ventilador. "Meu bom Deus", ele diz, "está quente pra burro, hein? Mal posso esperar pela estação das chuvas." Ele encosta o peito na grade do ventilador, ergue os braços. Sua camiseta se estufa na parte de trás com o vento. "Aah", ele diz. "Que fresquinho."

"Você não pode vir comigo? Vai ser por apenas uma meia hora, mais ou menos. Só quero dar uma passada pela pedreira e dirigir pelas ruas procurando por ele."

"Talvez ele esteja na boate, sabia? Você já pensou nisso?", disse Romesh. Ele se vira para olhar para Clyde, encostando as costas no ventilador.

"Que boate?"

"Aquela em Arima. Limin' Soda", diz Romesh. "Quinta é a melhor noite, é quando todos os moleques tentam entrar. Isso foi o que o Sayeed me disse."

"O Sayeed? Mas ele tem doze anos! Esse lugar é para maiores de dezoito!"

"Sim, mas eles todos entram, cara, como assim? Hoje em dia? Qualquer lugar que tem uma festa é desse jeito. É nesses lugares que os moleques querem estar hoje em dia. O Peter e o Paul não iam numa festa em Port of Spain logo em seguida? Na Associação Chinesa?"

"Sim. Supostamente."

"Como assim?"

Clyde fecha a cara. "Bom. O Paul não vai a festa alguma depois dessa palhaçada, isso eu te digo!"

"Exatamente", diz Romesh. "É isso aí. Você é o chefe. Mostra pra ele quem manda." Ele acena com a cabeça diversas vezes.

"Você acha que é isso?", diz Clyde. "Que é lá que ele está?"

Romesh está com o peito encostado no ventilador de novo, sua camisa estufada nas costas. "É o mais provável", ele diz.

Clyde se acomoda numa das poltronas e se espicha para pegar os cigarros e os fósforos sobre a mesa de centro. "Você se importa?", ele pergunta. "Não trouxe os meus."

Romesh assente com a cabeça, atira-se numa poltrona, balançando os joelhos.

Clyde tira um cigarro do maço, coloca-o entre os lábios, acende-o com um fósforo. "Adolescentes!", ele diz, jogando o fósforo dentro do cinzeiro. "Esse menino está me fazendo perder a paciência, juro por Deus. É melhor que ele esteja nessa boate mesmo, deixa eu te dizer. É melhor que ele não esteja metido em nada errado." Ele passa os dedos pela costura do veludo, enfia as unhas por entre os sulcos. "Escuta", ele diz. "Eu quero te perguntar uma coisa. Quem é o responsável pelo seu sistema de segurança?" Ele cita o nome de um homem em Arima que vem tentando vender um sistema de segurança para ele desde o assalto. "Ele diz que vai me dar um bom desconto. Mas não sei quem ele é! A pessoa que vai instalar um sistema de segurança na sua casa precisa ter acesso a todos os cômodos, não é? Eles dizem que estão passando cabos, mas, enquanto isso, podem estar prestando atenção em tudo, marcando onde ficam as gavetas, os armários, olhando debaixo dos colchões, de tudo."

Romesh passa as mãos no cabelo, olha para as palmas, limpa-as na bermuda.

"Algum problema?", Clyde pergunta.

"Tô achando quente. Você não tá achando quente?"

Clyde dá de ombros. Romesh se levanta e volta para a frente do ventilador. Puxa o botão que faz o ventilador parar de girar e o coloca na velocidade máxima.

"Então, sendo muito sincero", Clyde prossegue, "eu não quero deixar ninguém assim entrar na minha casa, para ficar bisbilhotando. E outra coisa, quando você contrata um serviço desses, precisa pagar todo mês. Todo mês você precisa se encontrar com essas pessoas e dar dinheiro a elas, e toda vez que isso acontece elas vão te fazer um monte de perguntas. O que você acha? Quem instalou esse sistema de segurança pra vocês?"

"Não lembro. Amanhã eu vejo pra você."

"Você não lembra?"

"É a Rachel quem cuida disso. Foi um conhecido da família dela que fez isso pra gente."

"Ah, então vocês não pagam?"

"Não."

"Ah."

"Vamos, eu quero fechar toda a casa agora", diz Romesh. "Quero tomar um banho e ir pra cama."

Clyde apaga o cigarro e se levanta. "Eu te ligo de manhã", diz.

Ele volta pela sala de estar, pela varanda, com Romesh andando lentamente atrás dele. No portão, ele leva um segundo para tirar o cadeado do lugar onde o havia deixado pendurado; quando está erguendo a tranca superior, ele dá uma olhada por cima do ombro e vê que Romesh já está soltando os cachorros. "Espera aí", ele grita, mas o primeiro cachorro está solto, os olhos fixos nele. Clyde consegue chegar na rua antes que o cão o alcance: com uma das mãos ele segura firme o portão; com a outra, tenta colocar a tranca no lugar. Ele precisa jogar todo seu peso contra o portão para que os cães não o abram; os dentes roçam seu cotovelo, seu ombro. Finalmente Clyde consegue colocar a tranca e se afasta, o coração acelerado. "Você não podia ter esperado eu sair, cara?", Clyde grita. "Ei! Você está me ouvindo?" Mas Romesh sobe as escadas sem virar a cabeça e, pouco depois, Clyde escuta a chave girando dentro da fechadura. Clyde segue pela Bougainvillea Avenue, tremendo por causa da adrenalina, meio querendo voltar até a casa de Romesh e gritar com ele pela sua negligência. O piloto já foi pra casa: seu carro não está mais na rampa, a varanda está escura, só as luzes de segurança estão ligadas. Na última casa, a vira-lata velha dá uma meia dúzia de passos erráticos em direção ao portão e depois se senta e tenta coçar a orelha. Na luz intensa dos holofotes, Clyde vê tufos do seu pelo velho saírem voando como sementes de dente-de-leão.

Os homens ainda estão no campinho, suas vozes mais altas do que antes, suas risadas mais estridentes. Ele consegue identificá-los quando se aproxima: dois homens esparramados no chão, outro encostado na lateral do carro. Um deles é o jamaicano que trabalha como engenheiro no exterior, passando seis semanas aqui e seis semanas lá; outro é um cara que tem um problema grave de acne e unhas compridas, e que trabalha no Ministério de Obras; o outro é um homem que Clyde nunca tinha visto, um magrelo, de pele bem clara, que parece pertencer a uma biblioteca.

"Deyalsingh!", um dos homens chama, um dos que estão sentados no chão. "Tá perdido, cara? O que cê tá fazendo aqui uma hora dessas?"

"Velho", diz Clyde, chupando os dentes. "Eu estou numa missão ingrata aqui. Um dos meus moleques está dando uma de otário, ficando na rua até tarde." Ele chuta o chão e acena com a cabeça para cada um dos homens.

"Passa a garrafa pra ele", diz o homem com acne, rindo. "Foi por isso que ele veio até aqui. Ele precisa de uma bebida."

"Você está sempre tão tenso o tempo todo, cara", diz o engenheiro. "Você não pode viver desse jeito! O tempo todo enfiado dentro de casa, sem nunca sair pra curtir? O cara precisa relaxar às vezes, sabe como é. A vida é muito estressante!"

"Qual dos seus filhos?", pergunta o homem com acne. "O Tarzan?"

O bibliotecário engasga com a bebida, abre a boca e deixa o líquido cair no chão. "Tarzan? Você batizou seu filho de Tarzan?"

Clyde leva a garrafa de rum aos lábios. Inclina a cabeça para trás enquanto os homens riem, permite que uma gota toque sua língua, sente a doçura picante da bebida se espalhando até o fundo de sua garganta. Ele devolve a garrafa.

"O nome dele é outro, não consigo lembrar qual é", diz o homem com acne. "Mas chamam ele de Tarzan. Ele tem o cabelo comprido e fica se pendurando em cipós por aí."

"Provavelmente ele está na boate", diz Clyde. "Vocês conhecem essa boate?"

"Limin' Soda", diz o engenheiro. "Todo mundo conhece."

"Quinta-feira", diz o bibliotecário. "Quinta-feira é a noite das mulheres!"

"Como estão as coisas desde o assalto?", pergunta o engenheiro. "Já instalou um sistema de segurança?"

"Tô falando com uma pessoa sobre isso", diz Clyde. "Fazendo uns orçamentos."

"Faz isso mesmo", diz o engenheiro. "Eu conheço uma pessoa que trabalha com segurança. Você quer que eu fale com ele pra você?"

"Não, não", diz Clyde. "Eu já escolhi uma empresa. Já me decidi."

"Aham. O.k. Bom, você precisa de algum tipo de proteção. Você já foi assaltado uma vez e passou batido, talvez não tenha tanta sorte da próxima vez."

"Quem entrou na sua casa?", pergunta o bibliotecário.

Os homens abastecem o bibliotecário com detalhes. Clyde tira a lanterna do cinto e a gira nas mãos, apertando com força seu revestimento de borracha. Ele examina um grupo de árvores ali perto, depois dos balanços e das gangorras, e fica prestando atenção na escuridão atrás do menor sinal de movimento. À sua esquerda, a cinco ou dez metros de distância, está a estrada escura por onde ele antes caminhou. A lanterna é robusta o suficiente para que ele batesse em alguém com ela, mas se alguém saísse daquele matagal com uma arma, aquela lanterninha não serviria para coisa nenhuma. Clyde olha para o chão, para o

37

caminho que poderia percorrer em meio às pernas abertas dos homens até a lateral do carro: ele poderia se agachar atrás do carro, ou até mesmo rastejar para debaixo dele. Ele segura a lanterna com uma das mãos e bate com ela na palma da outra.

"Você descobriu quem foi? Quem estava por trás disso?", pergunta o bibliotecário. "Tem jeito de que alguém planejou isso tudo, pra eles estarem armados, terem trazido arame. Eles vieram preparados!"

"Não sei quem foi", diz Clyde. "Por que eu ia querer saber? Só se eu fosse meter bala em todo mundo que me fizesse alguma coisa de ruim. Mas não sou assim. Eu cuido da minha vida."

Mas, mesmo assim, os homens continuaram falando sobre quem eles tinham ouvido falar que estava por trás daquilo: uma gangue, e não uma dessas pequenas, estilo a Boyz on the Block, como eles se autodenominavam, mas uma dessas mais sérias, do crime organizado, com conexões na polícia, no Exército, na guarda costeira. "Mas por que eles estariam interessados em você é o que eu queria saber!", disse o funcionário público. "Você tem drogas escondidas no seu colchão ou algo assim?"

"Eu?", diz Clyde. "Tá maluco? Eu passo bem longe dessas coisas."

"Você precisa instalar esse sistema de segurança", diz o engenheiro. "Instala esse negócio, tô te falando. Não perde tempo."

"Um sistema de segurança não teria ajudado em nada", diz o bibliotecário. Ele cita a história que anda circulando, sobre o magnata do ramo imobiliário de Port of Spain que teve a esposa sequestrada. "Os sistemas de segurança dele não ajudaram em nada", ele diz. "Ele tinha uma cerca de cinco metros de altura por toda a casa e guardas contratados patrulhando o terreno noite e dia. E, mesmo assim, eles deram um jeito de levar sua esposa."

"Bom, ninguém vai encostar na sua família agora", diz Clyde. O magnata do ramo imobiliário aparentemente pagou

38

o resgate para ter a esposa de volta e, duas semanas depois, pelo que diziam os boatos, contratou pistoleiros para acabar com os sequestradores. Seis assassinatos em seis lugares diferentes em Trinidad, todos ocorridos dentro de poucas horas.

"Os pistoleiros eram colombianos", diz o bibliotecário. "Profissionais."

"Ouvi dizer que eram jamaicanos", diz Clyde.

"Não. Eram venezuelanos", diz o engenheiro. Ele tinha ouvido aquilo de alguém ligado à família do empresário, alguém que sabia do que estava falando. "Eles chegaram num barquinho por volta do meio-dia, se encontraram com os nativos que seriam seus motoristas, saíram por aí no *pá-pá-pá!*" — ele faz um gesto de arma com a mão — "e ali pelas seis da tarde já estavam voltando."

Um silêncio cai sobre eles. Clyde de repente fica nervoso, olha por cima do ombro. Ele se despede dos homens, ruma de volta para casa; ele não quer mais ficar na rua, com Peter e Joy sozinhos. E se esse desaparecimento de Paul fosse algum tipo de esquema para tirar Clyde de casa, sabe-se lá com que propósito? Ele reprime o pensamento assim que lhe ocorre: o que quer que Paul esteja aprontando, certamente ele não seria perverso a ponto de fazer uma coisa dessas.

Mas a verdade, ele pensa, enquanto caminha pelo acostamento no escuro, é que ninguém sabe o que Paul faz quando está sozinho. Teve aquela noite, por exemplo, deve fazer um ano isso, quando Clyde acordou com a sensação de que uma brisa estranha passava pela casa, que alguma coisa não estava certa. Ele pegou a pedra que deixa debaixo da cama e se esgueirou para fora do quarto. A porta da cozinha estava escancarada, Trixie arfando no último degrau, balançando o rabo para ele. E lá no quintal dos fundos, deitado de costas no chão, estava Paul. Clyde quase teve um infarto: pensou que o menino estivesse morto. Ele desceu as escadas, sentindo que precisava chegar mais perto, olhar nos olhos do filho; talvez descobrisse que ele estava ficando louco mesmo, de verdade. Ele foi se aproximando, a pedra na mão. E então Paul se sentou e começou a olhar ao redor.

"O que você está fazendo aqui fora?", Clyde perguntou, sua voz rouca.

"Nada."

Nada! Deitado debaixo do céu que nem um cadáver no meio da noite! "Vem pra dentro", disse Clyde. Foi a única coisa que ele pensou em dizer. Paul entrou. Clyde trancou a porta dos fundos e se deitou na cama, olhando para o teto, o sangue pulsando. Amanhã, ele pensou. Amanhã ele chamaria Paul de canto e o interrogaria. "O que você estava fazendo?", ele perguntaria. "Que diabos você estava fazendo?" Mas não conseguiu achar o momento certo: passou-se um dia sem que ele dissesse nada, e mais outro, e depois disso pareceu tarde demais.

Quando Paul voltar, Clyde pensa, enquanto caminha pela estrada, amanhã, quando Paul voltar, Clyde vai se sentar com ele e arrancar algumas respostas. Primeira pergunta: Onde ele estava, com quem estava e o que tinha dado nele para ficar na rua até tão tarde? Segunda: Ele realmente fica andando por aí de noite como as pessoas dizem? Pra onde ele vai? O que faz? Terceira: É melhor que Paul não esteja metido com aquele rastafári, porque se estiver Clyde vai dar uma dura nele, sem dúvida nenhuma. Clyde bate a lanterna contra a perna quando entra na Trilha La Sagesse. Ele não vai mudar de ideia, diz a si mesmo: assim que Paul entrar por aquela porta, Clyde vai se sentar com ele e lhe dar uma bela dura, e não vai permitir que o menino deixe aquela sala antes de responder a todas as suas perguntas.

3

Não tem mais TV desde o assalto, só um retângulo desbotado na estante, bem no espaço em que ela costumava ficar; agora, Clyde fica sentado em sua poltrona olhando a cortina ser gentilmente erguida pela brisa e depois baixar. A sala parece muito silenciosa com o ventilador desligado. Do lado de fora, bem debaixo da janela, sobe um leve rosnado de Trixie segurando Brownie pelo pescoço, o som dos dentes estalando uns contra os outros. Mais cedo, o hino nacional tocou na televisão em algum lugar da Trilha: Joy olhou para Clyde, como se estivesse esperando que ele fizesse alguma coisa. "Meia-noite!", ela disse. "Hein, Clyde? É Meia-noite agora!" Ele não respondeu. Ela está muito impaciente: olha para a janela, para o relógio, para ele, para a janela novamente; olha para as unhas, as palmas, a bainha de suas bermudas; pega um canto do lençol estendido sobre o sofá, passa no rosto.

A porta de um dos quartos se abre num rangido: eles escutam Peter fazer uma parada na soleira e, em seguida, caminhar até o banheiro. Ouve-se o discreto barulho do assento do vaso sendo levantado, o tilintar da urina. O ruído aumenta e diminui e aumenta novamente à medida que o líquido acerta a água, depois a lateral do vaso, em seguida a água mais uma vez. O barulho da porcelana quando Peter remove a tampa da cisterna. Ele deve achar que ela está cheia, uma vez que puxa a descarga: os canos estremecem à medida que a água do banheiro

41

os percorre, e então ouve-se o som de tosse seca quando a cisterna vazia tenta se encher de novo e não consegue. Peter a reabastece com a água do balde e retorna em silêncio ao quarto. Amanhã, Clyde pensa, ele vai dizer para o Peter não usar a água para dar descarga num... como ele deveria chamar? Num número um. "Você pode dar descarga num número dois", ele diria. "Mas não desperdice a água em um número um."

"Eu queria que a gente tomasse uma decisão sobre essa caixa-d'água", diz Joy, alguns minutos depois de Peter voltar para cama. "Nós temos que decidir o que vamos fazer. Se vamos ficar aqui, então temos que comprar essa caixa-d'água e instalar, dar um jeito na casa. Se vamos pra Port of Spain, então vamos logo, vamos fazer as malas de uma vez e vamos, não importa quanto custe, vamos pagar."

Clyde fecha os olhos, pressiona a têmpora com o dedão. "Sabe, foi por isso que eu disse pra você ir se deitar", ele diz a ela. "Porque eu sabia que você começaria com isso. É caixa-d'água, é máquina de lavar, é cortina, é móvel, é estante..."

"Eles precisam de uma estante pra colocar os livros deles. Eles não podem ficar pegando sujeira no chão. Você acha que é assim que eles deveriam tratar os livros?"

"Eles não ficam no chão. Ficam dentro das mochilas deles."

"Eles precisam de uma estante, Clyde, ou, pelo menos, alguma coisa pra enfileirar os livros direito, pra deixar tudo organizado. Daqui a dois anos eles já começam a fazer os exames do ensino médio! Isso é um assunto muito sério, Clyde!"

"Eu sei disso. Você acha que eu não sei?"

"Bom, é por isso que eu estou falando. Você está sempre economizando e poupando e pensando no futuro, mas e o agora?" Ela cruza os braços, olha pela janela. "E o Romesh tá sempre dizendo que tem uma fila de gente interessada em comprar esta casa de você. Tá cheio de gente querendo comprar a casa pra construir neste terreno! Por que não vendemos a casa e usamos o dinheiro para alugar outra em Port of Spain? Pra mim, isso é o que mais faz sentido. Daí os meninos não precisariam andar tanto pra chegar na escola. Essa história de sair andando às quatro da manhã. Não faz bem para uma criança viver desse jeito. Elas ficam exaustas. O Peter tá com cara de quem tá exausto. Umas olheiras enormes debaixo dos olhos." Ela encosta o dedo na pele debaixo dos próprios olhos. "Isso é exaustão. Tô te falando. Nós temos que nos mudar."

"Você acha que agora é hora de falar sobre isso?"

"Se não for agora, vai ser quando?", ela diz. "Eu te digo qual era a hora de falar sobre isso. Semana passada. Mês passado. Ano passado. Nós já poderíamos estar morando todo esse tempo em Port of Spain."

Ele estica o braço para pegar o jornal dobrado em cima da mesa de centro e abre nos classificados, onde dois anúncios estão circulados com tinta de caneta esferográfica azul. "Toma, olha esses aqui e me diz o que você acha."

Joy lê os anúncios: o número de quartos; a localização; o nível de segurança das casas; e os preços, que, Clyde já sabe, estão acima do que eles podem pagar. Ela pega uma caneta, pede a ele que lhe diga alguns números — por quanto venderíamos esta casa? Quanto eles teriam de pagar por luz, telefone, água? Ela faz seus cálculos na margem do jornal e fica olhando para o resultado.

"Então, se nós vendermos esta casa", ela diz, "poderíamos morar por três anos em Port of Spain."

"Mais ou menos isso."

"Três anos é bastante tempo."

"E o Peter tem mais cinco anos na escola. Você acha que três anos são suficientes?"

"Mas nós ainda temos o seu salário. E, em Port of Spain, eu poderia pegar algum trabalho."

Ele fica olhando para a frente, solta uma longa nuvem de fumaça enquanto ela fala. Clyde não diz que há outras coisas nas quais ela ainda nem pensou; que ele ouvira, de outros homens que tinham filhos em Port of Spain, sobre as diversas modalidades caras de entretenimento para as crianças: elas frequentam shopping centers, compram coisas como *gyros* de cordeiro e *frozen yoghurt*; vão à praia, e não podem simplesmente entrar na água com suas roupas como crianças normais, precisam ter um traje de banho; que um par de sapatos não é o suficiente, elas precisam ter um calçado diferente para cada lugar que vão. Joy fala e fala, sobre o seu pai e seu avô, e sobre todas as coisas nas quais eles deveriam gastar seu dinheiro em vez de deixá-lo parado na conta bancária. Seu cigarro queima até o fim. Ele passa a mão sobre os arranhões no pescoço, arranca uma folhinha de pega-pega ainda grudada nos pelos do antebraço. Por fim, Joy desiste. Seus ombros despencam. Com um dedo, ela percorre lentamente as linhas na palma da mão.

"E se ele não estiver na boate?", ela pergunta.

"Em breve saberemos."

"Você devia pegar o carro e ir até Arima para ver, Clyde."

"Não! Eu já disse que não! Não vou deixar vocês sozinhos aqui na casa."

"Mas o Peter parece estar preocupado", diz Joy.

"Bom, provavelmente ele está preocupado porque você está preocupada."

"Eu estou preocupada. Claro que estou preocupada. Você não está preocupado?"

"Um pouco. Mas acho que ele está na boate."

"Peter disse que ele não está lá."

"Sim, mas como é que ele sabe? Eles andam mais afastados agora. Talvez o Peter não saiba."

"Mas eles são irmãos", diz Joy. "Eles são *gêmeos*. Peter deve saber."

"Peter não é responsável por ele. Eu tô sempre repetindo a mesma coisa pra você. Por que o Peter seria responsável por ele? O Peter tem a vida dele pra se preocupar!"

Joy fica quieta. Clyde sabe que Peter, em seu quarto, deve estar ouvindo. Ele apaga o cigarro; o cinzeiro vira, esparramando cinzas em suas calças.

"Eu vou me deitar um pouquinho", ela diz.

"Isso. Vai pra cama, você. Não faz sentido nós dois ficarmos acordados."

Joy o observa enquanto ele limpa as cinzas, e depois se levanta lentamente e vai embora.

Depois que ela sai, Clyde se levanta, abre a cortina para olhar pela janela. Os cães devem estar nos fundos, o quintal está silencioso. Ele espana o pó do lençol estendido sobre sua poltrona e depois fixa-o em seu lugar com uma das mãos enquanto gira cuidadosamente para se sentar nela. Ele junta as mãos sobre o colo. Não se incomoda de ficar sentado ali sozinho. Ele às vezes fica ali por um tempo depois que Joy e os meninos vão para a cama; às vezes se serve uma dose de rum e passa um tempo pensando nas coisas, até sentir que está pronto para dormir. Clyde cruza as pernas, examina as paredes ao seu redor, com suas flores azuis e verdes, os painéis de Celotex no teto, as manchas amarronzadas nos lugares onde há infiltrações. Romesh andava dizendo que Clyde conseguiria oitenta mil pela casa: as pessoas queriam aquele terreno, ele diz, por causa do terreno baldio ao lado e do vago nos fundos. Quem comprasse pegaria um pedacinho a mais de cada um dos terrenos, ele diz, e construiria um condomínio onde duas ou três famílias poderiam morar juntas. Homens já abordaram Clyde diversas vezes — no mercado, no shopping center, no escritório da T&TEC quando ele estava esperando na fila para pagar a conta de luz. "Você é o Deyalsingh?", diziam os caras, apertando sua mão. "De La Sagesse?" E eles perguntavam: "Você já está vendendo a sua casa?". E todas as vezes Clyde ria como se aquilo fosse uma piada e dizia: "Ainda não, velho, ainda não".

Depois que vendesse esta casa, ele sabe como as coisas seriam: eles estariam sempre fazendo as malas, penando para encontrar algum lugar para morar, batendo na porta das pessoas e pedindo para ficar alguns dias, algumas semanas, alguns meses. Clyde passou anos assim depois que saiu daquela casa — quando ele tinha doze anos, após uma briga com o pai —, anos carregando seus poucos pertences em uma sacola plástica, dormindo em colchões sem roupa de cama, ou em cima de papelão e jornais estendidos no chão, ou sobre duas poltronas encostadas. Pelo menos esta casa, ali em La Sagesse, pertencia a ele. Clyde examina as rachaduras nas paredes, as pequeninas atrás do sofá que parecem rabiscos desbotados feitos a lápis, aquela grandona no canto, que começa no teto e se espalha em ramificações que descem pela parede. Comparado à enorme sala de estar de Romesh, aquele lugar parece uma caixa de papelão. Só comporta os móveis que eles ajeitaram ali: o sofá de três lugares encostado na parede, a poltrona de Clyde, o ventilador ao seu lado, o armarinho que fica debaixo da janela. No meio da sala fica a mesa de centro, um caixote de madeira empoeirado e lascado, com o desenho de vacas entalhadas na borda, uma peça da qual ele gostaria de se livrar, porém Joy quer mantê-la porque, em algum momento, pertenceu a alguém de sua família. Atrás dele, na outra metade da sala, ficam a mesa de jantar de mogno e as cadeiras com estofamento de veludo que ele comprou na Courts há alguns anos. Dois meses do seu salário, foi o que aquela mesa lhe custou — se eles se mudassem para Port of Spain, o que aconteceria àquela mesa? Seria colocada na caminhonete de alguém, apanharia chuva, ou alguém a derrubaria, e uma de suas pernas se quebraria. Não há nenhum motivo para se comprar coisas caras, pensa Clyde, a não ser que você more em algum lugar estável, em algum lugar onde possa dizer: esta é a minha casa, é aqui que eu moro, é aqui que sempre vou morar.

De algum lugar da vizinhança emana a batida grave do calipso. Clyde imagina os homens no campinho, agora com um rádio portátil e algumas mulheres junto a eles, o álcool circulando. Ainda faltava um tempo até o Carnaval, mas as festas já haviam começado; mais e mais cedo a cada ano. Clyde disse não, a princípio, quando Peter e Paul pediram para ir à festa em Port of Spain, mas depois Joy o convenceu, dizendo para soltar um pouco mais os meninos, deixá-los sair com os amigos da escola. "Amigos da escola", disse Clyde, "e meninas!" E Joy disse, sim, é claro. Os meninos são adolescentes, ela disse, é claro que eles querem sair com as meninas. Clyde concordou com a festa e criou uma musiquinha e uma dancinha que diziam para eles se comportarem, e disse: ai de vocês se eu ficar sabendo de qualquer atitude irresponsável; mas, secretamente, ele estava feliz por Peter querer sair. Clyde se perguntava com frequência se fazia bem para a saúde do menino ficar dentro de casa o tempo todo, estudando e estudando do jeito que Peter estuda. Às vezes, tarde da noite, Clyde avista uma faixa de luz no rodapé da porta do quarto dos meninos — à meia-noite, uma da manhã — e ele bate, abre a porta e encontra Peter sentado na cama, ou no chão, do lado da cama, ainda estudando. O fim de semana inteiro, enquanto os outros meninos estão na rua jogando futebol ou críquete, Peter fica no quarto, ou sentado à mesa de jantar com seus livros espalhados à sua volta, livros cheios de palavras compridas e gráficos e diagramas que não fazem o menor sentido para Clyde. É como se existissem duas ilhas, pensa Clyde, uma para as pessoas que entendem dessas coisas e outra para as que não entendem. Mesmo agora, aos treze anos, Peter é como se fosse um estrangeiro em Trinidad. Veja só o que disse sobre ele o diretor, padre Malachy, depois daquela cerimônia de premiação alguns meses atrás. Clyde ficou sentado no banco da capela assistindo a seu filho subir ao altar repetidas vezes para receber as plaquinhas de madeira: Geografia, Espanhol, Matemática, aplausos, aplausos, aplausos. Em seguida, o padre Malachy o chamou para uma conversa em seu escritório. (O que ele fez foi o seguinte: deu um tapinha no braço de Clyde e disse em seu ouvido: "Posso lhe dar uma palavrinha?".) Clyde estava nervoso seguindo o padre Malachy pelos corredores da escola até sua sala, se perguntando se havia feito algo errado. No seu escritório, o padre Malachy puxou uma cadeira e uniu as mãos sobre a escrivaninha. "Então", ele falou, "me diga o que você tem planejado para ele. Em termos de universidade, eu quero dizer."

"Não sei direito", disse Clyde. Ele riu, aliviado por não estar encrencado. "Eu estava pensando nos Estados Unidos. Ou no Canadá. Não conheço ninguém que possa me aconselhar." Padre Malachy não se movia. Ele parecia muito severo. Clyde queria que Peter estivesse ali para lhe dizer o que ele devia falar. Pensou em explicar, em tom de brincadeira, que todas as pessoas que costumavam lhe dar conselhos estavam mortas, mas padre Malachy não parecia estar no clima para piadas.

"Eu vou te aconselhar", disse o padre Malachy. "Estou te dando um conselho agora. Pode mirar no topo." Ele começou a contar nos dedos. "Harvard, Yale, Princeton, MIT, todas essas."

"Mas, padre", disse Clyde, sorrindo. "Esses lugares são caros! Como eu pagaria por isso?"

Padre Malachy falou por um longo tempo. Ele disse, deixe-me explicar. Ele disse, com um menino como Peter, dinheiro não seria um problema. Falou sobre as diversas bolsas de estudo que Peter poderia ganhar. Citou os nomes dos meninos saídos de St. Saviour que haviam sido contemplados em diversas modalidades de bolsas para estudar no exterior, que um percentual de suas despesas havia sido pago pelo governo, onde eles trabalhavam agora. "E ainda tem a Medalha de Ouro", disse o padre Malachy: a Medalha de Ouro tinha sido conquistada por um aluno de St. Saviour quatro vezes nos últimos dez anos.

"Muito bom", disse Clyde. Ele disse aquilo sorrindo, como se estivesse concordando só para não causar problemas; ele não sabia muito bem como reagir.

Padre Malachy cruzou os braços e os apoiou sobre a mesa; Clyde sentiu seu coração batendo no silêncio antes de o padre falar. "Olha aqui", ele disse. "Olha aqui. Eu acho que você não está entendendo que tipo de menino você tem em suas mãos."

Os cães na Trilha estão latindo: agora deve ser o Paul, Clyde pensa, se levantando. Já passa das três! Ele puxa uma ponta da cortina para olhar: os passos lá fora não soam familiares, e a pessoa está batendo com um graveto no chão enquanto caminha. Clyde espera que a pessoa entre em seu campo de visão: é só um dos mendigos, aquele mais velho, que dorme na antiga parada de ônibus durante o dia e fica perambulando por aí à noite. Passa pela cabeça de Clyde ir até lá para conversar com o homem, perguntar se ele tinha visto algum sinal de Paul, mas aquilo não fazia sentido. O homem é completamente maluco: quando ele fala, só sai um monte de baboseira da sua boca. Ele se senta em sua poltrona novamente; o lençol escorrega e se amarrota atrás de seus ombros.

Clyde pega o jornal, lê os anúncios circulados, confere as contas que Joy fez na margem. Sabe que eles precisam se mudar para Port of Spain; ele não nega isso nem um pouco. Mas comprar uma casa está fora de cogitação, e as únicas que teriam condições de alugar são muito pequenas: quintais dos fundos que são apenas uns quadrados de concreto, e algumas nem sequer têm um quintal da frente — em vez disso, o pórtico dá direto na calçada, de modo que todo mundo que estiver passando consegue ver o que você está fazendo e ouvir o que está falando. Aqui, em Tiparo, ele pode ficar sentado na sua varanda, dia e noite, sem um grande trânsito de carros nem de pessoas xeretando sua vida, só no silêncio e na brisa fresca. Era como em Mayaro, onde Clyde tinha morado com sua tia anos atrás: brisa fresca e o barulho das ondas, e o cheiro do peixe assando na brasa no fim do dia. Mayaro era legal. Era um lugar bom para morar, um lugar onde todo mundo se conhecia, e as crianças brincavam o dia inteiro na praia, construindo jangadas com cocos, pedaços de madeira trazidos pelo mar e redes de pesca, e as mulheres ficavam sentadas à sombra das árvores por algumas horas, à tarde, depois que terminavam suas tarefas. Se as coisas fossem diferentes, Clyde teria pensado em voltar a morar em Mayaro e, quem sabe, construir uma casa por lá — só uma casinha, ele mesmo poderia erguê-la, não precisava de nada muito luxuoso —, mas ele sabia que aquilo era impossível. Hoje em dia, as coisas estão cada vez mais difíceis; um homem não consegue mais se sustentar com a meia dúzia de peixes que tira do mar. Não, eles não vão para Port of Spain, isso é certo. Seria melhor viver num lugar tranquilo e silencioso como Mayaro, assim como seria legal ter um novo telhado e um novo carro e uma nova TV. Mas legal é uma coisa; essencial é outra.

Ele é acordado pelos barulhos de engasgos e cuspidas vindos da cozinha, a água voltando. Ele nem percebeu que havia adormecido. A sala parece pequena, escura, vazia. Ele se levanta, alonga as costas, uma sensação gelada no fundo do estômago. Os pássaros estão cantando. A noite inteira se passou e Paul ainda não voltou! Ele enche a chaleira, ferve água para uma xícara de café. Não que ele precise — está totalmente desperto agora —, mas aquilo lhe dá alguma coisa para fazer. Os cães sobem pelos degraus dos fundos e arranham a porta, querendo seus petiscos matinais. Clyde está parado ao lado da pia assistindo à manhã despertar sorrateiramente pela janela. As colinas nos fundos da casa não passavam de sombras escuras havia poucos instantes; agora ele consegue distinguir seus contornos contra o céu muito azul, ainda salpicado de estrelas.

Uma porta se abre: Peter, o cabelo amassado, os olhos inchados.

"O Paul chegou?"

Clyde balança a cabeça.

"Que horas são?"

"Não sei. Devem ser umas quatro e meia, quinze pras cinco."

Clyde consegue ver, sob a camiseta de Peter, o quanto os músculos em seu peito e em seus ombros se desenvolveram, como seu pomo de adão desliza para cima e para baixo sob a pele quando ele boceja. Hoje em dia, com treze anos, o cara já é um homem — um homem jovem, mas, mesmo assim, um homem.

"Você acha que ele voltaria tão tarde de uma boate?", Clyde pergunta.

"Ele não iria à boate", disse Peter. "Ele não está na boate."

"Bom, então onde ele está?"

Peter limpa com a mão um pouco de saliva seca no canto da boca. "Não sei." Ele e Clyde ficam olhando um para o outro. "Eu não sei", Peter diz mais uma vez, balançando a cabeça.

Joy está se levantando — eles ouvem as molas do colchão, em seguida seus passos e, depois, ela abre a porta do quarto.

"O Paul tá aí?", ela pergunta. "Ele chegou?"

Os dois balançam a cabeça. Ela fica ali parada por um momento, na sua camisola fininha, coçando uma picada de mosquito no braço. "Ele não chegou em casa?"

Clyde balança a cabeça. "A água voltou", ele diz.

Ela vai ao banheiro, murmurando consigo mesma.

Clyde diz para Peter se arrumar para a escola, em seguida tira a chave do gancho, destranca a porta dos fundos e fica parado na soleira da porta, assistindo ao sol nascer por trás da colina. Abaixo de uma linha cintilante de luz, a colina repousa, ainda está tomando forma, um verde-acinzentado, um verde-prateado, um verde-dourado. Os cães arfam e se esfregam em suas pernas.

Agora, Clyde terá de ligar para Seepersad, seu supervisor no complexo industrial, e dizer, mais uma vez, que não poderá trabalhar hoje. Clyde já consegue imaginar a expressão no rosto de Seepersad, os chiados que fará com a boca enquanto desliga o telefone, a maneira como se sentará em seu escritoriozinho, as portas fechadas para manter do lado de fora o zunir do maquinário, o sussurro das tubulações de gás, reclamando para quem estiver na sua frente que tem gente em Trinidad que não sabe o que é trabalhar, que dia sim, dia não, ligam pra dizer que estão doentes, ou atrasadas, ou que vão sair mais cedo.

E tudo isso por causa de Paul, ele pensa; Paul é o responsável por tudo isso. Se ele não está na boate, então onde está? Clyde começa a pensar agora em outras possibilidades que, ele percebe, não tinham lhe ocorrido antes. Talvez Paul tenha se acidentado. Talvez tenha bebido um frasco de Gramoxone. Talvez tenha passado a noite com uma garota — mas que garota? E onde? E quando ele voltará? E se — Clyde se contorce só de pensar —, e se Paul estiver saindo com homens por dinheiro? Tinha um homem desse tipo em Tiparo: sua esposa o havia deixado e todo mundo sabia o porquê. Homens desse tipo oferecem dinheiro para que meninos saiam com eles, eles pagam muito dinheiro.

O sol nasce; a luz consolida sua presença. Nos galhos mais altos do ipê na encosta, os compridos ninhos suspensos dos japus-pretos balançam sob o vento, flores amarelas despencam suavemente até o chão. Clyde se senta no degrau, repentinamente alarmado; os cães sentam junto com ele, enfiam o focinho por entre suas mãos.

Parte dois

4

Clyde está sentado nos degraus da frente do Hospital Geral de Port of Spain, fumando um cigarro e observando as pessoas que passam pela Charlotte Street. Já são quase dez e meia da manhã, e faz mais de vinte e quatro horas que ele está aqui, esperando pelo nascimento dos bebês. Na manhã de ontem, quando ainda estava escuro, ele havia sentado nos degraus de pedra na entrada do prédio e assistido aos adultos de roupa social e às crianças de uniforme escolar passando; ao meio-dia, foi até os vendedores na calçada comprar uma arepa e um Red Solo gelado; mais tarde, atravessou todo o estacionamento escaldante até a recepção para usar o telefone. Quando o sol se pôs, os vendedores do dia recolheram seus guarda-sóis e saíram empurrando suas carrocinhas. As salas de espera ficaram vazias. Os vendedores da noite chegaram, também trazendo guarda-sóis, embora não houvesse sol, e estacionaram suas carrocinhas sob os postes da rua: estes vendiam *pholourie*,* algodão-doce cor-de-rosa em sacos plásticos e garrafas de Carib. Eles também, a certa altura, foram embora. A recepcionista e algumas enfermeiras entraram em seus carros e foram embora. Enquanto ficava sentado nos degraus fumando, entre as dez e onze da manhã, as únicas pessoas que Clyde viu foram o segurança, imóvel dentro da sua guarita escura, e um

---

* Bolinhas de massa fritas e temperadas que são servidas com chutney. [N.E.]

mendigo descendo a Charlotte Street, cantando um louvor e balançando uma garrafa. Clyde tinha passado a noite sentado numa poltrona ao lado da porta da enfermaria, contando os ladrilhos verdes na parede e andando de uma ponta à outra do corredor.

Agora, era manhã novamente: os vendedores do dia voltaram, trazendo seus carrinhos; mulheres carregadas de sacolas desciam dos maxi táxis e caminhavam até a enfermaria para visitar os parentes internados. Clyde se senta nos degraus que estão na sombra, repara como os meninos, que param nos vendedores a caminho da escola, ficam olhando para as meninas; como as meninas levantam as saias acima dos joelhos, ficam jogando o cabelo pra lá e pra cá. Uma freira passa por eles e diz alguma coisa, e então todos começam a enfiar as camisas para dentro das calças e entregar seus dólares para o vendedor para pagarem seus refrigerantes. Clyde está assistindo àquilo tudo e percebendo como os meninos de St. Saviour parecem diferentes, mais inteligentes, mais bem-comportados que os outros, quando a porta do corredor se abre e alguém sai por ela.

"Deyalsingh?"

Ele se levanta, espanando a sujeira das calças. "Aqui."

"O primeiro bebê nasceu. É um menino!"

"Um menino!", ele diz. As pessoas que o escutam nos degraus próximos começam a comemorar, batendo palmas atrás de Clyde.

"É o seu primeiro filho?", alguém pergunta.

"Meu primeiro", diz Clyde.

"Ele precisa de um trago", um homem diz, um gordinho usando uma camiseta vermelha. Ele dá um tapa no ombro de um homem mais novo. "Vai ali nos vendedores e vê se arruma uma Carib gelada pra ele. O cara passou a noite inteira esperando aqui."

58

"Olá", diz o médico. "Olá, eu estou falando."

"Desculpa", diz Clyde. "Estou escutando. Vocês aí, silêncio. Deixem o doutor falar."

"Estamos tendo alguns problemas com o segundo. Mas Joy está bem."

"Que bom, que ótimo."

"Nós vamos tirá-lo de lá, não se preocupe. E depois vamos ver."

"Tá bom, doutor. Pode ir lá. Eu espero aqui."

Clyde sobe os degraus. No corredor, do lado de fora da enfermaria, tem uma mulher mais velha com uma cesta e uma garota grávida vestindo uma roupa de hospital cor-de-rosa bem fininha. Clyde enfia as mãos nos bolsos, passa rente a algumas cadeiras encostadas na parede, deixa para trás um balde e um esfregão abandonados, e vai até o final do corredor, onde há uma bananeira com uma aparência doente e uma caixa-d'água enferrujada. Ele dá meia-volta e retorna: passa pelo balde, pelas cadeiras, pela mulher e pela garota, até a enfermaria. Aquela pequena multidão não está mais nos degraus; alguns cães de rua estão fuçando o lixo que eles deixaram para trás. Clyde dá meia-volta e retorna. Pra lá e pra cá, pra cá e pra lá.

"Senta um pouco", diz a mulher mais velha, depois de algum tempo. "Você está deixando as pessoas ansiosas."

Ela vasculha sua cesta, tira de dentro dela alguma comida enrolada em papel-alumínio, entrega para ele. É um bolo doce, ainda quentinho, coberto de cristais de açúcar mascavo. A garota grávida dobra o tronco por cima das pernas, respira com dificuldade. Clyde se senta, come. O rosto da garota parece o de uma pessoa morta. Clyde desvia o olhar.

"Anda", a mulher dá uma ordem à garota. "Quem precisa andar é *você*." A garota caminha lentamente, apoiando uma das mãos na parede. As alças de sua roupa penduradas nos ombros.

"Eles ainda não vieram te falar nada, rapaz?", a mulher diz, depois de algum tempo.

"Não."

Ela chupa alguma coisa entre os dentes, balança a cabeça.

"O quê?", diz Clyde.

"Tem alguma coisa errada", ela diz.

A garota começa a chorar. Clyde não consegue ficar ouvindo aquilo. Ele volta para a claridade dos degraus do lado de fora, se senta e fica assistindo às pessoas andando pela Charlotte Street. Homens com suas camisas de manga comprida; mulheres de salto e maquiagem, todos rumando para os seus escritórios com ar-condicionado; homens em suas caminhonetes carregadas de frutas e verduras, para vender no centro da cidade; mulheres carregando sacolas de compras.

"Sr. Deyalsingh", o médico chama, atrás dele. Os cães de rua o observam enquanto ele sobe lentamente os degraus e tiram as patas e o rabo do caminho para deixá-lo passar. O médico o leva por dentro da enfermaria, o faz atravessar uma outra porta no final do corredor, até uma salinha que não tem uma janela, apenas um duto de ventilação bem alto na parede, perto do teto. O tio de Joy, tio Vishnu, está lá: Clyde está acostumado a vê-lo de calção e camiseta, mas, naquele momento, tio Vishnu está vestindo suas roupas de médico, calças pretas e um jaleco branco. Ele sorri enquanto aperta a mão de Clyde e diz parabéns, mas não perde tempo com conversa-fiada; Clyde fica parado num canto, evitando olhar para o bebê deitado numa espécie de caixa de plástico no centro. É menor do que ele esperava, com veias azuis visíveis no peito, os braços, as palmas para cima. Está deitado de costas, a cabeça virada um pouco para o lado. Joy e o outro bebê não estão lá.

Privação de oxigênio, o primeiro médico diz. *Possível retardo mental. Cordão umbilical enrolado no pescoço.* Clyde levanta o queixo, tenta buscar um pouco de ar no duto. Tinha de haver uma janela de verdade naquele lugar. Os médicos falam sobre muitas coisas — fórceps, batimentos cardíacos, contrações. *Retardo mental?* Seu coração está batendo muito rápido. Não há nenhum lugar para sentar. Enquanto o outro médico fala, os olhos de tio Vishnu se fixam no bebê. Ele usa a ponta dos dedos para tocar em todo o seu corpinho, apertar, bater, auscultar. Clyde começa a suar. Por fim, tio Vishnu vai até a pia, lava as mãos e depois volta para onde estava, e olha novamente para o bebê, cofiando a barba.

"E então?", diz Clyde. Ele diz aquilo mais alto do que pretendia. "O que você acha?"

Por um instante, tio Vishnu não responde.

"O quê?", diz Clyde. "O que foi?"

"Não vejo nenhuma anomalia", diz tio Vishnu. Mas ele fica ali parado por mais alguns instantes, cofiando a barba, olhando para o bebê. É como se soubesse que tinha de haver alguma coisa errada com aquele bebê, Clyde pensa, mas ele simplesmente não consegue descobrir o quê.

Naquela semana, enquanto Joy se recuperava no hospital, Clyde e a mãe de Joy, Mousey, arrumaram a casa para a sua chegada com os bebês. Ele combinou com o capataz de chegar mais cedo ao trabalho e sair logo depois do almoço. Foi até uma ferragem em Arima, comprou latas de tinta "Verde-Maçã" e "Azul-Bebê"; pegou emprestado pincéis, rolos, escadas, panos; afastou os móveis das paredes. Enquanto ele pintava, Mousey ficava no tanque de cimento do quintal, debaixo da janela da cozinha, lavando tudo: cortinas, roupas, lençóis, toalhas, fraldas, panos de prato, cada peça, ela dizia, precisava ser lavada antes de os bebês chegarem em casa. Mousey morava com Clyde e Joy na Trilha La Sagesse já fazia um tempo: era pra ser apenas um esquema temporário, enquanto ela se recuperava de uma pneumonia, mas Joy gostava de tê-la por perto, então ela não foi mais embora. Ela está nos seus sessenta anos, Mousey, baixinha, magrinha e incansável, com um cabelo grisalho comprido que ela lava duas vezes por semana com a seiva de um cacto, e depois prende num coque. Ela enche o tanque com água, joga um pouco do sabão em pó Breeze e mistura com as mãos até que o tanque fique coberto de uma espuma branquinha. Então enrola o tecido em seus punhos e o esfrega contra a parte enrugada da face inclinada do tanque. *Frush-frush-frush*, o barulho que faz. Clyde se pega pintando em sincronia com o ritmo de suas esfregadas. *Frush-frush-frush*. Ela enrola outra parte do tecido para esfregar nas ranhuras.

Frush-frush-frush.

Enrola.

Frush-frush-frush.

Os Chin Lee ofereceram seus varais para que eles tivessem mais espaço; assim como os Bartholomew, ao seu lado, e a sra. Des Vignes, na casa ao lado da deles. Por toda a Trilha La Sagesse, lençóis de um branco cegante sob o sol do meio-dia tremulavam nos varais.

Tio Vishnu traz um berço do irmão mais velho de Joy, que não o usava mais, um colchão com revestimento de vinil e um ventilador novinho em folha, ainda embrulhado em plástico. Começam a chegar as velhas de sári — tias, irmãs, amigas; são tantas que Clyde não consegue mais lembrar quem é quem — trazendo roupinhas de bebê que elas mostram umas para as outras e depois dão gritinhos. Elas vêm com enormes panelas de ferro e potes de tempero e se instalam na cozinha. Quando Clyde volta do hospital com Joy e os bebês, a casa está impecável e as enormes panelas de ferro estão cheias de comida: arroz, *roti*, curry de frango, curry de camarão, *aloo pies*,* saladas verdes, torta de macarrão.

---

* Espécie de empanada frita, geralmente recheada com purê de batata e especiarias. [N. T.]

Joy precisa de ajuda para sair do carro e subir os degraus; assim que chega na varanda, ela se agarra nas costas de uma cadeira, toda a cor desaparece do seu rosto. "Senta, senta, senta", dizem as mulheres, todas as mulheres que tomaram conta da casa de Clyde. "Faz ela sentar." Um prato de comida é trazido a ela. Tio Vishnu e Clyde também comem, os pratos em cima dos joelhos. Quando os bebês começam a chorar, as mulheres preparam mamadeiras com leite; outras andam pra lá e pra cá, fazendo *shh* para os outros. Joy procura um lugar para colocar seu prato. Clyde o tira de suas mãos.

"Não deixa ela levantar, faz ela ficar sentada", diz alguém. "Traz os bebês pra ela", diz outra pessoa. "Olha, ela está nervosa. Tragam os bebês para ela."

O bebê bom ganha sua mamadeira, sossega. O outro se contorce e se revira, seu rosto fica roxo. "Isso é normal?", Clyde pergunta. "É pra ele ser desse jeito?" O leite escapa da boca do bebê, escorre pelo rosto até as dobras do pescoço. Ele urra, fica roxo novamente. "Isso não parece estar certo", diz Clyde.

Mousey se vira para o tio Vishnu. "Por que vocês não vão dar uma volta de carro ou algo assim?", ela diz. "Leve o Clyde para tomar um ar fresco."

Tio Vishnu, ainda mastigando, larga o prato, apalpa os bolsos atrás das chaves. "Sem problema!", ele diz. "Hein, Clyde? Vem. Eu e você vamos dar uma volta. Só os homens."

"Isso. Vocês, homens, fora daqui", diz Mousey. "Vai ser melhor."

"Tem algum lugar aonde você queira ir?", pergunta tio Vishnu, quando eles entram no carro e começam a dar a ré na rampa da garagem.

"Na verdade, não", diz Clyde. Ele queria ficar na sua casa, com a esposa, e mostrar para ela os quartos que pintou e todas as coisas que ele fez.

63

"Agora é hora de dar um pouco de espaço a ela", diz tio Vishnu. Ele acena para as crianças brincando na frente do posto de gasolina. "Deixa ela quieta um pouco. Mas não se preocupe, as coisas voltarão a ser como antes. Só vai levar um tempinho."

"Claro, claro", diz Clyde. Ele acende um cigarro. Está feliz com o ar fresco e a brisa que entram pela janela do carro. Está feliz por estar longe das mulheres e dos bebês, por não precisar ficar olhando para Joy quieta e fraca daquele jeito, nem para os espasmos e torções do bebê doente. É por isso que os homens acabam nos bares de rum, ele pensa — nos bares de rum e nas esquinas, jogando cartas e apostando dinheiro e saindo com outras mulheres e sendo pais de outras crianças por toda Trinidad. Ele não sabe exatamente o que fará, o que deveria fazer, mas tem certeza absoluta de que não será isso. Quando termina de fumar o cigarro, ele o apaga no cinzeiro e limpa as cinzas dos dedos. Olha para suas mãos, ainda cobertas de respingos de tinta Azul-Bebê.

"Cara, então, eu preciso muito te perguntar uma coisa", Clyde diz para o tio Vishnu, depois de algum tempo. Eles já saíram do vale e estão chegando na cidade. "Por que você dirige esse carro velho todo detonado?" O carro é um velho Nissan Bluebird com o espelho retrovisor quebrado e colado com durex, o estofamento escapando pelas rachaduras nos assentos de vinil.

Tio Vishnu ri; Clyde se dá conta de que ele tinha ficado em silêncio esse tempo todo, esperando que Clyde se sentisse melhor. "Cara, eu não preciso desse tipo de coisa", diz tio Vishnu. "Pra que é que eu preciso de um carro de luxo? Pras pessoas fazerem uuh e aah quando me virem chegando?" Ele dirige com o cotovelo apoiado na janela aberta, acenando com frequência para as pessoas que conhece. "Cara, elas já ficam loucas quando me veem! Você sabe quantas pessoas estão querendo agendar uma consulta comigo? E que minha agenda está fechada? Às vezes, no hospital, atendo pacientes de todos os tipos até as nove ou dez da noite."

"Mas foi isso que eu quis dizer", diz Clyde. "Você poderia ter um casarão em Haleland Park ou Federation Park, ou em algum desses lugares, em vez daquela casinha onde você mora."

"Cara, eu não preciso de nada disso", diz tio Vishnu. "Desde que eu esteja trabalhando, estou feliz. As pessoas dizem: 'Vishnu, por que você não tira umas férias? Vai pra Miami, pra Londres, um desses lugares'. Eu digo: 'Pra que é que eu vou tirar férias? Tirar férias do quê? Eu amo o que eu faço. Não preciso tirar férias'."

No estacionamento da mercearia, um homem jovem se aproxima deles, camiseta branca e chinelos de dedo, um boné de beisebol com "Yankees" escrito nele numa letra sinuosa. Ele se curva respeitosamente até que tio Vishnu o vê. "Olá, doutor", ele diz. Ele estende a mão para cumprimentá-lo. "Como anda o senhor?"

"Bem, obrigado, muito bem", diz tio Vishnu. "Como vai sua mãe?"

"Ela está muito bem", diz o homem, ainda apertando sua mão. "Ela está bem, obrigado, doutor."

Dentro da mercearia, ao lado de uma pilha de inhames empoeirados, uma mulher dá um tapinha no ombro do tio Vishnu. Ela tem a pele clara, o cabelo grisalho, bem-vestida. "Dr. Ramcharan? Oi! Achei que fosse mesmo o senhor."

Enquanto tio Vishnu fala, os olhos da mulher examinam Clyde; Clyde tenta parecer respeitável. "E quem é este que está com você?", ela pergunta, sorrindo para Clyde. "É o seu filho? Achei que você não tivesse filhos."

"Meu sobrinho", diz tio Vishnu, e Clyde novamente aperta uma mão.

"Você não é um Ramcharan", diz a mulher. "Você não tem as feições dos Ramcharan. Você deve ser um agregado."

Tio Vishnu explica que, sim, Clyde é um agregado. "Mas pra mim tanto faz", ele diz. "Agregado, desagregado, ele ainda é da família!"

A mulher ri. "Eu tenho que levar uma coisa pra você", ela diz. "Passo lá semana que vem. Tudo bem? Deixo na sua garagem se você não estiver em casa."

Tio Vishnu inclina a cabeça graciosamente. "Tudo bem", ele diz. "Eu não vou fazer essa desfeita! Tudo que você me traz sempre é comido, se não por mim, por alguma outra pessoa!"

Eles se despedem e saem empurrando vagarosamente o carrinho por entre os caixotes de pimenta-malagueta e limão. Clyde passa a mão em uma enorme melancia, lisinha e gelada, do tamanho da barriga de uma grávida. No corredor dos frios, tio Vishnu pega um frango, algumas penas úmidas esmagadas pelo plástico. "Frango", ele diz. Ele pega mais um, coloca no carrinho ao lado do primeiro. "Dois frangos."

Clyde o segue, as mãos nos bolsos.

"E camarão? Você gosta de camarão?", pergunta tio Vishnu, pegando um pacote e o inspecionando. "Por minha conta, viu?", ele diz, colocando o camarão no carrinho. "Vou pagar por tudo isso."

"Bem, então pegue a carne, que eu vou pegar o resto", diz Clyde.

"Não, não", diz tio Vishnu. Ele está andando lentamente pelo corredor dos frios. Pega um pacote de pés de galinha e o põe de volta no lugar. "Você acaba de ter dois filhos, cara. Deixa eu te fazer um agradinho, vai."

Além das carnes, tio Vishnu compra um saco de arroz, seis latas de leite em pó Klim, um pacote tamanho-família de biscoitos Crix, caldo de carne Maggi, queijo, ovos, macarrão, ketchup, mostarda, papel higiênico, sabonete, xampu, detergente, três engradados de Carib, papel-alumínio, casquinhas de sorvete e dois potes de sorvete Flavorite, um de baunilha, outro de passas ao rum. As verduras são melhores no mercado de San Juan, ele diz; ele não vai comprar as verduras aqui. Quando está entrando na fila do caixa, outro paciente se aproxima para dizer oi, um homem idoso com duas filhas adultas e vários netos de chinelos de dedo. Uma das filhas conversa com tio Vishnu sobre o fígado de alguém, enquanto o homem e as crianças ficam olhando para Clyde e para o carrinho cheio. Clyde estende sua mão para o velho. "Clyde Deyalsingh", ele diz. "Sobrinho agregado."

"Escuta", diz tio Vishnu no carro, a caminho de casa. "Eu estava pensando. Já faz um tempão que a Mousey está morando com vocês. Deixa eu dar um dinheiro para pagar pela comida dela."

"Se você quiser. Mas ela não come muito", diz Clyde.

"Eu sei. E ela é muito boa, está sempre trabalhando. Se consegue ficar de pé em cima das pernas, a Mousey trabalha. Cozinha, limpa, vai cuidar das crianças quando Joy precisar descansar."

"Eu não me importo da Mousey morar conosco, nem um pouco. Ela ajuda Joy na casa. Não me incomoda."

"Deixa eu te dar algum dinheiro mesmo assim", diz tio Vishnu. "Eu não quero que fique pesado para você, você me entende."

"Não está pesado", diz Clyde. "Até agora estamos nos virando muito bem."

"Qual é o problema?", diz tio Vishnu. "Você não quer aceitar o meu dinheiro ou algo assim?" Ele parece confuso.

"Eu não tenho, mesmo, o hábito de pedir dinheiro às pessoas", diz Clyde, hesitante. "Digo, pegar emprestado e coisas desse tipo."

"Eu não estou emprestando. Você não precisa me pagar nada de volta. Só quero lhe dar um dinheiro para cobrir as despesas de Mousey." Eles estão fora da cidade, num longo trecho de estrada, mas tio Vishnu olha para Clyde a cada poucos segundos, esperando que ele responda. "Hein? Qual é o problema?"

"Bom", diz Clyde. Ele tenta dizer aquilo de um jeito leve. "Quando alguém te dá dinheiro, geralmente tem alguma coisa por trás!"

"Tem razão", diz tio Vishnu. Ele balança a cabeça diversas vezes, e Clyde sente-se aliviado por ele não ter ficado ofendido. "Você tem razão em pensar duas vezes antes de pedir dinheiro a alguém. Está coberto de razão. Só que eu não sou *alguém*!" Ele diz "alguém" de uma maneira cômica, com um nojo forçado. "Eu faço parte da sua família, cara! Você é da minha família. Não tem nada por trás disso. Não vou voltar daqui a um ano e te dizer, ah, oi, você precisa me devolver essa quantia aqui que eu te emprestei. Não sou assim."

Clyde murmura, "Tá", enquanto tio Vishnu fala. Não há mais nada que ele possa dizer.

"Olha. Eu tô vendo que você não está confortável. Você está preocupado que eu esteja querendo assumir o controle de tudo. Eu não estou. Mas você é minha família, cara. Não preciso de todo o dinheiro que eu ganho! Prefiro dar esse dinheiro à minha família a comprar coisas que eu não preciso."

Eles estão chegando de volta ao vale, onde é verde e tranquilo. Tio Vishnu dirige devagar colina abaixo, freando bastante na estrada estreita e sinuosa onde o mato cresce grosso dos dois lados. Quando a estrada fica reta de novo, a vegetação se torna menos densa, e o vale se abre numa extensa área verde salpicada de árvores e búfalos e cabras, e do amarelo intenso dos ipês floridos. Tio Vishnu deixa o carro descer a ladeira em ponto morto.

"Vamos fazer o seguinte", diz tio Vishnu. "Vou te dar um dinheirinho para cobrir as despesas de Mousey. Você tem mais bocas para alimentar agora. Tudo isso vai pesar pra você.

Já vi isso acontecer muitas vezes. Vai por mim, eu tenho razão. Você talvez não ache isso agora, mas isso tudo vai pesar pra você."

Nos meses seguintes, Clyde viu que tio Vishnu tinha razão: as coisas estavam pesando cada vez mais para ele. Os bebês precisavam de leite, brinquedos, roupas; precisavam de mamadeiras, copos especiais, pratos de plástico. Eles precisavam de xampu sem lágrimas, de um carrinho de bebê, pomada para assaduras. Joy começou a comprar Pampers, porque as fraldas de pano levam muito tempo para lavar e secar; e se não tem água, não se pode sequer lavá-las, e então elas se acumulam num balde, empesteando a casa inteira. Os irmãos de Joy e suas famílias aparecem quase toda semana e ficam até bem tarde da noite, comendo e bebendo e bebendo e comendo. Se Clyde faz as compras num sábado, na terça-feira a comida já acabou. Tio Vishnu lhe entrega um envelope cheio de dinheiro que ele diz ser para as despesas de Mousey, e depois lhe entrega outros no Divali, no Natal, no Ano-Novo. Ele começa a trazer umas coisinhas sempre que vem visitá-los: um saco grande de ração Purina para cães, duas dúzias de ovos. Vai até os fundos e lava as tigelas dos cães, passa a mangueira no canil, joga um pouco de Clorox, esfrega com a vassoura. Clyde, às vezes, fica assistindo a tudo no alto dos degraus e diz, um pouco constrangido, que ele ia fazer aquilo tudo, só não tivera tempo ainda, mas tio Vishnu só acena com a mão e diz, "Não esquenta, cara. Só estou te dando uma forcinha. Você está ocupado com sua esposa e seus filhos. Eu tenho tempo, posso fazer isso."

Conforme os meses vão passando, Clyde tenta esperar pacientemente que as coisas voltem ao normal como o tio Vishnu disse que voltariam. O bebê saudável, Peter, começa a dormir à noite após alguns meses, mas o outro, Paul, ainda acorda todo mundo a noite inteira, berrando com toda a força de seus pulmões. Noite após noite, o bebê acorda, chora, não quer voltar a dormir; Clyde às vezes sai para dar uma volta de carro, para se afastar do barulho. "Leva tempo", tio Vishnu insiste em dizer. "Isso não é anormal." Clyde espera um ano, dezoito meses; mas, quando os meninos estão perto de completar dois anos, eles vão até Siparia para a cerimônia do primeiro corte de cabelo e as coisas pioram.

Mais tarde, ele fica se perguntando por que se deu ao trabalho de ir até a cerimônia do primeiro corte de cabelo, pra que gastar seu tempo e dinheiro naquela superstição sem sentido? Na verdade, se tinha algum tipo de superstição por trás daquilo, ele não sabia qual era — a verdade é que ninguém sabia qual o sentido daquilo tudo: por que os indianos tinham aquela tradição, afinal de contas, de levar os filhos para ter seu primeiro corte de cabelo com um velhote que, algumas vezes ao ano, veste uma túnica amarela e um turbante; por que ela é realizada ao lado de uma igreja católica quando supostamente é uma tradição hindu; e será que ela é de fato uma tradição hindu, ou será uma coisa de muçulmano; ou, quem sabe, de alguma forma que os indianos não são capazes de entender, são apenas os católicos tentando persuadir os hindus a se tornarem cristãos?

Clyde ainda se lembra de quando seu pai o levou para Siparia para o primeiro corte de cabelo, muitos anos atrás: ele lembra do pai sentado com as pernas cruzadas no chão, sob a sombra de uma grande árvore, todos os homens mais jovens ouvindo um homem mais velho falar, e, embora Clyde não soubesse sobre o que o homem mais velho estava falando, percebia que o pai estava feliz, não como se estivesse embriagado, mas genuinamente feliz. Clyde lembra de segurar uma tira de plástico azul e dançar em volta de um mastro junto com outras crianças; e lembra do vendedor de algodão-doce circulando por lá, como uma árvore ambulante com flores cor-de-rosa fofinhas, e de como ele mal pôde acreditar quando seu pai, que normalmente se recusava a gastar dinheiro em coisas frívolas, chamou o vendedor com um gesto e lhe deu um dólar, e o vendedor soltou o saco de plástico fofinho do seu poste e o pôs nas mãos de Clyde. No dia em que Clyde e Joy e Mousey carregaram o carro para a viagem de duas horas até Siparia, ele tinha um maço de notas de cinco e de um dólar no bolso, para dar a Peter e Paul quando chegassem lá, para que pudessem brincar de pescaria e com a *piñata*, ou com qualquer coisa que houvesse por lá, e para que pudessem dançar em volta do mastro e comer quanto algodão-doce eles quisessem. Clyde vinha dizendo a eles fazia semanas o quanto aquilo seria divertido.

A igreja é uma igreja católica normal, com uma grande cruz no telhado e uma imagem de Jesus com uma auréola dourada pendurada na parede logo acima da porta principal. Eles não param o carro no estacionamento principal, porque o padre deixa aquelas vagas para as pessoas que virão assistir à missa; eles deixam no terreno ao lado, já lotado de carros e pessoas e caminhões que tocam música. Clyde leva a cadeira dobrável para Mousey e a cesta com a comida que Joy preparou; Joy leva a garrafa com chá; Mousey segura a mão dos meninos. A maioria dos lugares com sombra já está ocupada, mas eles encontram um espaço perto da tenda principal, ao lado dos vendedores de comida quente, e se acomodam para passar o dia ali.

Joy sugere que eles cortem o cabelo de uma vez, antes de mais nada, para que possam riscar isso da lista e todos possam relaxar. Eles encontram o cabeleireiro e colocam os dois meninos na fila à sua frente. Paul sai da fila toda hora e tenta subir no colo de Joy, e ela o pega pelos ombros e o empurra de volta. Lá pelas tantas, Peter segura a mão de Paul para que ele fique parado; as crianças mais velhas o provocam,

dizendo que ele parece uma menina, e Peter diz: "Nós somos gêmeos. E ele é retardado, precisa de alguém para segurar sua mão às vezes".

Em determinado momento, com Paul ainda saindo da fila
e tendo que ser levado de volta, outro adulto diz: "Deixa ele
ir primeiro, dá pra ver que ele tá ansioso". Paul é passado na
frente de todos, e o cabeleireiro faz a sua dancinha e fica exibindo suas tesouras e seus trajes, e coloca Paul sentado na
cadeira para iniciar o corte. Clyde percebe quando tudo começa: como os olhos de Paul se fixam no nada, como suas
mãos passam a arranhar as pernas. Joy ainda não percebeu:
ela está falando sobre a garrafa de chá ter vazado e a sacola estar toda molhada. Está mexendo nas coisas atrás de um guar-
danapo quando Paul tapa os ouvidos com os dedos e começa
a gritar. O cabeleireiro recua. As crianças na fila correm para
suas mães. Joy leva a mão ao peito. Todo mundo que está aqui,
Clyde pensa, as centenas de pessoas espalhadas por esta área,
deve estar olhando para essa direção. Ele luta contra o impulso
de voltar correndo para o carro e ir embora dali, deixando que
alguma outra pessoa lide com aquilo. Ele se força a caminhar
para a frente.

"Eu nem toquei nele", diz o cabeleireiro, "ele começou a
gritar do nada…"

Clyde coloca a mão no ombro de Paul. "Pare com isso", ele
diz. "Pare." Aquilo não causa nenhum efeito. Paul ainda grita;
ele adotou um ritmo: são ruídos agudos e repetitivos, como o
alarme de um relógio, ou uma sirene de polícia.

"Pare com isso. Pare, eu disse."

"Bate nele", sugere o cabeleireiro. "Você tem de bater nele.
Ele não está te escutando."

Os dedos de Clyde apertam o ombro de Paul. "Pare com
isso, eu disse! Pare!" Mas, mesmo assim, Paul não para, apenas ergue os ombros ainda mais na direção das orelhas. Aquilo

é o máximo que ele pode aguentar sem lhe dar um safanão no rosto, ou pegá-lo pelos cabelos e sacudir sua cabeça. Em vez disso, furioso, ele o pega no colo, todo contorcido, e o leva embora daquele jeito, aquela massa que grita. Em algum ponto do caminho em direção ao carro, alguém — talvez Mousey, talvez alguma outra pessoa — joga um caneco d'água no rosto de Paul e o choro cessa, simplesmente.

Mais tarde, quando falam sobre o assunto, já de volta à Trilha La Sagesse, Romesh, o irmão mais novo de Joy, diz que eles deveriam internar o menino em St. Ann's, o hospício que fica em Port of Spain. "Coloquem ele lá de uma vez", ele diz. "Tem alguma coisa errada com ele. Definitivamente tem alguma coisa errada com ele."

"Tio Vishnu disse pra esperar pra ver", diz Clyde.

"Faz isso agora", diz Romesh. "Esse é o meu conselho. Quanto mais tempo vocês esperarem, mais difícil será pra vocês."

"Eu pedi seu conselho?", diz Clyde, irritado. "Alguém me ouviu pedindo um conselho? Não! Então guarde as suas ideias pra você!"

Romesh faz um chiado com a boca e diz pra esperar pra ver; um dia, ele diz, Clyde vai desejar ter seguido seu conselho. Clyde entra em casa e liga a TV, gira o botão pra deixar o volume bem alto, para abafar qualquer coisa que Romesh esteja dizendo na varanda. Um show de talentos infantis está passando: Clyde acende um cigarro enquanto uma garotinha num reluzente maiô dourado anda sobre as mãos. Ele tenta se lembrar por que estava ansioso por esse dia, por que estava ansioso para levar os meninos a Siparia só para que uma pessoa usando um turbante amarelo lhes cortasse os cabelos. Qual era o sentido daquilo? A menina do maiô reluzente faz algum tipo de dança, com espacates e chutes e cambalhotas. Clyde não consegue pensar direito: sempre que tenta emendar um pensamento no outro, é interrompido pela memória dos gritos, pela vergonha de caminhar no meio da multidão que o encarava para buscar o filho. Um garotinho usando uma camisa xadrez e uma gravata entra no palco trazendo uma flauta doce e começa a tocar uma música. Para ele, aquele dia agora parece não ter nada a ver com tradições ou cerimônias, é só um bando de indianos ignorantes se juntando para encher a boca de comida e a cara de álcool e ficar olhando pras meninas que dançam vestidas em sáris provocantes. Uma menina branca dança um balé. Uma menina mais velha com o cabelo trançado com muitas fitas canta uma música com uma voz sussurrante. "Tio Vishnu vai me dizer o que fazer", Clyde pensa. "O que ele me disser pra fazer, eu vou fazer." Seus olhos estão fixos na tela, mas, em sua cabeça, ele vê a si mesmo andando até o hospício com duas crianças, fazendo uma delas passar pelos portões e virando-se para voltar para casa com a outra.

5

É fácil conviver com tio Vishnu e com Mousey, mas com o resto da família de Joy é outra história. Eles vêm até a casa de Clyde na maioria dos domingos e feriados; chegam quando lhes dão na telha, a qualquer hora da manhã, e geralmente ainda estão na sua varanda às onze horas ou à meia-noite. O irmão mais velho de Joy, Philip, é um juiz que ganhou uma bolsa para estudar em Oxford; ele tem um casarão em Port of Spain que qualquer um acharia perfeito para receber a família inteira para um almoço, mas eles só vão até lá uma ou duas vezes por ano, porque sua esposa inglesa, Marilyn, não gosta de toda a bagunça que eles fazem. Quando Clyde e Joy foram à casa deles pela primeira vez — isso já fazia anos, antes de os gêmeos nascerem —, Philip e Marilyn beberam vinho em taças; Clyde se sentiu um idiota bebendo sua Carib direto da garrafa. Quando chegou a hora de comer, Marilyn pôs um pedaço enorme de carne assada em cima da mesa. Clyde e Joy ficaram olhando para aquilo, e então foi Joy quem disse: "Mas, Philip, por que vocês assaram carne?". E Philip disse: "Que foi? Achei que vocês comiam carne agora". E Joy disse que não, eles não comiam. "Como assim? Já faz tanto tempo que vocês não frequentam o templo nem nada assim — por que não voltaram a comer carne?" E Joy disse: "Bom, nós não voltamos". E aquilo tudo foi um grande constrangimento. Marilyn disse que ela estava cansada de tentar lembrar quem não comia carne bovina e quem não comia porco, e que, de agora em diante, ela só serviria camarão. Philip acabou indo até um Kentucky Fried Chicken, e todos se sentaram na varanda e comeram direto da embalagem, com as mãos, exceto Marilyn, que se sentou sozinha à mesa e, com garfo e faca, comeu a carne assada.

Romesh e Rachel também têm uma casa enorme, é claro — eles têm aquele casarão na Bougainvillea Avenue —, mas Rachel trabalha na loja de vestuário indiano que sua família tem no shopping, e diz que não tem tempo para cozinhar para toda a família de Romesh nos fins de semana. E Joy não gosta de ir até sua casa por causa dos cães. Eles ainda são filhotes, dois pastores-alemães, com suas patinhas peludas e seus dentinhos afiados, mas Romesh bate neles para que cresçam bravos, e Joy diz que, antes que alguém perceba o que está acontecendo, eles vão acabar comendo uma criança. "Não quero meus filhos perto daqueles cães", ela diz. "Prefiro que eles fiquem aqui, onde posso vigiá-los com meus próprios olhos." E assim, os gêmeos nunca vão à casa de Romesh e Rachel brincar com o seu filho, Sayeed, e, em vez disso, é Sayeed quem vem até aqui. Muitas vezes Rachel o deixa pela manhã, antes de ir para o trabalho, e só o busca à noite; durante o dia, Joy e Mousey o alimentam e cuidam dele, e, quando é hora do banho, elas o colocam no chuveiro com Peter e Paul. Se Rachel e Romesh vão sair aquela noite, Sayeed veste um dos pijamas de Peter e Paul e dorme junto com Mousey em sua cama.

Clyde não gosta que eles venham o tempo todo, mas Mousey e tio Vishnu estão sempre dizendo que a família deve permanecer unida, que a família é a coisa mais importante. Romesh e Rachel estão sempre lá, mas Philip e Marilyn não os visitam há alguns meses, por um motivo ou por outro. Mas hoje é feriado, Dia da Emancipação, e todos virão para o almoço, o que significa que a manhã será consumida inteiramente por um frenesi de limpeza e cozinha pra deixar tudo pronto. Ainda está escuro quando Clyde escuta o tilintar das panelas de ferro, o *plac-plac* dos chinelos de Mousey enquanto ela se movimenta na cozinha; quando ele se levanta, um pouco depois, Mousey já terminou de misturar e amassar a massa do *roti*, e bolotas brancas estão enfileiradas sobre uma folha de papel-manteiga em cima do balcão. Peter está sentado na cadeira de plástico branca encaixada perfeitamente no vão entre a geladeira e a lata de lixo, balançando as pernas, um bigode de achocolatado em cima dos lábios.

"Cadê a Joy?", Clyde pergunta a Mousey.

"Ela foi pra cama com o Paul", diz Mousey. "Ele começou a chorar quando o Peter se levantou."

Clyde destranca a porta dos fundos e se senta no degrau para fazer o carinho matinal em seus cães. Trixie fica no degrau mais próximo, orgulhosamente despejando mau hálito no seu rosto, a língua arroxeada pingando baba em seus pés. Pela janela ao lado, Clyde ouve Joy conversando com Paul enquanto o ajuda a se vestir, um braço por dentro da manga, depois o outro. Ele tenta não ouvir: em vez disso, procura prestar atenção no verde que há ao redor; tudo voltou a ser verde novamente agora que é a estação das chuvas. Peter vem se sentar ao seu lado no degrau e Trixie, feliz, planta uma pata pesada em seu peito, lambe-lhe o rosto. Mousey traz o café. Clyde tem uma longa lista de tarefas a fazer, mas ainda está cedo, e ele gosta de se sentar num lugar fresco para assistir ao sol nascer.

"Aquele é um papa-figos", diz Peter, apontando para um pássaro enorme, amarelo vibrante, com manchas pretas, no telhado do canil. "Né?"

"É mesmo? Como você sabe disso?"

"Está no livro que o tio Vishnu trouxe. E aquele é um tiê. Um tiê azul e cinza."

"Aham. Muito bem."

Um pássaro cinza pousa no gramado perto do coqueiro, aquele tipo de pássaro cinza com manchas pretas ao redor dos olhos que dão a impressão de que ele está sempre irritado. ("Sabiá-da-praia", diz Peter.) O pássaro dá uma longa encarada furiosa neles, como se os estivesse avisando para ficarem longe, e então enfia o bico na terra e, quando o puxa de volta, uma minhoca cor-de-rosa comprida se remexe em sua ponta. O pássaro joga a cabeça para cima e a minhoca desaparece dentro de seu corpo.

"Como eles sabem onde estão as minhocas?", diz Peter.

"Não sei."

"Ele não precisou ficar bicando e bicando e bicando até achar a minhoca. Você viu? Ele só pegou e... pá! Você viu?"

"Eu vi", diz Clyde. Ele olha para Peter, para sua pele marrom macia, as pernas fininhas de uma criança de quatro anos, os dedos do pé compridos, que são iguais aos seus, os dedos do pé dos Deyalsingh.

"Talvez o tio Vishnu traga mais uns livros para você quando ele vier hoje", diz Mousey. Ela está usando o triturador, colocando as folhas de coentro bravo, girando e girando a manivela, coletando a pasta verde escura que sai por baixo. "Né? Ele vem mais tarde, depois das corridas. Mas ele vem. O Vishnu sempre cumpre o que promete." Ela segura o triturador com uma das mãos, gira a manivela com a outra. Quando termina de moer o coentro bravo, ela começa a triturar punhados de tomilho e cebolinha e rodelas vermelhas de pimenta scotch bonnet. Com uma colher, joga os temperos em cima dos pedaços de frango dentro de um pirex e começa a misturar com as mãos.

"Vamos lá", diz Joy, andando depressa pela cozinha. "Tem muita coisa pra fazer." Ela volta um segundo depois trazendo uma vassoura e um esfregão. "Peter, você e o Paul, vão lá pra fora, por favor. Eu tenho que passar o esfregão aqui no chão."

Clyde faz sua xícara de café deslizar por cima do balcão e desce os degraus dos fundos para começar a dar um jeito no quintal. Ele começa pelo canil atrás da garagem, e vai contornando os quatro lados da casa, limpando, juntando cocô de cachorro com uma pá e jogando no meio da grama alta no terreno vazio nos fundos. Quando começa a chover, ele entra; esfrega os azulejos embolorados no chuveiro, joga água sanitária no vaso, pendura a toalha boa no suporte. Quando a chuva para, ele regressa ao pátio, apara a cerca viva, arruma o buraco na cerca, tapando-o com uma prancha de madeira, o outro buraco, que fica atrás do coqueiro, é coberto com a porta de um armário. Este lugar está sempre uma bagunça, pensa, não importa o que ele faça.

No quintal da frente, Peter e Paul estão agachados perto do enorme buraco que os cães cavaram ao lado da rampa da garagem, jogando todo o barro em cima do cimento.

"Ei", diz Clyde. "Vocês estão de roupa limpa? E brincando na lama?"

"Só estamos fazendo tortas de lama", diz Peter. Ele se endireita um pouco, olha para a sua camiseta. "São roupas velhas. Vamos nos lavar com a mangueira antes de entrar em casa."

Paul também olha para ele do outro lado do buraco na lama, o cabelo no rosto. Ele não corta o cabelo desde o que aconteceu em Siparia: parece um louco. Clyde luta contra o impulso de pegar uma tesoura agora mesmo e lhe cortar aquele cabelo todo.

"Vão fazer tortas de lama lá nos fundos", diz Clyde, saindo dali. "Estou tentando dar uma arrumada neste lugar."

Depois que termina o quintal, ele varre as folhas da varanda, tira a pilha de cadeiras de plástico da despensa e passa um pano em cada uma delas. Tira as almofadas das cadeiras de bambu e as sacode sobre a mureta, e depois arruma as cadeiras da maneira que Joy lhe diz para fazer, alternando uma de bambu com uma de plástico, fazendo um círculo. Está começando a chover mais uma vez, mas ele calça os chinelos mesmo assim e sai pela Trilha para comprar gelo no posto de gasolina. Ele passa por algumas crianças brincando na vala: elas pareciam ter acabado de sair de dentro do mato, descalças e sujas de barro, coçando as picadas de insetos.

"Brincando na chuva?", ele diz. Ele reconhece a maior parte delas da vizinhança.

"Sim, tio Clyde", elas dizem. Contam a ele sobre a cobra que encontraram no mato; descrevem as cores, as marcas, perguntam se cobra é uma coisa boa para comer. Clyde diz a elas que acha que não, e as aconselha a sempre bater com um graveto na grama quando andarem pelo mato, para o caso de ter uma cobra escondida ali.

"Sim, sim, a gente sabe", elas dizem.

"Bom", ele diz. "Muito bom."

Ele despeja o gelo no tanque nos fundos, onde Joy e Mousey lavam roupa, e depois pega garrafas de cerveja na geladeira e as enfia no meio, para ficarem geladas. Prende os cães no canil e abre o portão, e então está na hora de tomar uma ducha e vestir sua camisa boa. Quando todo o trabalho está encerrado, ele se senta na varanda limpa para ler o jornal.

Rachel é a primeira a chegar no seu Subaru branco, e estaciona atrás do carro de Clyde. Enquanto ela sobe as janelas, Sayeed sai do carro e vem andando até a varanda, e Rachel diz para ele correr para escapar da chuva.

"E aí, Sayeed, meu garoto!", diz Clyde. Ele abre os braços. Sayeed vai até ele para beijá-lo, enche a mão com os amendoins de uma tigela e corre para dentro da casa. Rachel vem em seguida, cobrindo a cabeça com a bolsa. Rachel é a menina mais bonita de sua família, magra, com seios grandes e cabelos longos e cacheados. Hoje ela está usando calças apertadas azul-claras e uma blusa regata com um babado no pescoço que, às vezes, dá a Clyde um vislumbre do seu decote. As mulheres saem da casa e ficam de pé na varanda conversando por algum tempo sobre as roupas de Rachel, o que fizera na loja esta manhã e as diversas pessoas que ela encontrou no shopping; depois, elas começaram a falar sobre a mãe de Rachel e seu pai, e suas irmãs, e os maridos de suas irmãs, e as irmãs dos maridos de suas irmãs. Clyde volta a ler o jornal. Por fim, as mulheres acabam voltando todas para a cozinha.

A chuva havia cessado novamente quando Romesh chega. Ele pega uma Carib no tanque nos fundos, chuta os chinelos para longe e se senta ao lado de Clyde na varanda. Romesh tem dois fios de suor escorrendo pelo lado esquerdo do rosto: duas linhas que descem, como marcas de pneu. Ele inclina a cabeça para o lado, limpa o rosto na manga da camisa.

"Quente!", diz Clyde.

"Velho! Passei o dia inteiro na estrada", diz Romesh. Ele segura a camisa com os dedos perto da gola e começa a sacudi-la, para jogar um vento no pescoço. "A manhã toda, desde umas sete, oito horas."

Ele foi até San Fernando esta manhã, diz, para pegar uma caixa de azulejos de cerâmica num hotel e depois entregá-la num lugar do outro lado de Trinidad, e teve de esperar enquanto o cliente conferia cada um dos azulejos, apontando os que estavam molhados, os que estavam quebrados. Ele balança os joelhos enquanto fala, relembrando a discussão com o cliente. "Não fui feito pra esse tipo de trabalho, não mesmo", ele diz. "Eu passo o dia inteiro na estrada, suando, estourando minhas costas, e as pessoas reclamam de dois ou três azulejos quebrados!"

"Bom, então vai pra loja de eletrônicos", diz Clyde. "Não é o pai da Rachel que quer que você vire gerente da loja de eletrônicos? Você está se fazendo de difícil ou algo assim? Vai pra lá!"

"Velho, tem muito dinheiro na área de transportes, tô dizendo pra você. Todo tipo de coisa precisa ser transportado."

"Estou sabendo", diz Clyde.

"Eu transporto qualquer coisa", diz Romesh. "Pra mim não faz diferença. Todo tipo de coisa precisa ser transportado do ponto A para o ponto B. Azulejos, cimento, ração de porco, garrafas de bebida, geladeira, freezer, qualquer coisa." Ele toma um gole da sua bebida. "Cana-de-açúcar", ele diz, dando uma risada. "Cocos. Qualquer coisa."

"Ou coisas na forma de pó", diz Clyde.

Romesh balança os joelhos pra dentro e pra fora. "Pra mim não faz diferença. Eu vou dirigir os mesmos trinta quilômetros debaixo do sol de qualquer jeito, não interessa o que estiver dentro da caçamba. Não é verdade? Mas uma coisa me paga cem dólares e outra me paga mil. Hein? Eu vou pegar os mil dólares! Não é verdade? Se uma pessoa te oferece cem dólares por um trabalho e outra, mil dólares pelo mesmo serviço, você não vai pegar o que paga mais?"

"Tome cuidado, Romesh", diz Clyde. "Você começa a justificar as coisas desse jeito e, quando vê, acaba dando com os burros n'água."

Romesh está na terceira Carib quando Philip chega na sua Mercedes prata. Ele precisa estacionar na rua porque a rampa da garagem já está cheia, e Clyde não percebe que ele está irritado quando chega na varanda. Marilyn já está se abanando e reclamando do calor.

"Você trouxe um livro para ler?", Joy pergunta a Anna. Anna tem nove anos, a criança com a aparência mais limpa que Clyde já viu, o cabelo preso numa trança às suas costas e sandálias com fivelas nos pés. "Você quer entrar na nossa sala? Lá é bem mais silencioso e tranquilo."

Anna dá de ombros. Clyde percebe como seus olhos correm por tudo e param nos seus chinelos surrados, seus dedos empoeirados.

"O que você vai beber, Philip?", pergunta Mousey.

82

"Eu quero um rum com coca, obrigado", diz Philip. Ele enfia os polegares na cintura das calças para mantê-las no lugar enquanto senta. "Com gelo, hein? Vocês têm gelo?"

Mousey diz que Clyde comprou gelo e sai arrastando os pés para providenciar as bebidas.

"Se vocês vissem como está o trânsito!", diz Philip. A rota que eles tinham pensado em seguir estava bloqueada por causa do desfile do Dia da Emancipação, então tiveram de fazer outro caminho. "Não é bem um desfile", ele diz, "é mais um bando de gente aleatória andando no meio da rua com cartazes e uns cordões de ouropel pendurados no pescoço. Se vocês vissem o congestionamento que eles provocam!"

"Duvido que eles sequer imaginem o que significa emancipação!", diz Marilyn.

Eles falam sobre o trânsito por um bom tempo; sobre deslizamentos de terra e a chuva, e os crimes mais recentes ocorridos no país; e sobre como vai o trabalho de Philip, que casos lhe estão chegando e o que ele pensa sobre eles. Philip sempre se limita a falar em termos gerais, é claro, mas fala sobre as pessoas que estiveram no seu tribunal ("meu tribunal"), e quem elas são e, se são advogados, onde se formaram, e para quem trabalharam, essas coisas. Mousey traz um segundo rum com coca para Philip, e então ele toma um gole e olha para Clyde por cima do copo.

"Então, como vai o trabalho?", Philip pergunta. "O que você está fazendo no momento?"

"Mesma coisa, cara", diz Clyde, tentando soar casual. "Construção."

"Construção? Você quis dizer concreto? Você ainda trabalha virando concreto?"

"Não tem nada de errado nisso", diz Mousey, "todo mundo precisa de uma casa pra morar! Se você sabe virar concreto, você sempre terá trabalho!"

"Sim, mas agora você tem outras bocas para alimentar", diz Philip. "Esse tipo de trabalho não é confiável!"

"Mas ele trabalha duro e é determinado", diz Marilyn.

Ela está sentada com uma perna cruzada sobre a outra, de modo que seu pé fica apontando para a frente, exibindo a perfeição de seus dedos brancos pintados com esmalte. "Ele tem a atitude correta. Isso já é meio caminho andado."

"Por que você não tenta pegar um trabalho no ramo do gás e petróleo?", diz Philip. "Aposto que a maior parte do pessoal daqui trabalha na petroquímica agora, não é verdade?" Ele fala sobre as mudanças que vem constatando em Trinidad recentemente: como agora mais pessoas têm antenas parabólicas em seus telhados; como hoje em dia todo mundo tem grades instaladas nas janelas e portas; como ele tinha ouvido rumores de que muitos expatriados estavam voltando para Trinidad; e como em Point Lisas, perto da zona industrial, eles queriam construir um condomínio com uma piscina de natação para que os estrangeiros morassem lá.

"Hein?", diz Philip, virando-se novamente para ele. "Aposto que se você for até lá e perguntar, eles vão ter alguma coisa pra você fazer. Você não poderia pegar um dos cargos com altos salários, porque... bem. Mas já seria um primeiro passo."

"Você precisa ter um diploma universitário para esses cargos mais altos", diz Rachel. "Física, química, engenharia, esse tipo de coisa."

"Educação", diz Mousey, concordando com a cabeça.

"Mas Philip tem razão", diz Marilyn. "É desse primeiro passo que você precisa. Depois que entrar na empresa, aí você pode ir subindo de posição."

"Viu, se tivesse estudado", diz Mousey, "ele poderia pegar um desses cargos mais altos!" Ela começa a falar sobre seu irmão, tio Vishnu, sobre como ele conseguiu uma bolsa para estudar no St. Saviour's College, lá em Port of Spain, e depois obteve outra para estudar medicina no exterior, na Inglaterra. Clyde enche a mão de amendoins e se senta, um pé apoiado no outro joelho, olhando lá pra fora, para o quintal da frente. Ele já tinha ouvido aquela história muitas vezes, como tudo sempre acabava voltando para o pai de Mousey, Surindranath, e os sacrifícios que ele fez. Na Trilha, crianças de diversos tamanhos estão correndo pra cá e pra lá, gritando, brandindo gravetos e folhas umas para as outras; Peter e Paul e Sayeed estão olhando para elas do outro lado do portão. "E como você vê, meu filho, Philip", diz Mousey, fazendo um gesto na direção de Philip, "tomou o mesmo caminho e agora ele é um juiz, está sempre nos jornais."

Na varanda, enquanto Mousey fala, Romesh bebe sua cerveja, balançando os joelhos para dentro e para fora. Romesh não foi nada bem no colégio: estudou numa escola pública que ficava em algum lugar em Marabella ou algo assim, um desses locais onde os professores estão sempre em greve e as meninas ficam grávidas aos quinze anos. Sempre que Mousey começa a falar sobre essas coisas, o que acontece com muita frequência, Romesh se recusa a dar qualquer tipo de resposta, fazendo-se de desentendido. Clyde também se recusa a dar qualquer tipo de resposta, embora saiba que Mousey quer que ele fique impressionado com aquilo tudo. Mas com o que ele se impressionaria? Existem dois tipos de homem no mundo, Clyde pensa, dois tipos de pais. Um deles trabalha duro, traz todo o dinheiro pra casa e entrega para sua mulher gastar com a casa e as crianças. O outro tipo não faz isso. E ninguém pode escolher que tipo de pai terá. É simples assim.

Por volta das cinco horas, as coisas estão correndo como de costume. Quando você tem homens como Romesh e Philip bebendo álcool desde a manhã até a noite, é sempre deste jeito que tudo acaba, com uma discussão, sempre sobre os mesmos velhos temas. Quem tem mais culpa é Romesh, que é quem está mais bêbado: tudo começa quando ele pede dinheiro para Philip para pagar algumas contas vencidas, e então as coisas entram numa espiral de destruição, como costuma acontecer quando Philip diz, de uma maneira presunçosa, "Não empreste nem peça emprestado", e Romesh diz para Philip parar de ser todo metido e afetado, agindo como se fosse melhor do que os demais, e que ele deveria dividir o que possui com eles, pois são todos da mesma família. Tio Vishnu, recém-chegado das corridas, sentado com o prato de comida equilibrado em cima dos joelhos, diz que já havia emprestado dinheiro a Romesh uma vez e que não voltaria a fazê-lo sem ter um bom motivo, e não fala absolutamente mais nada sobre o assunto. Então, Mousey diz que ela lhe emprestará todo o dinheiro que puder, mas reclama com Romesh que ele não se esforça para ajudar; que só aparece quando lhe é conveniente; que tudo que faz é comer e ir embora, e depois ainda traz o filho, Sayeed, para que eles o alimentem e cuidem dele, e que Romesh deveria fazer alguma coisa para retribuir; que ele deveria ajudar. Pega, pega, pega, ela diz. É assim que você é. E Romesh diz, quer saber, prefiro pegar um empréstimo no Republic Bank e pagar de volta com juros de quinze por cento a ter que ficar te ouvindo reclamar sobre todas as coisas que eu não faço.

Clyde estava tentando ficar fora daquilo tudo, e não dizer coisa alguma, mas a certa altura Romesh vira-se para ele e diz: "Mas o tio Vishnu está te dando dinheiro. Por que ele está dando dinheiro para você e não para mim, é o que eu queria saber".

Tio Vishnu sorri e balança a cabeça, e começa a recolher os pratos de papel sujos para jogar fora. "Você sabe por quê", ele diz. "Por que está perguntando a ele quando estou bem aqui na sua frente?"

"Eu quero ouvir dele", diz Romesh, olhando para Clyde.

"Olha", diz tio Vishnu. "Deus ajuda quem se ajuda! Você está se negando a pegar um bom emprego que alguém te ofereceu e, em vez disso, quer dinheiro de graça? Eu já te expliquei isso antes. Comporte-se direito e eu te ajudo, com satisfação. Não se comporte, e eu não te ajudo." E ele pega a pilha de pratos de papel e vai para a cozinha.

"Clyde nem é parente de sangue", Romesh diz para Philip. "Eu sou parente de sangue. Não consigo entender por que ele é o favorito."

"Eu sou o favorito?", diz Clyde. "O tio Vishnu só está ajudando com as despesas da casa, pois ele vê que todo mundo está sempre vindo comer aqui, é só isso. Sabe como é, vocês são um monte de bocas para alimentar! E agora eu também tenho dois filhos. É só por isso."

"Mas eu também tenho um filho", diz Romesh. "Não acho isso justo."

Clyde recolhe algumas garrafas vazias de Carib e se afasta antes que Romesh possa dizer mais alguma coisa. Na cozinha, Joy está juntando as sobras numa panela, os cães observando do último degrau. "Sai", ele diz aos cães, e se enfia por entre eles para passar e descer a escada. Ele põe as garrafas vazias no engradado debaixo dos degraus e respira fundo, tentando se acalmar. O sol está se pondo. A brisa cessou, as nuvens estão imóveis.

"Ei", diz tio Vishnu pela porta dos fundos. Ele desce os degraus atrás de Clyde. "Não deixe que Romesh o provoque, você sabe como ele é."

Clyde não olha para ele. Ele queria não ter bebido aquela última cerveja. Queria que a família de Joy não invadisse a sua casa todo fim de semana.

"Hoje ele provoca você", continua o tio Vishnu, "amanhã ele provoca outro. É assim que ele é. Não é um sujeito sério. Você é um sujeito sério. Você precisa focar na sua família e não se incomodar com gente como Romesh." Ele faz uma pausa por um instante e então provavelmente percebe o clima em que Clyde está, pois diz: "Por que você ainda está virando concreto, cara? Você não vê toda essa gente que eu conheço? Por que não veio me pedir para te ajudar a conseguir um trabalho melhor?".

"Velho, eu sei lá", diz Clyde. "Tá tudo sob controle." Mas não está tudo sob controle. Toda vez que a família de Joy vem até sua casa, eles têm as mesmas conversas, de novo e de novo; e todas as vezes o dia termina desse mesmo jeito, com ele querendo virar uma dose de rum, ou brigar com Joy, ou jogar todas aquelas garrafas de cerveja na parede.

"Você não vê quanta gente fica me oferecendo favores?", diz tio Vishnu. "Eu não devo nada a eles, você sabe. Eles estão tentando agradecer *a mim* por alguma coisa que fiz por eles. Você quer um emprego na Neal and Massy? Eu posso te arrumar um emprego, você sabe. Só me diz o nome do lugar em que você quer trabalhar, e eu consigo o trabalho pra você."

"Qualquer lugar?"

"Qualquer lugar! Não seja tão acanhado, cara! Você é da família, eu faço qualquer coisa por você! Movo montanhas por você! Onde você quer trabalhar?"

Tio Vishnu está realmente angustiado. Ele quer mesmo ajudar. Clyde sente a decisão se formando em sua cabeça, como uma coisa que tem vontade própria, que ele não tem poder algum para impedir.

"Com gás e petróleo, cara", diz Clyde.

"Gás e petróleo", repete tio Vishnu. Ele parece aliviado. "Sem problema. Deixa eu falar com uns amigos." Quando tio Vishnu se vira para subir de volta para a cozinha, ele diz: "Não duvide de você, cara. Você está fazendo a coisa certa. Está sustentando sua família. Cabeça erguida".

Tio Vishnu é um homem que age rápido. Na semana seguinte ele leva Clyde para se encontrar com uma pessoa em Point Lisas, e, quinze dias depois disso, Clyde avisa na construtora que vai sair do trabalho e começa a preencher a papelada para trabalhar na Amoco. No fim do mês, Clyde está com um adesivo no para-brisa do seu carro e o segurança do complexo industrial o cumprimenta com a cabeça todas as manhãs; penduradas em seu roupeiro em casa há cinco camisas com o logotipo da Amoco no bolso; ele não precisa mais que Joy faça seu almoço de manhã bem cedo — em vez disso, vai até a cantina da Amoco, onde eles servem todo tipo de comida: *dhalpuri roti* e *buss-up-shut*, asinhas e coxas de frango, *pelau*, sopa de milho, *callaloo.** No Natal, dizem os colegas, ele ganhará uma cesta cheia de geleias e chutneys, chocolates Hershey's, Pop-Tarts de morango. Na época do Carnaval, haverá um dia de atividades para os empregados e suas famílias, com um DJ, distribuição de camisetas, corridas equilibrando um limão numa colher, cabo de guerra.

Na próxima vez em que Philip e Marilyn aparecem para o almoço, no Divali, Philip pergunta a Clyde como está indo o trabalho na petroquímica, e ele compartilha suas informações privilegiadas sobre o condomínio em Point Lisas e os rumos que os preços do petróleo estão tomando. "É trabalho braçal, naturalmente", diz Philip. "Suor do seu rosto!" Clyde não entende direito se ele está dizendo aquilo como um elogio ou não, mas, no fundo, ele não se importa, de qualquer forma. Agora ele tem uma fonte de renda constante, confiável: ainda não é muito dinheiro, mas é o suficiente para guardar um pouquinho todo mês. Ele abriu uma conta no Republic Bank, e a

---

* *Dhalpuri roti* e *buss-up-shut*: Dois tipos de pão muito característicos de Trinidad que aqui, em geral, conhecemos como "pão sírio". *Pelau*: Frango caramelizado com arroz, feijão-de-corda, leite de coco e açúcar. *Callaloo*: Um cozido de vegetais folhosos verdes. [N.T.]

Amoco deposita o seu salário nela todo mês, não no final de cada semana, como era na construção civil. A única desvantagem, agora, são os descontos: em vez de receber a quantia integral na sua conta bancária, eles ficam com uma parte. Mas tio Vishnu disse que falaria com alguém para resolver isso.

Por causa disso, os poucos minutos que ele agora passa sentado no último degrau, com seu café, todas as manhãs, são momentos de tranquilidade e satisfação, e Clyde ensaia em sua mente as palavras que um dia dirá a Peter quando ele tiver crescido o suficiente. Se você for uma pessoa honesta, ele dirá, e trabalhar duro. Ele imagina estar caminhando lado a lado com o filho, com sua cabeleira negra e lustrosa da juventude, o corpo ainda esguio, prestes a se tornar um adulto. Você pode conquistar o que quiser na vida, ele dirá. As pessoas costumavam dizer que, como eu não tinha terminado meus estudos, nunca faria nada de bom com a minha vida, acabaria lavando para-brisas no semáforo ou vendendo castanhas numa carrocinha numa esquina. Mas olha pra mim. Eu abaixei minha cabeça e trabalhei duro, e não fui me enrolando fazendo favores pra outras pessoas pra tentar conseguir outros favores em troca. Nada disso. Então, veja bem, se confiar em você mesmo, levar uma vida honesta e trabalhar duro, isso lhe trará lucros. Confie em mim, ele dirá, isso lhe trará lucros.

6

Enquanto eles aguardam a chegada do diretor da escola hindu, Paul fica sentado num buraco no meio do arbusto de ixora, perto da cerca. Os cães fizeram aquele buraco; eles estão sempre enfiando a cabeça no mato para latir para os cães dos Chin Lee do outro lado. É um bom lugar para sentar porque o arbusto faz sombra e, a essa hora do dia, os cães estão dormindo, então ali também é silencioso. Paul precisa tomar cuidado para não se sujar porque ele e Peter já tomaram banho e vestiram suas roupas boas. Mas não há nada sujo ali, o gramado está seco e cheio de espinhos agora que é a estação seca. Ele pega uma florzinha vermelha no meio do denso buquê ao seu lado e chupa o néctar de sua minúscula haste. Em seguida, prende a haste gentilmente entre o dedão e o indicador e fica rodopiando a flor devagar, depois rápido, devagar, depois rápido, olhando as pétalas desaparecerem num borrão. Enquanto rodopia, ele fica prestando muita atenção para ver se Peter se esgueira sorrateiramente pela varanda para comer os biscoitos amanteigados dinamarqueses que a Mamãe pôs na mesa de centro.

Quando Paul escuta o carro do diretor entrando na Trilha, ele se arrasta para fora do arbusto e corre pela rampa da garagem até os fundos. Peter já está lá. Juntos, eles se agacham e ficam espiando por entre as frestas em meio às ripas de madeira sobre as quais a casa está assentada, e observam o diretor esperar no portão até a Mamãe deixá-lo entrar. Ele é um homem indiano de pele escura, com um bigode e uma barriga normal: não uma daquelas barrigonas enormes do tamanho de uma bola de futebol; uma barriga menor, talvez do tamanho de uma almofada. Uma almofada amassada. "Cadê o cachorro bravo?", eles escutam o diretor perguntar. "Me disseram que vocês tinham um cachorro bravo aqui."

Mamãe diz que ela está presa. Quando o diretor entra na casa, ele estende um braço para afagar a cabeça de Jab-Jab, mas ela se encolhe. Os cães o seguem enquanto ele sobe a rampa, farejando o cheiro que vai deixando no ar. Quando chega na escada, eles não o acompanham e depois ficam parados no portão, arfando e balançando o rabo como costumam fazer; em vez disso, vão se deitar nos buracos que cavaram no quintal da frente.

Papai fica com o diretor na varanda enquanto Mamãe e Mousey entram e saem da cozinha trazendo bebidas. Paul e Peter estão sentados nos degraus dos fundos: é um bom lugar para se estar, fora do caminho, sem se sujar, mas perto o suficiente para que os adultos os vejam quando quiserem falar com você. Quando um adulto quer falar com você, ele espera que você aja como um gênio da lâmpada e simplesmente *apareça!* Paul imagina um adulto estalando os dedos e ele se materializando, do nada. E aí, no instante seguinte, eles querem que você desapareça. *Desapareça!* Paul estala os dedos.

"Peter! Paul! Venham aqui!" Essa é a Mamãe, na cozinha. Eles se levantam, limpam as calças, sobem os degraus. Mamãe segura Paul pelos ombros. "Você está se sentindo bem?"

Ele faz que sim com a cabeça.

"Vamos conversar com ele?"

Ele balança a cabeça novamente, e vai com Peter até a varanda.

O diretor está sentado numa das cadeiras de bambu com suas pernas abertas. Ele cheira mal: um mau odor corporal misturado com Limacol, que ajuda um pouco, mas não muito. A lata de biscoitos é aberta e Paul vê imediatamente como dois dos pequenos compartimentos estão vazios, os embrulhinhos de papel desalinhados, já sendo agitados pela brisa.

"Esses em forma de O são os meus preferidos!", diz o diretor. "Eu sempre pego esses antes que alguém pegue!" Há farelos e cristais de açúcar presos no seu bigode. "Vocês têm leite? Eu tomaria um copo de leite agora."

Mamãe vai até a cozinha.

"Então!", diz o diretor, inclinando-se para a frente, as mãos unidas. "Eu já consigo ver quem é quem!" Ele aponta para Peter. "Você parece ser o geniozinho. Peter, né?" Peter concorda com a cabeça. Ele aponta para Paul. "E você é o Paul." Os dois balançam a cabeça. "Me disseram que vocês são gêmeos!", ele diz. "Gêmeos siameses! Pensei que eu chegaria aqui e não conseguiria dizer quem é quem! Mas olha só como foi fácil. De cara eu já vi. Você é o Peter e você é o Paul."

"Não somos gêmeos siameses!", diz Peter. Ele precisa dizer aquilo o tempo todo. "Somos gêmeos normais."

"Me disseram que vocês eram siameses!", disse o diretor. "Idênticos! Vocês não parecem nada idênticos para mim."

"Peter parece mais animado", diz Mousey. "Ele é mais disposto. Paul é mais quietinho."

"Estou vendo. Paul é o que é meio doidinho, né?" Ele o examina com cuidado. Paul quer sair dali, mas Peter o alerta para que ele não faça isso. "Ouvi dizer que ele grita e fica se balançando pra frente e pra trás, esse tipo de coisa."

"Ele costumava fazer isso", diz Mamãe, voltando com o leite. "Mas ele não faz mais. Não mesmo."

"Ouvi dizer que ele enfia os dedos nos ouvidos e grita", diz o diretor. "Vocês já ouviram o que as crianças falam dele, né? Que ele é possuído pelo demônio?"

"Crianças dizem todo tipo de idiotice", diz Papai.

"Isso é besteira", diz Mamãe. "Crianças são muito cruéis. Ora, isso é coisa para se dizer? Se um filho meu dissesse uma coisa dessas sobre qualquer pessoa, eu não deixaria. Que tipo de gente é essa? Quem diz essas coisas?"

"Todo tipo de gente", diz o diretor. Ele gesticula na direção da Trilha. "É um comentário geral."

"Isso só aconteceu uma vez", diz Mamãe. Não é verdade, aconteceu outras vezes além daquela. "Quando eles foram fazer o primeiro corte de cabelo. Você sabe, a cerimônia, em Siparia. Eu não sei o que aconteceu, mas ele não deve ter gostado de alguém ou de alguma coisa, e daí gritou, isso é verdade. Mas ele não fez isso de novo."

"Você lembra disso?", diz o diretor, virando-se repentinamente para Paul.

"Ele não lembraria", diz Mousey.

"Shh! Estou perguntando pra ele! Quero ouvir ele falar. Olá. Você fala? Ele não fala?"

"Ele fala, ele fala", diz Mamãe.

"Não ouvi ele dizer nada."

Todos olham para ele. Paul está tentando pensar no que pode dizer. Ele não consegue se lembrar da pergunta. Eles querem que ele diga alguma coisa sobre Siparia, diga por que ele gritou. Tudo de que se lembra é do barulho e da multidão, e de ser puxado para um lado, e depois para outro, e de tentar dizer para Mamãe que queria voltar pra casa, mas ela não o escutou, então, no fim das contas, ele tampou os ouvidos com os dedos e gritou, e daí o levaram para casa.

"Nooossa! Dá pra perceber que tem mesmo alguma coisa errada com essa criança", diz o diretor. "Ela não é normal. Dá pra ver nos seus olhos." Ele se inclina para a frente e pega outra pilha de biscoitos.

Ao lado, Peter está dizendo para ele: *Você quer que eles te mandem pra St. Ann's? Rápido! Diz alguma coisa!*

"Oi", diz Paul, timidamente. "Eu sou Paul. Tenho cinco anos e eu moro em Tiparo, em Trinidad."

Faz-se um silêncio repentino. Mamãe e Mousey riem, mas de nervoso.

"Viu? Ele fala. Ele é um pouco tímido, mas ele fala."

"Ele é esquisito", diz Mousey. "Isso não quer dizer que esteja possuído pelo demônio."

Quando tio Vishnu fica sabendo daquilo, ele apenas ri e diz que eles deveriam tentar a Escola Católica Romana. "Eu já falei com o diretor", diz tio Vishnu. "Já expliquei a situação para ele."

"Mas eu terei de pagar por isso", diz Papai. "Quando custa?"

"Eu pago", diz tio Vishnu. "Não ponha o Peter naquela escola ultrapassada. Ele vai desperdiçar seu tempo, vai por mim."

"O Vishnu sabe", diz Mousey. "Escuta o que ele diz. A educação dele é a coisa mais importante."

"Eu sei disso", diz Papai. "Só não sabia que ia me custar tanto dinheiro! E isso vezes dois, se eu mandar os dois pra lá."

"Eu pago a escola", diz tio Vishnu. "Te dou o dinheiro dos livros. Tudo que ele precisar, eu pago."

"E o Paul? Eu quero que eles fiquem juntos", diz Mamãe.

"Pago pra ele também."

"Será que dá pra pedir um desconto? Já que vamos mandar duas crianças para a escola?"

"Eu poderia pedir para ela", diz tio Vishnu. "Mas você não conseguiria que saísse de graça. Ela tem professores a pagar, tem que fazer a manutenção dos prédios da escola, ela recebe só uma pequena parte do governo, as mensalidades pagam pelo resto. Mas vale a pena. Vai por mim. Isso é educação — tem que valer a pena."

Agora, em vez da escola hindu, eles irão para St. Anthony's, a Escola Católica Romana. Paul está com medo de ir, mas Peter diz a ele que aquilo é compulsório. Compulsório significa que você precisa fazer. "Ou você vai pra escola, ou pra St. Ann's", diz Peter.

Eles pegam o uniforme da St. Anthony's, calças verdes e uma camisa branca, e Mamãe precisa costurar um botão no bolso da frente para indicar em que casa eles estão. A diretora, uma freira branca chamada irmã Frances, diz que Peter está na Casa Vermelha e Paul na Casa Verde, mas Mamãe liga para ela e diz: "Eles precisam ficar juntos. Paul não fala muito, ele tem um retardo leve. Ele precisa do Peter para ajudá-lo".

Peter e Paul estão sentados à sua frente, lado a lado, no braço da poltrona do Papai, vendo-a falar ao telefone, seus olhos saltando de um para outro. Mamãe fica balançando a cabeça o tempo todo. "Irmã, parece que a senhora não está me ouvindo", ela diz. "Os meninos são *gêmeos*. Eles têm de ficar *juntos*. Eles estão juntos desde que estavam na minha *barriga*." Quando desliga, ela está sorrindo, e costura botões vermelhos em todas as camisas.

Mamãe os leva para comprar os livros escolares na Khan, no shopping Trincity, e eles esperam até a noite, quando Papai chega em casa, para mostrá-los a ele. Os adultos sentam nas cadeiras da varanda e os meninos ficam ajoelhados ao lado da mesa de centro. Paul gostaria de levar os próprios livros, mas Peter diz que seria melhor se ele levasse todos. O trabalho de Paul é manter a mesa de centro limpa: mais cedo, ele a limpou com um Perfex, tirando todo o cocô seco dos pássaros e um rastro pegajoso de suco que estava atraindo formigas. Agora, ele está ajoelhado ao lado de Peter, dando uma última conferida na mesa, removendo algumas folhas e formigas. Peter coloca a sacola em cima da mesa e, um por um, vai tirando os livros, segurando cada um deles para que os adultos vejam.

"*Matemática básica para o Caribe*", ele diz. "*Livro teórico.* Um exemplar." Ele vai virando as páginas para que os adultos possam ter um vislumbre do que há ali. Paul inala profundamente o aroma das páginas novas e limpas.

"Muito legal", diz Mousey. "Olha que papel lustroso!"

"*Matemática básica para o Caribe: Caderno de exercícios*", diz Peter. "Dois exemplares. Um para cada." Ele vira as páginas (elas não são lustrosas como o livro didático e têm um cheiro diferente, mas ainda bom), que não mostram figuras coloridas, mas sim páginas cheias de contas. Ele os passa para Mamãe, para que ela os veja. Ela limpa as mãos nas bermudas antes de pegá-los.

"*O abecedário de Nelson para as Índias Ocidentais: Primeira Cartilha*", diz Peter, pegando o próximo livro. Esse tinha uma capa vermelha, com um pequeno desenho de um cacho de uvas na frente. Ele o passa para Papai, e Papai o abre e o examina por um instante, e depois ri. "A é de Abelha! B é de Besouro!"

"Qual é o problema?", diz Mamãe. "É assim que eles aprendem."

"Tá, mas você acha que o Peter precisa ficar sentado numa aula aprendendo que A é de Abelha?", diz Papai.

"Este é o hinário", diz Peter. Ele tem uma cor de pêssego pálida, com uma imagem de uma cruz dourada e uma pomba branca na capa.

"Hum!", diz Papai. "Quantos desses você pegou?"

"Um só. A gente pode dividir."

"Continue", diz Mamãe.

"Quatro cadernos", diz Peter. "Dois pra cada." Estes são todos iguais, as capas azul-claras, impecáveis, com suas bordas bem marcadas.

"Muito legal, muito legal", diz Mousey novamente. Enquanto os adultos inspecionam os cadernos, ele e Peter organizam suas novidades em três pilhas: coisas do Peter, coisas do Paul, e coisas dos dois.

"Ótimo!", diz Papai. Ele se acomoda na cadeira, cruza uma perna sobre o outro joelho e acende um cigarro. "Isso era tudo que estava na lista?"

"Sim", diz Mamãe. "Eles tinham tudo lá."

"Ótimo", diz Papai. "Ótimo."

Eles vão até a cozinha para pegar algumas sacolas de papel pardo do supermercado para encapar os livros: escolhem as que estão mais limpas, com menos manchas de gordura. Em seguida, ajoelham-se outra vez ao lado da mesa de centro e, cuidadosamente, cortam ao longo dos vincos do papel e o alisam. Paul tem a sensação de que todos estão olhando para ele quando coloca o *Abecedário de Nelson* sobre o papel pardo e corta a um centímetro da borda. Ele dobra e corta e alisa os vincos e, quando termina, deixa-o sobre a mesa novamente, ao lado dos outros. Peter escreve com capricho seus nomes em sua bela escrita cursiva — "Peter e Paul Deyalsingh" —, e depois os livros são passados de mão em mão para serem inspecionados de novo. Papai examina o hinário durante algum tempo e então o devolve. "Certo", ele diz. "Tudo pronto. Podem colocá-los dentro das mochilas para semana que vem."

Paul segue Peter pela cozinha, na direção do quarto. Quando estão voltando, Paul escuta os adultos falando baixinho, e eles se olham e se aproximam em silêncio, para ouvir o que estão dizendo.

"Ele sabe ler, sabe escrever. Sabe somar e subtrair. Vai ser uma perda de tempo botar ele no nível A do jardim de infância. Ele deveria ir direto para o nível B", Papai está dizendo. "Ou até mesmo para o primeiro ano. Como disse a irmã Frances."

"Mas Paul precisa do Peter junto com ele, para ajudá-lo", diz Mamãe.

"O menino não tem nem seis anos! Por que ele deveria se preocupar em ajudar o Paul porque ele não sabe falar, ou porque tem preguiça de falar, ou seja lá o que for?"

Eles não conseguem ouvir o que Mamãe responde, mas já sabem, porque já ouviram aquilo outras vezes. Os meninos são *gêmeos*. Eles têm de ficar *juntos*. No silêncio que se segue, Paul sente algo gelado lhe atravessando as entranhas. Ele quer ir até a varanda e lhes dizer que não se importaria de não ir à escola, mas Peter franze a testa para ele, uma franzida que significa: *Cuidado. Você quer que eles te mandem para St. Ann's?* Paul definitivamente não quer ir para St. Ann's. Ele nunca esteve lá, nem sequer viu uma foto de lá, mas, mesmo assim, tem medo. Imagina um casarão no topo de uma colina e gente louca subindo pelas paredes e fazendo *Uuuuh! Uuuuuuh! Uuuuh!* como macacos.

Naquela noite, quando todos já tinham ido dormir, Paul está deitado na cama ao lado de Peter, ouvindo os sons noturnos. Os cães estão perseguindo alguma coisa no quintal da frente; parece maior que um lagarto, talvez seja um rato. Às vezes, homens estranhos passam por lá, andando sozinhos na estrada, ou subindo rápido o morro, e ele sabe dizer pelo jeito que os cães latem se o homem é perigoso ou não. Esta noite, não há perigo. Os roncos de Papai preenchem toda a casa. Quando Papai puxa o ar, ele faz um barulho longo e entrecortado de ronco, parecido com o ruído que um porco faria; então, há uma pausa, às vezes de um segundo, às vezes de dois ou três; então ele solta o ar: uma lufada de ar bem comprida, como se ele estivesse fazendo algum exercício de respiração. Mamãe reclama daquilo às vezes, mas Paul não liga. É bom ficar deitado e acordado à noite, sabendo que, no quarto ao lado, Papai está puxando e soltando o ar. Mousey também ronca, mas é só um assobiozinho, e não a cada respiração, como Papai, só de vez em quando.

No colchão ao lado, Peter rolou para o meio da cama, bem além do eixo central. Ele está deitado quase em cima da sua barriga, mas com um dos joelhos dobrados, o que impede seu corpo de tombar. Paul gira o corpo delicadamente, com cuidado para não o acordar. Ele só ficou com um espacinho na beirada da cama porque Peter está ocupando quase tudo. Ele poderia, teoricamente, empurrá-lo de volta para o seu lado: isso é o que Peter faria, se fosse Paul quem estivesse sendo tão espaçoso. Mas ele não se incomoda. Ele gosta de ficar observando o movimento suave de subida e descida das costas de Peter enquanto ele respira.

Com muito cuidado, ele vai ficando de joelhos para poder olhar pela janela atrás da cama. Ele enfia a cabeça por debaixo da cortina e agarra o metal gelado das grades com os dedos, encostando a testa nas barras. A noite está clara e fresca e tranquila, a lua parece uma lanterna, iluminando tudo. Bem debaixo da janela, na tigela de água dos cães, há um sapo gordo descansando. Ele parece uma pedra, imóvel, com as verrugas e as pregas em suas costas lhe dando um aspecto áspero e rochoso. Há algumas formigas correndo por ali, um bando de formigas malucas, inofensivas, do tipo que mudam de direção a cada poucos passos, como se não tivessem a menor ideia do lugar para onde deveriam ir.

O céu está limpo. Ele notou o seguinte: que numa noite de lua cheia, o céu geralmente está limpo. Tio Vishnu deu a Peter um livro sobre o espaço que mostra todos os planetas, e qual a sua posição em relação ao Sol e qual a posição da Lua em relação à Terra, e diagramas explicando por que a Lua muda de forma. Paul aprendeu com os diagramas sobre os movimentos, os tamanhos e os formatos das coisas. Então, as coisas eram muito maiores do que pareciam, ele percebeu. Muito maiores. Muito, muito maiores. Muito, muito, muito maiores. Ele gosta de ficar olhando para a Lua e imaginando o espaço. Imagina-o muito silencioso, muito frio. Você definitivamente precisaria de um blusão.

Muito silenciosamente, ele sai da cama. Bem ao lado da porta do quarto, à direita, fica o banheiro. Primeiro o vaso sanitário, num espaço privado, e então o chuveiro e a pia no ambiente ao lado. Depois disso, poucos passos à frente, fica a porta do quarto de Papai e Mamãe. Paul fica parado no escuro, escutando os roncos. São muito altos. A porta está entreaberta. Às vezes eles fecham a porta, e Paul escuta a cabeceira batendo na parede e as molas da cama rangendo. Mas hoje ela está entreaberta. Ele caminha até a porta, bem devagar. Pela fresta, consegue ver a janela, a cortina se movendo suavemente na brisa delicada. Ele empurra a porta com muito cuidado: a dobradiça range. Ele fica congelado ali, os olhos grudados nas silhuetas de Mamãe e Papai deitados na cama. Se eles acordarem, Paul pensa, ele correrá até o banheiro para beber água da torneira. Empurra um pouco mais a porta, e depois mais um pouco, até que, ficando de lado, bem retinho, ele consegue passar pela abertura. Os roncos ficam mais altos. Papai está dormindo no lado que fica perto da janela, metade do corpo descoberto, uma das mãos entre as pernas. Paul vai até seu lado da cama, tomando cuidado para não tropeçar no fio do ventilador. Fica parado ali, em silêncio, olhando para o rosto de Papai: os fios de barba nascendo em seu rosto, o óleo nas dobras do nariz reluzindo. Um cacho de cabelo, empapado de suor, está grudado no seu malar; a ponta está bem unida, como a ponta de um pincel quando mergulhado na água.

Paul prende a respiração quando desliza pela fresta da porta novamente. Ele fica parado no corredor escuro por alguns instantes e depois vai até a cozinha. Lá fora, os cães devem ter sentido seu cheiro, ou o escutado, porque estão no último degrau, do outro lado da porta dos fundos, farejando e disputando espaço uns com os outros. Ele tira a chave do gancho, a enfia na fechadura, gira. Faz uma pausa, parado no escuro, para o caso de o barulho ter acordado alguém. Então, o mais silenciosamente possível, ele abre a porta. Os cães o cheiram para lhe dar as boas-vindas; eles sabem ficar em silêncio quando Paul sai. Ele se senta num degrau e observa os cães descerem correndo a escada, tropeçando uns nos outros, mordiscando e rosnando baixinho enquanto brincam. O céu está totalmente limpo, nem sequer está negro, mas sim de um azul--escuro e maravilhoso, a coisa toda, o pedaço inteiro do céu, iluminado pela lua. Ele inclina a cabeça para trás e fica olhando para a lua brilhosa e redonda, para as estrelas esparramadas.

7

Ano passado, no fim de semana do Carnaval, Papai os levou para Mayaro para fugir do barulho e dos festejos e do comportamento imoral que tomaria conta de tudo. Era uma viagem muito longa, de quase duas horas, a maior parte contornando a costa leste na direção sul, numa estrada estreita que tinha apenas coqueiros dos dois lados. Papai estava de bom humor, feliz por estar indo para a praia: ele dirigia com uma das mãos no volante e a outra apoiada na moldura da janela aberta, e parou duas vezes, uma para comprar melancia e outra para comprar milho assado e suco de graviola. A cidade era pequena, menor do que Tiparo: apenas algumas casas de madeira e uma lojinha que vendia bebidas e alimentos não perecíveis. Para chegar à praia, você precisava sair da estrada principal e andar por uma trilha sob a sombra dos coqueiros incrivelmente densos, até sair na areia, macia e fofinha, daquele tipo em que seus pés afundam. Se estivesse usando chinelos de dedo, você os chutaria imediatamente e começaria a correr: eram cerca de cinquenta passos até alcançar a água, ou vinte e cinco se a maré estivesse alta. E, se quisesse, você poderia virar à esquerda ou à direita e caminhar numa linha reta, ao longo da praia, e não importa o quanto você caminhasse, o mar sempre estaria de um lado e os coqueiros do outro, com apenas uma árvore tombada ou um pouco de madeira trazida pela maré aqui ou ali para ajudá-lo a lembrar de que você está num lugar diferente de onde começou. Mamãe não tinha vindo com eles porque estava ajudando alguém com um bebê recém-nascido, e Papai estava muito feliz porque poderia se sentar à noite com outros homens e beber um pouco. Para todo lugar aonde Peter e Paul iam, as pessoas os paravam e perguntavam: "Quem são vocês? Estou reconhecendo esse rosto!", e Peter dizia quem eles eram e as pessoas diziam: "Vocês são filhos do Clyde? Clyde Deyalsingh? Mas olha só!". E as pessoas perguntavam quantos anos eles tinham (oito), e onde estudavam (na Escola Católica Romana St. Anthony's, perto de Arima), e se eles eram gêmeos siameses (não, gêmeos normais, apenas). E as pessoas lhes contavam histórias sobre as coisas que seu pai costumava fazer quando vivia ali, as travessuras que costumava aprontar. Quando o sol se punha e os pescadores chegavam, todo mundo se reunia na praia para ajudar a puxar a rede, e Peter e Paul corriam com as outras crianças em meio à cintilante areia molhada, recolhendo os peixinhos que ficavam presos e jogando-os rapidamente de volta à água.

Paul torcia para que eles voltassem a Mayaro novamente aquele ano, no fim de semana do Carnaval, mas, em vez disso, eles iriam a Toco, para a casa de veraneio do tio Romesh e da tia Rachel. A família toda precisa estar junta para se recuperar, diz Mamãe, depois de tudo de ruim que havia acontecido com tio Vishnu e com Mousey.

Tio Vishnu morreu pouco antes do Natal, num acidente de carro. Ele tinha passado aquele dia para buscar Mousey por volta do meio-dia, para levá-la ao hospital para fazer seus exames de sangue; quando estavam voltando, à tarde, um carro ultrapassou o sinal vermelho num cruzamento e bateu neles. As pessoas ficaram ligando a tarde inteira para perguntar se Papai e Mamãe tinham ouvido a notícia, e também para saber quem estava no carro e se alguém havia sobrevivido. Tio

Vishnu morreu na hora, mas Mousey morreu depois do Natal, no hospital.

Tanto Mamãe quanto Papai passaram bastante tempo longe de casa depois daquilo, organizando os funerais e pedindo ao tio Philip executar o testamento. Paul ficou pensando que talvez o tio Vishnu não estivesse totalmente morto, e que o tio Philip precisaria ir até lá para executá-lo, para que ele estivesse totalmente morto. Mas o tio Vishnu estava definitivamente morto, e definitivamente havia morrido na hora, porque, no dia seguinte ao acidente, havia uma foto da batida no jornal, com os miolos do tio Vishnu esparramados no chão como um ovo quebrado. De todo modo, Mamãe e Papai foram até a casa do tio Philip para discutir um monte de coisas, seja lá o que eles tivessem para discutir. E quando Mamãe estava em casa, ela cozinhava para se distrair e, enquanto cozinhava, chorava e dizia: "O que Deus está fazendo conosco? O que Deus está fazendo com esta família?".

Foi ideia do tio Romesh e da tia Rachel passar o fim de semana de Carnaval em Toco, porque Mamãe estava muito triste, e porque ela estava chorando e se lamentando muito por sua família estar se despedaçando. Eles disseram que a família precisava se reunir, que eles não se viam o bastante. Eles tinham uma casa em Toco, bem na costa norte de Trinidad: uma casa chique com piscina e segurança, que eles alugavam para os estrangeiros, mas disseram que a casa estaria vazia no fim de semana de Carnaval porque todos os turistas estariam em Port of Spain. Quando Mamãe disse isso para o Papai, ele ficou furioso. "Mas nós temos que passar um fim de semana sim, outro não, com Romesh e Rachel?", ele disse.

Mamãe disse que Philip e Marilyn também iriam, e que Philip e Marilyn ajudariam a deixar tudo mais civilizado.

"Por que não vamos só nós para Mayaro? Ou Tobago? Vamos sozinhos, sem levar toda essa trupe de circo junto."

"Mas eles são *família*, Clyde", disse Mamãe. "Em épocas difíceis, a *família* deve ficar unida."

Papai não disse nada a princípio, mas então falou novamente, e disse: "Tudo bem. Acho que temos que ir. Mas já vou te avisar agora, não vai passar um dia sequer sem que Romesh fale sobre o dinheiro. Você vai ver. Ele quer que nós e Philip estejamos juntos no mesmo lugar para que possa perguntar sobre isso".

"Bom, deixa ele perguntar", disse Mamãe.

Eles partem de manhã cedo, no sábado, a tempo de escapar do trânsito do Carnaval: depois que começa, diz Papai, as estradas ficam congestionadas, e aí é melhor desistir de tudo e voltar para casa. Mamãe começou a cozinhar quando ainda estava escuro, enchendo travessas de pirex e marmitas de papel-alumínio com a comida para o fim de semana. Peter e Paul levam a comida até o carro, e Papai acomoda tudo no porta-malas, junto com as roupas e toalhas limpas, lençóis e travesseiros, fardos de cerveja Carib, garrafas de dois litros de Sprite e Red Solo, pacotes de Chee Zees e Planters Peanuts. Dessa vez, Papai dirige com as duas mãos no volante, e, sempre que um vendedor passa com alguma coisa — sacos de *mamoncillo* ou caixas de suco Orchard Orange congelado enroladas em guardanapos de papel —, o cara só olha para o seu rosto através do para-brisa e vai para o próximo carro.

Leva muito tempo, mais de meia hora, para chegar até o ponto de encontro, Matura, na costa leste. Todos abastecem no posto de gasolina, já que não há nenhum outro daqui até a costa norte, e partem novamente, dirigindo em comboio: tio Romesh e tia Rachel na frente, no Subaru branco, com Sayeed; depois tio Philip, tia Marilyn e Anna na Mercedes-Benz; em seguida eles, no seu Datsun creme. A estrada é similar à que leva a Mayaro: reta, estreita e plana, com o mar sempre de um lado, e nada além dos pescoços magros e compridos

dos coqueiros, suas cabeças peludas movendo-se ao vento da mesma maneira vagarosa e onírica com que os cabelos se movem dentro d'água.

A estrada os faz passar pelo posto policial de Toco, com dois carros azul-marinho estacionados na frente, e a bandeira de Trinidad & Tobago tremulando no topo de um mastro comprido. Duas mulheres estão sentadas no murinho de tijolo na frente, uma gorda e uma bonita, ambas vestindo jeans bem apertados e umas blusas boas, como se tivessem se arrumado para sair. À sua frente, o Subaru branco reduz a velocidade e encosta, então eles também o fazem. Tio Romesh diz alguma coisa para as mulheres pela janela do carro, e uma delas se levanta devagar e entra no posto policial, sua bunda enorme balançando a cada passo. Um homem sai de lá, usando a calça azul-marinho da polícia e uma camiseta branca com as mangas tão enroladas que mais parece um colete. Ele usa óculos escuros, coturnos, e sua arma está no coldre.

"Sinistro!", ele chama o tio Romesh. "Senhor Sinistro Ramcharan!" Romesh e o policial riem e apertam as mãos, e o policial apoia os cotovelos na janela aberta e se abaixa para conversar com ele.

"Tá vendo?", Papai diz, baixinho, para Mamãe. "É desse tipo de coisa que eu falo. Só membro de gangue tem esses apelidos idiotas, né?"

"Ele precisa se relacionar com eles", diz Mamãe. "Eles ficam de olho na casa dele pra ele."

Do banco traseiro do carro, Paul consegue ver a lateral do prédio. Um policial está sem camisa, cozinhando sobre um braseiro. Ele pega nacos de carne de uma tigela de vidro e os coloca sobre uma grelha que está montada sobre carvão, e limpa a mão num pano. Alguns outros homens estão sentados à mesa jogando cartas, com garrafas de bebida no chão, ao seu lado, ou acomodadas entre suas pernas. Vários cascos de tartaruga do tamanho de pequenos botes estão empilhados no chão.

"Tartarugas-gigantes!", diz Mamãe, quando eles se afastam.

"É a polícia", diz Papai. "Tem uma lei pra eles e uma lei diferente pro resto de nós."

A casa é muito luxuosa, e Sayeed mostra todos os cômodos a eles, se vangloriando do número de quartos, banheiros e aparelhos de ar condicionado que ela possui — porém a piscina está vazia. Paul espera até que alguma outra pessoa perceba e diga aquilo aos adultos. Todos param de descarregar seus carros e vão olhar para a piscina vazia — a pocinha imunda, bem lá no fundo, meia dúzia de folhas marrons e um sapo se esfregando na lateral. Tio Romesh começa a xingar o homem que deveria ter feito alguma coisa com a piscina e sai portão afora para perguntar para o segurança se o homem da piscina tinha vindo ou não. Tia Rachel procura em sua bolsa o número do telefone do homem. Mamãe suspira e balança a cabeça.

"A gente não vai poder nadar?", pergunta Peter.

"Olhe para sua frente!", diz tio Philip. "Você não tem olhos? Você está vendo alguma água aí?"

"Eu só quis dizer que nós vamos ficar quatro dias aqui", diz Peter. "Talvez dê pra encher hoje, mais tarde, ou até amanhã, e daí nós poderíamos nadar."

"No feriado do Carnaval?", tio Philip diz. "Tá maluco?"

"Então a gente vai nadar no mar. O mar está bem ali." Peter gesticula na direção do portãozinho onde uma trilha leva até a água. Paul havia tido um vislumbre dela um pouco antes, através da cerca de arame: era íngreme demais para permitir que se enxergasse a praia lá embaixo, mas ele viu a trilha que descia a encosta pelo meio das pedras, entrecortada de longos pescoços delgados dos coqueiros e, mais ao longe, afloramentos de uma rocha negra e uma água branca e revolta.

108

"Não dá pra vocês nadarem aqui", diz tia Marilyn. "É muito violento."

"Papai poderia ir conosco", diz Paul. "Ele nada bem."

Mas Papai está balançando a cabeça. Semana passada mesmo alguém se afogou aqui, ele diz. Foi um homem, um homem grande e forte, que nadava bem, e não tinha nada de errado com ele exceto o fato de ser um tremendo idiota.

Paul está muito decepcionado por causa da piscina. Ele nada bem, melhor do que Peter. Quando Papai os levou para Mayaro ano passado, ele os ensinou a nadar. Eles saíram andando pela praia, só o mar de um lado e os coqueiros do outro, e as três linhas do mar, da areia e do verde dos coqueiros diminuindo na distância, em direção a um ponto de fuga à sua frente. Quando chegaram ao local certo, ele os sentou na areia e se posicionou à sua frente, como um professor. "A primeira regra do mar", ele disse, "que qualquer criança daqui poderia lhe ensinar, é: se você vir alguém se afogando, não vá atrás dele." Ele contou nos dedos as coisas que você poderia fazer em vez disso. "Vá chamar alguém. Jogue alguma coisa para a pessoa, uma corda, um colete salva-vidas, um pedaço de madeira que boie, qualquer coisa. Mas não vá atrás dela achando que poderá salvá-la. A única coisa que vai acontecer é que duas pessoas vão se afogar em vez de uma."

"A segunda regra do mar é: aprenda a boiar. Se você souber boiar, você não vai se afogar. Você precisa aprender as técnicas para conservar energia, para que possa durar uma hora, duas horas, um dia inteiro na água se for necessário, até que alguém, pelo amor de Deus, venha ajudar."

Paul ficou esperando na areia enquanto Papai levou Peter para a água para ensiná-lo; e depois, quando chegou a sua vez, Papai ficou parado de pé, com as ondas quebrando nos seus tornozelos, mãos na cintura, esperando que ele viesse para a sua lição. Paul pensou em entrar correndo para mostrar que não estava com medo; mas talvez ele jogasse água no Papai ou alguma coisa estúpida assim, então, em vez disso, tentou caminhar do mesmo jeito que tinha visto Peter fazer, enfrentando cada ondulação conforme ela fosse vindo, mas mantendo um ritmo constante até que estivesse ao lado de Papai. Papai o segurou pelo braço e foi levando-o mais para o fundo, até que a água estivesse batendo em seus ombros e ele sentisse os dedos do pé sendo erguidos do chão de areia a cada série de ondas. A sensação era ótima: suave, delicada e relaxante; aquela sensação o fez pensar em sorvete. Ele deixou que seus dedões subissem e boiou de costas, olhando para o céu, como Papai o ensinou. Ele prendeu a respiração e boiou de frente; bateu as pernas, como Papai o instruiu, e tudo foi tão fácil, tudo fez tanto sentido. Pela expressão de Papai, ele podia ver que estava fazendo aquilo direito, e que Papai estava satisfeito e surpreso. Quando caminhavam de volta até a praia, Paul puxou sua mão para soltá-la da de Papai e foi andando sozinho.

Naquela noite, enquanto as crianças assistem a *Caça-Fantasmas* no quarto principal, Paul vai para a cozinha para fugir do terrível clima úmido do ar-condicionado. Ele pega um copinho de isopor de uma pilha e o pressiona cuidadosamente contra a alavanca na porta da geladeira que despeja gelo. Cubos de gelo são arremessados para todos os lados; ele tenta pegá-los com o copo, mas vários caem no chão. Ele os coloca na pia. Então, abre uma garrafa de dois litros de Solo Orange, enche o copo e fica parado sob as luzes brilhantes da cozinha, olhando para a geladeira lustrosa e para os armários que combinam com ela, para toda a comida e bebida que os adultos trouxeram para passar o fim de semana empilhada no chão ou em cima dos balcões da cozinha. Ele toma mais um copo de Solo Orange e pega uma barra de Caramel (tia Rachel trouxe uma caixa inteira, vinte e quatro barras de Caramel) e fica pensando longamente sobre aquela piscina bem ali, do outro lado daquela porta. Imagina-se andando pela borda pintada de branco e depois pulando na água, isso, é claro, se tivesse alguma água ali. Ele atravessa a sala de estar na ponta dos pés e escuta os adultos no pórtico, tentando avaliar se seria seguro percorrer aquela rota na direção do quintal, mas eles falam baixinho, o que significa que estão conversando sobre o julgamento mais uma vez. Tio Philip vai ser o juiz no julgamento de alguém famoso. Paul sai pela porta da frente e desce a rampa onde os carros estão estacionados. Depois do portão da frente, o segurança e um outro homem estão fumando cigarros e jogando conversa fora em voz baixa. Paul se abaixa e vai se esgueirando por entre os carros, e então, em vez de simplesmente seguir contornando o gramado, vai na direção dos arbustos mais próximos à casa, que estão numa região mais escura. Não há nenhum motivo específico para se esconder, mas é divertido fazer de conta que se está numa missão secreta. A piscina vazia parece assombrada vista de longe, mas, quando ele chega mais perto, ela parece apenas uma piscina vazia. E há dois sapos agora, um sentado dentro da poça e o outro na parte mais rasa. Ele senta na borda pintada de branco perto da escada e fica balançando as pernas e imaginando a piscina cheia de água. Ele desce os degraus (o sapo sai pulando, descendo rapidamente o declive para a parte mais funda) e finge nadar na piscina, dando braçadas no ar.

Pouco depois, quando escuta passos na garagem, ele sai rapidamente de dentro da piscina e senta na borda: provavelmente é apenas Sayeed ou Peter querendo saber onde ele está, ou alguém vindo buscar sua escova de dentes ou seus chinelos no carro, mas ele ficaria encabulado se alguém o visse fingindo nadar na piscina vazia. Ele refaz seus passos, sempre pela penumbra e, quando se aproxima da garagem, faz uma pausa para conferir se o caminho está livre.

Mas o caminho não está livre: há um homem no assento do motorista da Mercedes. Paul reconhece o formato da cabeça do homem, o pescoço grosso, o cabelo cortado curto, a boina inclinada para o lado: o segurança que os havia deixado entrar mais cedo. Paul está abaixado bem perto do chão. A luz no teto do carro está desligada, mas há o brilho de uma luz azulada, quem sabe de uma lanterninha ou lampadinha acoplada num chaveiro. O homem abre o porta-luvas, joga sua luz dentro dele, puxa um maço de papéis. Isso não é bom. Ele quer se esgueirar de volta para dentro da casa, mas teria de abrir a porta da frente, e o homem o veria entrando, com certeza. Ele fica olhando o homem apoiar uma folha de papel no volante e apontar a luz para ela enquanto lê. Isso não é nada bom. Ele tem duas opções: ou pode correr para a varanda e contar aos adultos que o segurança está dentro do carro do tio Philip lendo seus papéis, ou pode simplesmente tentar voltar para dentro de casa o mais rápido possível sem que ninguém o veja. Seu instinto diz que ele deve voltar para casa agora, e rápido, mas ele está paralisado pelo vulto do homem dentro do carro, seu pescoço grosso, aquela luzinha brilhante. Então, sem aviso algum, o homem enfia rapidamente os papéis de volta no porta-luvas e sai do carro. Isso é terrível; ele está num lugar terrível. Se o homem o vir escondido ali, no escuro, vai se dar conta de que Paul deveria estar ali aquele tempo todo. Paul se levanta, põe as mãos nos bolsos e começa a caminhar calmamente em direção à piscina e à varanda, se esforçando ao máximo para parecer que tinha acabado de sair pela porta da frente e que, definitivamente, não havia percebido nada de estranho. Às suas costas, a porta do carro se fecha com um clique; seus pelos se arrepiam, sabendo que o segurança o está observando enquanto ele caminha. Ele passa rapidamente pelo pórtico para que ninguém tenha tempo de perguntar por que ele não está assistindo ao filme, e vai direto para o quarto, e para sua cama, e fecha os olhos.

Na manhã seguinte, quando Paul confere, há um segurança diferente fazendo a guarda, a pele mais clara, e magro, com olhos sonolentos; mesmo assim, Paul fica bem longe do portão da frente, só por precaução. Depois do café da manhã, Sayeed começa a falar sobre descer até a praia privativa — Peter lhe diz que aquilo não é de fato uma praia privativa, é só que outras pessoas não têm acesso a ela, o que não é a mesma coisa. Sayeed quer descer até lá para lhes mostrar a praia, e as crianças vão até o portãozinho e descobrem que ele está trancado com um cadeado. Paul enfia os dedos por entre os buracos da cerca de arame e fica ouvindo as ondas quebrando lá embaixo enquanto Sayeed vai buscar a chave. Todos os adultos vão para fora, dizendo que também querem conhecer a praia privativa. O segurança destranca o portão para eles e depois diz que vai descer primeiro para verificar se está tudo bem. Ele coloca seus óculos escuros e começa a descer os degraus, mexendo os braços. Sayeed o imita, marchando de um lado para outro, ao longo da cerca, como Tom Cruise em *Top Gun*, e todos começam a gargalhar.

"Tudo tranquilo", diz o segurança para tio Romesh, quando sobe de volta. "Podem ir."

"Nós precisamos mesmo de todo esse aparato de segurança?", diz Mamãe, quando eles começam a descer. "Vocês acham mesmo que teria alguém escondido lá embaixo?"

Sayeed desce a passos largos, se exibindo por conhecer o caminho, Anna o segue com os adultos, depois vêm Peter e, em seguida, Paul, tentando não ser deixado para trás. Está ventando muito; o cabelo fica caindo no seu rosto. Os primeiros degraus são fáceis, aqueles feitos arrancando pedaços do chão em blocos e instalando tábuas na horizontal. Mas logo o terreno fica mais rochoso, e há apenas um pedaço de corda esfarrapada enrolada nos coqueiros para indicar o caminho lá para baixo. Paul desce com cuidado, agarrando as bordas das pedras com as mãos. Nos vãos entre os coqueiros, ele vê as ondas brancas quebrando contra as rochas negras. Ele olha uma ou duas vezes para o segurança atrás dele e pede desculpas por estar descendo tão devagar. Ele quer dizer para o segurança ir à sua frente, mas o rosto do homem, sem expressão, com os óculos escuros lhe cobrindo os olhos, o deixa nervoso. Quando está quase chegando no final, ele tem a impressão de que o homem atrás dele acelerou o passo, então dá um impulso, suas mãos agarrando o espaço vazio à sua frente. Em seguida, o som estranho e borbulhante de debaixo da água, e ele não faz ideia de que lado é para cima, e tudo que pode fazer é tentar prender a respiração. Paul está ciente das vozes gritando e chamando, mas elas estão muito distantes e, a primeira coisa, antes de mais nada: ele precisa de ar. Ele mexe os braços, tentando trazer a cabeça para fora da água, mas sempre que chega perto, a água entra pelo nariz, pela garganta. As ondas o jogam para a frente e para trás. Pedras por toda parte. Ele tenta mexer os braços da maneira certa, para flutuar de costas, como Papai havia lhe ensinado, mas essa água não é como aquela em Mayaro. Essa água é o tipo errado de água; essa água não se importa com ele. Não há mais gritos, apenas um som de água efervescendo e fervilhando em seus ouvidos.

Ele está morto?

Mexe a mão! O pé! Qualquer coisa!

Esse é Papai, ajoelhado em cima dele; Papai molhado, pingando, o cabelo grudado no rosto. Paul tenta abrir os olhos, mas eles estão cheios de água do mar, e ele os fecha novamente; ele tenta falar em vez disso, para dizer que está bem, mas só consegue gorgolejar um líquido morno de sua boca. Papai o vira de lado, segura sua cabeça para que não fique encostada na rocha.

Mais tarde, quando acorda, ele está deitado num dos sofás de bambu do pórtico, a cabeça numa toalha posta sobre uma almofada, Papai sentado numa das pontas, aos pés de Paul.

"Como você está se sentindo? Abra os olhos. Sua cabeça está doendo?"

Sua cabeça está esquisita: lenta e anuviada. Ele encosta os dedos no rosto, sente as formas desconhecidas — inchaços, cortes, curativos. Manchas vermelhas da coisa vermelha que Mamãe usa nos cortes estão rabiscadas por seus braços e pernas. Timidamente, ele estica as pernas, com cuidado para ficar em cima das almofadas, de modo que seus pés não encostem em Papai. Ele fecha os olhos novamente, fica entrando e saindo do sono. Quando por fim acorda de vez, ouve os adultos conversando à sua volta e imagina que deve ser tarde. Há uma garrafa de rum vazia no chão e uma pela metade em cima da mesa, e o cinzeiro está cheio de bitucas de cigarro.

"Mas eu vi quando o homem o empurrou, eu tô falando!", diz tia Marilyn. (Paul fecha os olhos rapidamente.)

"Você está imaginando coisas", diz Papai. "Que motivo ele teria para fazer o menino rolar pelas pedras?"

"Pergunte a Paul quando ele acordar", diz tia Marilyn.

"Você só está paranoica por causa desse julgamento." Essa é a tia Rachel. "Tudo que acontece, você acha que tem a ver com o julgamento, esse é o problema."

"Mas Marilyn disse que ela viu!", diz Mamãe.

"Mas talvez ele tenha escorregado", diz tio Romesh. "Ele é muito desastrado. Ele poderia ter morrido, vocês se dão conta disso? Olha só o quanto de problema que esse menino está causando a você, hein, Clyde? É um problema atrás do outro com ele!"

Paul tem a sensação de que os adultos estão todos olhando para ele. Ele finge espichar o corpo e se vira para ficar de cara com o encosto do sofá. Seus olhos permanecem firmemente fechados.

"O governo está me oferecendo segurança vinte e quatro horas por dia!", diz tio Philip. "O dia inteiro!"

"E você confia neles?", tia Marilyn diz.

"Eles são minuciosamente investigados", diz tio Philip. "Estes homens foram escolhidos a dedo!"

"Mas escolhidos a dedo por quem?", diz Mamãe. "Essa é a questão. Qualquer um pode ter escolhido eles a dedo, é isso que a Marilyn está dizendo."

"Você está tentando me dizer que estou sendo ingênuo?", diz tio Philip. "Eu não sou ingênuo. Sei exatamente o que está acontecendo. Você não vê de quanta gente eu sou amigo? O tipo de gente que eles são? Ora, nós não fomos convidados à casa do presidente para jantar no mês passado? E no mês anterior, ao coquetel na casa do Alto-Comissariado Britânico? Você acha que alguém iria querer realmente encostar um dedo em mim ou na minha família?"

"Mas o que a Marilyn está dizendo é que essas pessoas não estão nem aí para presidentes ou coquetéis", diz tia Rachel. "Essas são as suas conexões, mas eles têm outras. Não acho que seja seguro. Não acho que você deveria fazer isso, pra ser sincera."

"Bem, quem decide isso sou eu", diz tio Philip.

"E eu quero voltar para a Inglaterra, Philip", diz tia Marilyn. "Pra mim já chega. Eu só quero voltar."

"Mas o que você quer que eu faça na Inglaterra?", diz tio Philip. "O que eu vou fazer lá? Trabalhar numa loja? É isso que você quer me ver fazendo?"

Os adultos param de falar. Paul tem a sensação de que estão todos olhando para ele. Ele pensa em se espreguiçar, fingindo que acabou de acordar. Ele poderia se levantar, andar até sua cama, sair dali.

"Nós não deveríamos estar discutindo desse jeito", diz Mamãe. "Eu quero que a gente relaxe, se divirta. Não vim até aqui pra todo mundo brigar."

Faz-se um silêncio tenso. Ele não pode se levantar agora. Paul abre os olhos por uma fração de segundo, vê o cotovelo do Papai pintado com a coisa vermelha.

"Escutem aqui", diz tio Romesh. "Já que estamos nesse assunto. Ainda estou tentando entender onde foi parar todo o dinheiro do tio Vishnu."

Paul sente Papai ficando todo eriçado. "Eu sabia que era por isso que você nos trouxe até aqui!", diz Papai. "Eu não te disse, Joy?"

"Romesh", diz Mamãe. "Eu acabei de falar. Não vim até aqui pra brigar com ninguém."

"Eu não estou brigando com ninguém! Só estou fazendo uma pergunta! Não posso fazer uma pergunta?"

"Não tenho condições de participar disso", diz Mamãe.

"Eu só estou perguntando porque não consigo acreditar que ele tivesse tão pouco dinheiro", diz tio Romesh. "A única coisa que recebi foi menos de mil dólares e um tapete velho da Índia, todo comido de traça. O que vou fazer com um tapete?"

"Vocês estão todos escondendo algum segredo, isso é o que eu acho", diz tia Rachel. "Vishnu tinha mais dinheiro que isso."

"Clyde, pegue o menino e o coloque na cama, por favor", diz Mamãe. "Eu não sei por que vocês têm sempre que estragar tudo falando de dinheiro, é o tempo todo falando de dinheiro. Vocês todos já têm o suficiente, com o que vocês estão preocupados? Vocês não têm dinheiro suficiente?"

"Não tem a ver com suficiente, tem a ver com o que é justo", diz tio Romesh. "Eu acho que vocês ficaram com tudo e não querem dizer. Vamos lá, pode falar! O que aconteceu com o dinheiro do tio Vishnu? Por que todo esse segredo?"

"Não tem segredo nenhum", diz Papai, "só não é da sua conta, essa é a questão! O que você fez pelo tio Vishnu ou pela Mousey? Quem foi que abrigou Mousey em sua casa por anos, cuidou dela e se certificou de que ela tomasse sempre os remédios e fizesse sempre os exames de sangue? Você é que não! Então você poderia parar de ficar tocando sempre nesse assunto. Já chega."

Muitas vozes falam ao mesmo tempo: tio Romesh, tio Philip, tia Rachel. Paul sente o seu corpo sendo erguido. No corredor às escuras, a caminho do quarto, ele abre os olhos e vê a parte inferior do queixo do pai e os pelos negros e grossos dentro de suas narinas. Ele fecha os olhos, tenta se concentrar na sensação dos braços do pai o envolvendo, seu cheiro, o ritmo de sua marcha, os esforços que fazia para carregá-lo. Uma orelha está encostada no peito do pai, e ele fica escutando sua respiração, lenta e cadenciada, e os batimentos de seu coração.

8

Papai ligou para o tio Philip e pediu a ele e tia Marilyn que viessem a Tiparo. Papai não queria ligar: ele disse que o tio Philip é muito ocupado para aquele tipo de coisa, mas Mamãe disse que, nesse caso, ela mesma ligaria para ele para pedir. "Ele é meu irmão", ela disse, "e é o mais velho da família agora, é claro que ele tem que nos ajudar." E Papai disse que Philip já tinha ajudado, que ele tinha ajudado muito, abrindo a conta num banco da Inglaterra para eles, e comprando libra esterlina no mercado negro e levando as letras de crédito até a Inglaterra para depositar no Barclays. "Ele pode ser da família", diz Papai, "mas não o aborreça pedindo ajuda por qualquer coisinha." E Mamãe disse que ele era o mais velho da família e que ele os ajudaria.

Agora a Mercedes do tio Philip está na rampa da garagem, os cães ainda andando à sua volta e farejando os pneus. Peter e Paul estão agachados no vão que há debaixo da casa, onde podem ouvir, porque eles sabem que Mamãe e Papai querem falar sobre eles e os exames Eleven Plus que acontecem dentro de poucos meses. Eles pegaram o colchão do seu antigo berço para se sentarem em cima e o cobriram com uma caixa de papelão aberta. Na frente, Paul colocou um rolo de tela metálica, para que eles não pudessem ser vistos da rua. Trixie está farejando, caçando lagartos. De tempos em tempos, ela enfia a cabeça no chão e começa a escavar loucamente, jogando terra vermelha em seus rostos, e eles precisam se enfiar no meio da nuvem de poeira e dar um tapa em seu lombo para que ela pare.

"E se tudo correr como espero, vamos dar uma olhada nas escolas em Surrey enquanto estivermos por lá", diz tia Marilyn, na varanda.

"Escolas, é? Para Anna se formar por lá?" Esta é Mamãe, tentando demonstrar interesse.

"Sim. E eu vou ver umas casas."

"Casas? Para morar? Então vocês decidiram se mudar?"

Silêncio.

"Bom, como eu já disse", tio Philip diz, pesadamente, "podemos dar uma olhada. Olhar não tira pedaço."

Tio Philip começa a falar sobre Oxford e Cambridge: aquilo podia levar muito tempo. Paul vasculha debaixo do colchão e tira uma lata de achocolatado de lá, e depois a lâmina de uma velha faca de carne que tinha perdido o cabo, e abre a tampa da lata, torcendo para que tenha guardado alguma coisa de comer ali, alguns biscoitos Crix ou Ovaltine, mas só tem uma bala de menta de um restaurante com algumas formigas mortas grudadas na embalagem. Ele coloca a tampa de volta com a palma da mão. Tio Philip ainda está falando sobre os grandes debates intelectuais no salão de jantar, todos vestindo smokings. Paul usa os indicadores para empurrar as pequenas abas que ficam na entrada dos ouvidos e escuta os mecanismos do próprio corpo: o *tum-tum* suave do coração, o escorrer da saliva quando engole, o gentil ruído do ar sendo arrastado pela sua traqueia quando inspira e expira. Bem baixinho, ele começa a zunir, sentindo a vibração se espalhando por toda a garganta. Peter bate em seu joelho para lhe dizer que pare.

"A irmã Frances disse que a gente devia pensar pra qual escola o Peter vai prestar a prova." Essa é a voz de Papai. "Ela disse, qualquer escola que vocês escolherem pra fazer o Eleven Plus, ele será sua primeira escolha. Eu garanto."

"Pra qual ele vai fazer?", pergunta tio Philip.

"Bom, pro St. Saviour's College!", diz Papai.

"Quê? Aquele em Port of Spain? Pra ele ter que se deslocar até lá todo dia?" Tio Philip cita outras escolas mais próximas. "Essas escolas também são muito boas", ele diz.

"Mas por que se contentar com 'muito bom' quando se pode ir para o melhor?", diz Papai. "Por quê?"

"Mas... fica muito longe, você já se deu conta?"

"Eu sei. Esse é o único problema. Mas vou dar um jeito. Primeiro, deixa ele entrar. Se ele entrar, eu dou um jeito."

"Mas o problema é o Paul", diz Mamãe. "O Paul não vai passar no St. Saviour's."

Lá em cima, faz-se um pesado silêncio. Paul está sentado sobre as ancas, os braços envolvendo os joelhos, muito quieto.

"Os professores disseram que ele deveria ficar para trás, repetir o quinto ano", diz Mamãe. "Dizem que ele é muito desobediente. Até a própria irmã Frances tentou ensiná-lo. Ela ficava com ele na hora do almoço dando lições de reforço, mas ela disse que tudo entra por um ouvido e sai por outro."

"Eu disse pra ela, deixa ele ficar para trás!", diz Papai. "Os professores sabem o que é melhor!"

"Mas eu acho que eles devem ficar juntos", diz Mamãe. "O Paul... ele está melhorando. Mas precisa que o Peter fique junto com ele."

"Você acha que isso é certo?", Papai pergunta. "Você acha que é certo que o Peter tenha de ser responsável por ele?"

"Bom, deixem que a Marilyn faça uma avaliação pra vocês", diz tio Philip.

"Exato", diz Mamãe. "Uma avaliação. Faça uma avaliação dele."

Debaixo da casa, Paul olha para Peter para ver se ele sabe o que aquilo quer dizer. Ele estava prestando atenção para ver se escutava "St. Ann's" ou "expulso": essas são as palavras que normalmente o fazem passar mal — agora há mais uma. Seu estômago começa a embrulhar. Ele vai precisar sair dali debaixo em breve, voltar para a luz do sol e para o ar fresco. Peter coloca um dedo sobre seus lábios.

"Era isso que eu queria pedir a você", diz Mamãe. "Se você poderia passar algum tempo com Paul, trabalhar com ele no que ele tem dificuldade, tentar ajudá-lo."

"Não sei o quanto eu seria capaz de ajudá-lo", diz tia Marilyn.

"Sim, mas é melhor saber, de um jeito ou de outro", diz Mamãe. "Se tem mesmo alguma coisa errada com ele, se tem alguma coisa errada com o cérebro dele, e ele nunca vai conseguir aprender — então tá, talvez ele esteja perdendo tempo ficando na escola."

Um carro passa por lá — um carro desconhecido, que não pertence a ninguém das redondezas. Ele reduz a velocidade quando passa pela entrada da garagem e depois faz a volta no final da Trilha, porque ela tem um retorno para pegar a outra mão, e segue se movendo devagar. Os adultos param de falar lá em cima. Tio Philip diz que está sendo picado por mosquitos, e todos se levantam para sair. Peter e Paul limpam as calças, saem se arrastando de debaixo da casa e sentam nos degraus dos fundos, tentando dar a impressão de que tinham estado ali aquele tempo todo.

Na semana seguinte, Mamãe os leva de maxi táxi até Port of Spain, e depois pega um carro H* até a casa do tio Philip e da tia Marilyn. O carro H os deixa bem na frente do portão, e o vigia sai de dentro da guarita e veste o seu chapéu. Ele é gordinho, quase careca, com um rosto simpático. Paul ainda não tinha visto aquele guarda; o governo fica mandando gente diferente o tempo todo.

---

* Em Trinidad, carros particulares com placa começada em H prestam serviços de táxi. [N. T.]

"Olá", Mamãe diz a ele. "Nós somos parentes. Só vim deixar estes dois aqui."

"De qual família?", ele diz. "A que trabalha com gás e petróleo? Ou os que têm a loja no Trincity?"

"Gás e petróleo", diz Mamãe. "E que mora em Tiparo."

"Gêmeos!", ele diz, olhando de um rosto para outro.

"Só gêmeos normais", diz Peter.

O vigia vai até o pilar num dos lados do portão e aperta o botão do intercomunicador. "Senhora, são seus parentes", ele diz. "Uma mulher e duas crianças." Tia Marilyn dá o o.k., e o vigia solta uma chave de seu cinto, abre o portão e dá um passo para trás para que eles entrem. A rampa da garagem é feita com o asfalto negro tradicional, com concreto pintado de branco nas laterais dos gramados, como se fosse uma calçada. O gramado da frente é verde e perfeito, o tipo de grama que é efetivamente plantada, com folhas largas, as pontas irregulares, dando a sensação de caminhar sobre pequenas molas. Deveria haver rosas nas floreiras que contornam a rampa da garagem, mas as plantas estão secas e marrons, com apenas meia dúzia de rosas amarelas pálidas nelas. A Mercedes prata não está dentro da garagem.

"Olá, olá, entrem, vamos", diz tia Marilyn, quando vem até a porta. Ela está usando base e batom, e seu cabelo está todo puxado para um lado da cabeça, preso com um prendedor tartaruga. Ela dá um passo para trás para que eles entrem.

"Não, não, eu não vou entrar", diz Mamãe. "Só vim deixar eles aqui."

"Joy, entre e beba alguma coisa. Você deve estar morrendo de calor."

"Não, não, estou bem."

"Vamos lá, Joy. Entre. Sente por alguns minutos."

"Não, não", Mamãe diz mais uma vez. Ela diz que vai fazer umas compras, muito embora Paul saiba que aquilo não é verdade, e que, em vez disso, ela vai procurar um lugar com sombra para se sentar enquanto espera.

Tia Marilyn os conduz pelo corredor na direção da varanda. Peter e Paul vão espiando os outros cômodos pelos quais eles passam no caminho: a lavanderia, com a tábua de passar armada no meio, e uma senhora negra baixinha passando roupa. Eles estão prontos para sorrir e dizer, "Oi, tia", para serem educados, mas tia Marilyn simplesmente passa reto. Então vem a cozinha, com todos aqueles armários brancos combinando com o tampo preto dos balcões, e cactos no peitoril da janela em cima da pia. Depois, a sala de jantar, com sua enorme mesa lustrosa e o armário com todos aqueles enfeites de cristal. Eles a acompanham pela varanda, nos fundos, com cadeiras de bambu e uma mesa de bambu com um tampo de vidro, e um ventilador de teto e um aquário cheio de peixinhos dourados nadando. O gramado dos fundos é perfeito, verde e liso, sem nenhuma das árvores frutíferas costumeiras que crescem no jardim de todo mundo, só grama, perfeita, verde e lisinha.

"Pronto!", diz tia Marilyn. "Paul, não precisa ter medo!"

"Estou me sentindo mal, tia", ele diz. "Acho que estou com febre."

"Você não devia ter medo de testes", ela diz. "Os testes nos ajudam a aprender. E, de todo modo, você não vai fazer um teste hoje. É só uma avaliação."

"Você pode não chamar de teste", diz Peter. "Mas, mesmo assim, é um teste. Né?"

Ela não diz nada, só puxa as cadeiras para que eles se sentem. "Vocês querem sentar juntos ou separados?"

"Juntos", diz Peter.

"O.k." Ela está segurando folhas xerocadas — páginas grampeadas. Aquilo *é* um teste, Paul pensa. Por que ela estava tentando dizer que não é um teste? Ela entrega um teste a Peter e outro a Paul. Peter começa a ler o seu.

"Espere, não comece. Preciso marcar seu tempo", diz tia Marilyn. Ela tira seu relógio e o coloca sobre a mesa. "Quarenta minutos", ela diz.

"Tia", diz Paul, sua voz fraca, "eu te disse, estou me sentindo mal."

Tia Marilyn parece com os Muppets da *Vila Sésamo* quando eles ficam bravos — suas bocas ficam amarrotadas. "Paul. Isso vai levar menos de uma hora. Isso não é um teste. Você pode ler as perguntas e responder o que conseguir? Não precisa responder a todas. Eu não estou esperando que você chegue até o fim." Depois que para de falar, ela fica olhando para ele. Paul a encara de volta. Ele pega o lápis e o agarra com força, como se fosse quebrá-lo com a mão.

"O.k., vou começar a contar o tempo agora", ela diz. Ela se inclina para olhar o relógio e depois sai da sala.

Peter abre o livreto. "Você quer copiar do meu?", ele sussurra.

Paul balança a cabeça. Ele enfia os pés nos chinelos de dedo e eles saem fazendo *plac-plac-plac* enquanto ele passa pela cozinha, pela lavanderia e pela porta, em direção à rua. É bom sentir o calor do sol depois da umidade gelada da casa da tia Marilyn. Ele nem perde tempo tentando abrir o portão, simplesmente tira os chinelos, segura as barras e começa a escalar: um, dois, três movimentos, e ele está no topo, desviando das pontas de ferro, e depois um, dois, três, e já desceu do outro lado. Ouve-se um rangido na guarita do guardinha: ele sai, se abanando com sua boina. "O que aconteceu?", o homem pergunta.

"Nada." O asfalto está escaldando seus pés descalços. Ele estica o braço por entre as grades para pegar os chinelos e os calça rapidamente.

"Você está parecendo muito agitado", diz o homem. "Você brigou com alguém?"

Paul encolhe os ombros.

"Quem? Seu irmão?"

"Não."

"A mulher?"

Paul não responde. Ele queria deixar a casa da tia Marilyn e simplesmente sair caminhando pela estrada. Mas ele estaria numa grande encrenca se fizesse isso. Ele se senta no meio-fio, debaixo do sol, no seu momento mais quente, os pés enfiados na sarjeta.

"Vem cá, vamos", diz o homem. "Você vai acabar com uma dor de cabeça desse jeito." Ele aponta para uma área de sombra atrás da guarita. "Tenha bom senso."

Paul hesita, mas já está começando a sentir sua pele fritando no calor. Ele não vai conseguir ficar sentado ali uma hora, ou duas, até Mamãe voltar. Ele se levanta e se senta na sombra da guarita, onde o homem indica. O homem volta para dentro da guarita e, depois de algum tempo, aumenta o volume do seu rádio, e os dois ficam escutando o locutor comentar a partida do mundial de críquete que acontece no Oval, entre Austrália e as Índias Ocidentais.

Em casa, aquela noite, Peter e Paul vêm até a sala de estar da forma mais casual possível e tomam seus lugares no sofá, para assistir a *The Cosby Show*.

Papai abaixa o volume da TV. "Peter, fiquei sabendo que você foi bem no teste", ele diz. "Muito bem."

Todo mundo prende a respiração quando ele se vira para Paul. Sua voz soa mecânica. "Você deveria ter feito o que a tia Marilyn pediu para você fazer, Paul", ele diz. "Você não está conseguindo acompanhar as aulas na escola. Os professores estão tentando te ajudar, mas eles falaram pra Mamãe que não estão obtendo nenhum avanço. Eu não consigo te ajudar. Mamãe não consegue te ajudar. Marilyn estava tentando te ajudar."

Paul olha Papai nos olhos, se esforçando muito para não piscar nem demonstrar qualquer reação.

"Talvez você não seja tão inteligente quanto o Peter", Papai continua. Ele já tinha dito aquilo antes: *Talvez você não seja tão inteligente quanto o Peter, mas tudo bem!* "Eu dei a você as mesmas oportunidades que dei a ele. Estou pagando as mensalidades em St. Anthony para vocês *dois*. Eu não mandei ele para a escola boa e você para outra. Não. Estou tentando tratar vocês dois do mesmo jeito. Sua educação é a coisa mais importante."

Paul sabe que Peter, ao seu lado, queria dizer: "Eu ajudo ele, Papai", e ele, na sua deixa, gostaria de dizer: "Sim, Peter vai me ajudar", mas os dois sabem que é melhor não fazer isso.

"Como é que você vai conseguir um emprego quando estiver mais velho se não for à escola? Como é que vai se sustentar quando você for velho, depois que a Mamãe e o Papai se forem? Eu só posso cuidar de você até um certo ponto."

Papai o encara fixamente. O coração de Paul bate muito rápido.

"Você devia ter deixado que Marilyn te ajudasse, é só isso que estou dizendo", diz Papai. Então ele encolhe os ombros, como se estivesse exausto daquele assunto, fica de pé e aumenta de novo o volume da TV. Paul volta os olhos para a tela. Ele fica sentado muito quieto até que se iniciem os comerciais, e então se levanta, da maneira mais casual possível, e se retira discretamente.

Alguns dias antes da divulgação dos resultados do Eleven Plus, Mamãe recebe uma ligação da irmã Frances. Ela está sentada na poltrona do Papai na sala de estar, o telefone na orelha, os olhos arregalados, indo de Peter para Paul e fazendo o caminho inverso. Os gêmeos estão empoleirados, ombro a ombro, no sofá, olhando para ela.

"Arram. Arram. Sim…" Seus olhos estão em Peter, e um sorriso começa a se espalhar lentamente pelo seu rosto. "Tem certeza? O.k. Sim, vou dizer pra ele."

"Sim. Sim." Agora ela está olhando para Paul e seu sorriso está esmaecendo. "Arram. Arram. Você acha que eles vão fazer isso? Arram. Arram. O.k. Bom, eu falo sobre isso com o Clyde quando ele chegar em casa."

Finalmente, ela desliga. Esfrega as mãos no rosto e diz: "A irmã disse que o Peter entrou em St. Saviour's. Paul, querido, você não entrou, desculpe. Mas a irmã disse que eles vão fazer uma reavaliação pra você."

"Então o que eu consegui?", Paul pergunta.

"Não sei, querido."

"Eu passei na segunda opção?"

"Não sei, Paul. A irmã só disse que eles vão reavaliar."

Mais tarde, quando Papai volta do trabalho, Mamãe diz para eles irem brincar lá fora. Eles andam agachados por entre os pilares de tijolos até o vão debaixo da casa onde podem ouvir, e ficam de cócoras, Peter cutucando a terra solta com um graveto. Paul consegue imaginar a cena: Papai na poltrona verde, o corpo inclinado para a frente, os joelhos bem abertos; Mamãe no seu canto do sofá, enroscando o indicador na bainha da saia.

"Então, o que a professora disse?", eles ouviram Papai dizer lá em cima.

"Ela disse que o ministro ligou para ela e disse que Peter foi o primeiro."

"Como assim primeiro?"

"Primeiro. O primeiro das duas ilhas."

Faz-se um longo silêncio.

"Primeiro das duas ilhas!", Papai repete.

Faz-se outro longo silêncio.

"Eles têm certeza disso?"

"Sim. Mas o que a gente vai fazer com o Paul?", diz Mamãe. "Eu não quero que ele fique separado do Peter. Eles precisam estar na mesma escola para o Peter poder cuidar dele."

"Não se preocupe com isso. Eu vou até St. Saviour. Vou resolver tudo."

"Mas como você vai fazer isso?"

"Você precisa entender as pessoas, Joy. Cê tá me ouvindo? Eu entendo as pessoas. Estou te dizendo, eu vou resolver tudo."

9

Quando Paul era mais novo, ele passou por uma fase em que tinha medo de cortar o cabelo: depois do que aconteceu em Siparia, ele ficou achando que cortar o cabelo envolvia multidões e barulho e o cabeleireiro exibindo suas tesouras e dizendo que talvez pudesse cortar fora suas orelhas. Mais tarde, quando percebeu que cortar o cabelo normalmente não era assim, ele ainda se recusava: gostava de ter o cabelo desgrenhado e comprido — achava que aquilo o fazia se destacar dos outros. E quando os Boyz on the Block começaram a chamá-lo de Tarzan, ele não se incomodou. Todo mundo tinha um apelido — ele poderia ser Paul "Tarzan" Deyalsingh. Porém, na tarde de ontem, enquanto Mamãe passava a ferro seus novos uniformes escolares, Papai deu uma olhada em Paul e disse: "Escuta aqui. Você não vai para o St. Saviour com *essa* cara". Paul sabia que não devia discutir: pegou o espelhinho redondo que Papai usava para se barbear e a tesoura da cozinha e foi para o quintal dos fundos cortar o cabelo. Não ficou perfeito, um pouco zoado e bagunçado, mas, pelo menos, estava curto, e Papai disse: "Acho que dá para o gasto".

Naquela manhã, eles estavam acordados às quatro e meia, e prontos para sair de casa muito antes das seis. Na verdade, não tinha muita coisa pra fazer: suas roupas já estavam penduradas nos cabides; cuecas, cintos, sapatos e meias, estendidos. Agora, na luz suave e dourada da manhã, com os pássaros ainda cantando nas tamarindeiras, os meninos estão de pé, no acostamento da estrada, de frente para o posto de gasolina, esperando pelo maxi táxi. De tempos em tempos, Paul enfia a mão no bolso atrás da nota de dez dólares que Papai lhe deu, para pagar pela sua viagem de ida e volta para Port of Spain, e para comprar seu almoço na cantina do St. Saviour.

Quando o maxi táxi chega, o rastafári, Sando, está sentado no banco da frente, ao lado do motorista. Ele se inclina para fora da janela e grita: "Eeeei! Hoje é o grande dia, né?". Sando mora em Arima, até onde eles sabem, mas ele tem amigos em Tiparo, de modo que está frequentemente de bobeira por aqui. Ele tem dreadlocks compridos e está sempre de óculos escuros, e passa todo o seu tempo cultivando maconha nas montanhas. Sando desce pela porta do passageiro, desliza a porta principal do maxi táxi e fica ali parado como se fosse o chofer, gesticulando para que eles entrem. Peter e Paul pegam um assento atrás de uma mulher que parece trabalhar num escritório, e Sando se senta no banco ao lado, na outra fileira, e sorri para eles com seus enormes dentes brancos. Paul pode ver seu reflexo nos óculos de Sando.

"Qual é, branquelos?", diz Sando. "Cheguem aí, conversem um pouco comigo. Quem sabe eu não aprendo alguma coisa? Quanto é dois mais dois?"

Peter revira os olhos.

"Hein? Tu não sabe? Como é que tu não sabe? Ouvi dizer que tu era um baita cabeçudo."

"Não nos chame de branquelos", diz Peter. "Primeiro, porque você está sendo sarcástico, e segundo, porque isso não está correto."

"Sarcástico?", diz o rastafári. "Não, eu tô falando a real! Ou não tô? Não rolou uma melhora de vida aí com vocês?" Mas Peter não responde, apenas balança a cabeça e olha pela janela, ignorando-o.

"Tarzan!", diz Sando. "Você cortou o cabelo!"

"Sim", diz Paul. Ele não está se sentindo muito bem. Não gosta do cheiro dali: uma mistura de suor, incenso, fumaça de cigarro, óleo de coco e talco em pó. Ele sente que pode vomitar. Desliza a janela para abri-la e enfia a cabeça o mais para fora que consegue, para pegar um pouco de ar.

"Ei, vê se não vai vomitar em mim, hein", diz uma mulher atrás dele, uma das que estão cobertas de talco. Ela fecha rapidamente sua janela. "Você devia comer gengibre se fica enjoado quando anda de carro", ela diz. Ela começa a explicar como são as folhas e os frutos, e onde encontrar a planta.

Uma estudante ao lado diz: "Na verdade, hoje em dia existem comprimidos para enjoo".

"Tá vendo?", a mulher diz para ele. "Você poderia ter tomado uns comprimidos. Por que você não tomou uns comprimidos?" Ela pede para que a estudante escreva num papel o nome dos comprimidos para ele, para que possa tomá-los antes de entrar num maxi táxi. "Senão", ela diz, "é melhor você sentar na fileira atrás da minha, porque daí, se ficar enjoado, pelo menos não vai vomitar em *mim*."

"Isso é dos nervos", diz Sando. "É só isso. Nervos! Primeiro dia na escola nova, cara! E com aquele monte de branquelos? E vocês, vindo daqui, onde só tem mato e bandido?"

"Nem todo mundo é branquelo lá", diz Peter. "Tem meninos de todos os tipos em St. Saviour's."

"Você tem razão", diz Sando. "Não é tudo branquelo. É tudo cabeçudo!" Ele estapeia os joelhos e ri, e depois começa a assobiar uma melodia e balançar a cabeça para trás e para a frente, acompanhando a batida.

O maxi os deixa no alto da Charlotte Street, na frente do hospital. Eles sabem mais ou menos para que lado ir, mas as pessoas lhes mostram o caminho mesmo assim: sobe aqui, desce ali, cinco, dez minutos, no máximo. Eles alisam os amassados das roupas, ajustam as mochilas nas costas e começam a descer a rua. Há diversas outras crianças uniformizadas andando na mesma direção — passando pela Memorial Square, ou pelo Museu Nacional, rumando na direção do centro —, meninos usando as mesmas calças cáqui e camisas azul-claras que eles, e meninas com saias azul-escuras e blusas brancas. Um menino maior, gordinho, de óculos e com um sorriso no rosto, bate em seus ombros quando eles estão passando pelo Cinema Deluxe. "Sexto ano?", ele pergunta, e eles concordam com a cabeça, o menino aponta para a rua e diz: "Por aqui. Nós vamos por aqui". Ele olha de um rosto para o outro e diz: "Puxa vida! Gêmeos!". E, enquanto caminha ao lado deles, ele lhes fala sobre os outros gêmeos da escola, e diz que são muito populares por causa do grande número de oportunidades de pregar peças.

"Mas hoje não", diz Peter, para se certificar.

"Não! Você tá louco? Definitivamente hoje não!", diz o menino, rindo.

Eles passam perto de uma pracinha verde e com muita sombra, com portões em cada um dos lados e caminhos entrecortando seu interior. Perambulado por lá, um mendigo: velho, acinzentado, com dreadlocks compridos demais e roupas sujas e fedorentas. Ele está cantando um hino, murmurando as palavras que ele não lembra, e gritando as que recorda: "Cri-a-dor! Su-a-ve! Gló-ri-a!".

Conforme eles vão contornando a cerca — barras de ferro bem retas, com as pontas douradas como lanças —, Paul sente que os olhos do mendigo estão fixos nele. "Estudantes!", o homem grita. O menino sorridente acena para o mendigo, dando uma risadinha, e diz, baixinho, para Peter e Paul: "Esse cara é legal, desde que esteja do *outro* lado da cerca". O mendigo gargalha ruidosamente e depois começa a cantar um pedaço da letra do calipso *"Hurry hurry, come for curry"*. Ele canta o refrão repetidas vezes, batendo o pé no chão no ritmo da música.

Quando os meninos chegam ao final da praça e se preparam para atravessar a rua, Paul vê uma mulher de salto alto entrar por um dos portões para atravessar o parque. O mendigo se vira para segui-la; ele tira sua coisa pra fora e balança para a mulher, ainda cantando aquela música. A mulher o ignora e segue fazendo seu *clop-clop* até sair pelo outro portão.

Na sala de aula — ele está sozinho, o menino sorridente levou Peter para algum outro lugar —, Paul escolhe uma mesa que não fica exatamente no fundo, mas quase, e próxima às portas que levam ao corredor. Na parte da frente da sala fica a mesa do professor, em cima de um tablado de madeira. Atrás da mesa há um quadro-negro, não cinza como eles geralmente são, mas muito negro, recém-pintado, com uma caixa de giz fechada na canaleta que fica na parte inferior. Numa outra parede há um quadro de avisos de feltro verde, onde alguém usou as tachinhas coloridas para escrever um enorme OLÁ. O professor está em sua mesa, folheando o livro de presença no qual, Paul consegue ver, todos os nomes estão escritos. A sineta ainda não tocou, ainda há pessoas passando pelo corredor falando alto, mas aqui dentro está silencioso, somente alguns meninos cochichando entre si. Paul já está se sentindo exausto, e não são nem oito horas da manhã.

Um menino abre o tampo da sua mesa, tira um caderno novinho em folha de dentro dela, fecha o tampo e o coloca sobre ela. Outro menino o imita, e logo todos começam a abrir suas mesas e tirar coisas de lá: cadernos, lápis, canetas, réguas, e as colocam sobre as mesas. Paul faz o mesmo, examinando furiosamente o rosto do professor para tentar descobrir se ele é legal ou severo, enquanto tenta, ao mesmo tempo, fazer aquilo parecer casual. Ele queria ter um chiclete; gostaria de recostar-se em seu assento, os cotovelos suspensos nas costas da cadeira, mascando chiclete e agindo como se aquilo tudo não fosse nada de mais, como se ele não estivesse dando a mínima. Mas Paul tem medo de que o professor lhes dê uma prova ou, pior ainda, chame os alunos ao quadro-negro para que respondam a perguntas. Ele queria não estar aqui; queria que Mamãe e Papai não tivessem providenciado sua entrada nesta escola. Isto é terrível. Se o padre fizer uma pergunta a Paul e ele não souber responder, ou se lhe pedir para ir ao quadro-negro, Paul pensa, ele pode fingir que está tentando responder a pergunta e, quando não conseguir, dirá que não está se sentindo bem e pedirá para ir para casa. Ele estica o braço na direção da mochila aos seus pés e segura uma das alças de lona. Ele está bem ao lado de uma das portas. Poderia pegar a mochila e simplesmente ir embora dali naquele instante, antes que tudo aquilo acontecesse. Talvez os portões da escola ainda estivessem abertos: ele poderia sair andando rapidamente dali, antes que eles se fechassem e, uma vez que estivesse na rua, não precisaria mais voltar. Encontraria algum lugar na sombra para se sentar até que as aulas acabassem e, depois, eles pensariam no que dizer a Mamãe e Papai no caminho de volta para casa. Mas todos seus novos livros estão ali — na sua mochila, na sua mesa. Papai gastou muito dinheiro em todos aqueles livros. Ele não pode simplesmente ir embora. Gotas de suor começam a brotar por todo seu corpo enquanto o padre vira lentamente as páginas na frente da sala.

O padre é branco, exatamente do mesmo tom de branco de um estrangeiro. Tem o cabelo castanho-claro cortado curto, um rosto ovalado, a pele muito macia, a aparência jovem. Talvez ele seja legal, é difícil dizer com certeza. Quando olha para a frente, ele não sorri, mas também não parece extremamente severo e bravo como alguns padres. Na primeira fileira, um menino aproxima as omoplatas e inclina a cabeça para a esquerda e depois para a direita, como alguém prestes a disputar uma corrida de cem metros.

Toca a sineta; a escola inteira cai no silêncio. O padre fecha o livro de presença, junta as mãos sobre ele, olha toda a sala, lentamente. O coração de Paul acelera. O padre desce do tablado e fica parado na frente do quadro-negro, encarando a turma. "Bom dia", ele diz.

Alguns meninos abrem a boca para repetir, mas o padre levanta uma das mãos para interrompê-los. "Eu sou o padre Kavanagh", ele diz. Ele olha para os alunos, e então ergue as duas mãos, como o regente de um coral.

"Bom dia, padre Kavanagh", cantam os meninos. Paul canta junto com eles.

O padre pega um pedaço de giz na caixa sobre a mesa e escreve: "Padre Kavanagh". Paul observa que alguns meninos abrem os cadernos para copiar. O padre sobe outra vez no tablado, se senta na mesa do professor e abre o livro de presença. "Quando eu chamar o seu nome, quero que você se levante e diga: 'Aqui'." Ele olha para os alunos. "Quando eu chamar seu nome, o que vocês farão?"

"Levantar e dizer: 'Aqui'", os meninos respondem.

"Ótimo." O padre pega uma régua e a posiciona abaixo do primeiro nome no livro de presença, a caneta a postos. "Aboud."

O menino sentado bem na frente de Paul se levanta, um menino com a pele clara e o cabelo escuro e encaracolado, alto para alguém de onze anos de idade. "Aqui, padre."

"Só 'Aqui'."

"Aqui."

Ele acena com a cabeça, e o menino se senta. O padre faz uma marca no seu livro. Ele percorre a lista lentamente, dando uma boa olhada em cada menino antes de acenar com a cabeça para que ele se sente. Paul sente o coração acelerar quando o padre chega no D. D'Abadie. Dalla Costa. Dennis. Devenish. Deyal.

"Deyalsingh", o padre lê. Seus olhos percorrem a sala. "Paul Deyalsingh."

Paul se levanta, tentando evocar aquela sensação de que não dava a mínima para aquilo tudo. Se estivesse mascando chiclete, ele faria uma bola naquele instante, uma bola enorme, e depois a deixaria estourar enquanto o padre estivesse olhando, como se quisesse dizer: *Pronto, toma essa!* Ele joga seu peso numa das pernas, cruza os braços, olha bem para o rosto do padre. O padre o encara de volta. Paul sente calor e frio ao mesmo tempo, em lugares diferentes. Ele descruza os braços, deixa que caiam lentamente ao lado do corpo. O padre acena com a cabeça. Paul se senta. Ele espera até que o padre chegue à letra F para pegar seu caderno e se abanar com ele, mitigando o suadouro.

Problemas surgem, é claro, como ele sabia que surgiriam. Acontece pouco antes do intervalo, quando toda a turma está trabalhando em silêncio, a cabeça de cada menino inclinada em cima do caderno, e padre Kavanagh percorrendo lentamente os corredores entre as mesas dos alunos. Paul sente o calor aumentar à medida que padre Kavanagh se aproxima e para ao seu lado. Ele cheira a sabonete Imperial Leather. Paul se debruça sobre o caderno, tentando parecer profundamente concentrado, mas o padre bate discretamente o dedo em sua mesa. Devagar, Paul se recosta. Ele não olha para cima — sabe que a maior parte de suas respostas deve estar errada. Depois do que parece ser um tempo enorme, o padre pega o lápis da mão de Paul e escreve, na margem do seu caderno: "Venha conversar comigo no intervalo". Ele larga o lápis sobre a mesa e volta a andar no mesmo passo vagaroso e, pouco tempo depois, a sineta toca.

Na hora do almoço, Paul pega a mochila e vai até a sala dos professores. Ele quer estar com a mochila caso esteja sendo expulso; talvez precise ir até a sala do diretor, e em seguida talvez eles o mandem embora e, nesse caso, ele prefere ter a mochila à mão para não ter que voltar até a sala de aula. Paul não a pendura nos ombros, apenas a segura como se fosse uma coisa que tivesse de carregar até algum lugar, como um pano molhado ou um balde. Ele encontra a mesa do padre Kavanagh e para de pé ao seu lado, preparando-se mentalmente para o que virá pela frente. Uma professora, jovem, bonita, com o cabelo castanho-avermelhado, está sentada à mesa que fica de frente para a mesa do padre Kavanagh. Ali perto, outro professor está chupando a carne de uma coxa de galinha.

"Oi, Paul", diz o padre Kavanagh. Ele solta a caneta, empurra alguns livros para o lado, pega uma agenda, uma dessas com uma capa que parece feita de couro, com uma página para cada dia do ano. Abre na página do dia de hoje, pega os óculos e a caneta. A professora bonita sorri gentilmente para Paul de sua mesa. "Você vai voltar para casa?", ela pergunta.

Padre Kavanagh olha para ela. "O quê?"

"Você não está se sentindo bem? Por que está com a mochila?", ela pergunta.

Os dois estão olhando para ele, assim como também faz o homem com o osso de galinha.

"Você está passando mal?", pergunta o padre Kavanagh.

"Não", diz Paul.

"O que aconteceu?", pergunta a professora bonita.

"Eu achei... Achei que o senhor provavelmente ia me mandar para casa."

"Te mandar para casa? Por que eu te mandaria para casa?"

Paul não responde. Ele queria não ter dito nada; queria não ter trazido a mochila. Ele odeia a mochila. Aquela mochila está lhe causando todos esses problemas terríveis.

"Por que eu faria isso?", pergunta o padre.

Paul sente o rosto ficar vermelho vivo; nenhuma palavra vem à sua cabeça. Isto é horrível. Ele quer voltar para casa, quer apenas desaparecer.

Padre Kavanagh aponta para um lugar perto da parede e diz para Paul deixar a mochila ali, depois se levanta da mesa e caminha rapidamente pelo corredor, em direção ao pátio. Receoso, Paul o segue. Padre Kavanagh enfia a cabeça dentro de uma sala de aula, onde alguns meninos do último ano estão sentados em cima de suas mesas, um deles dedilhando um violão — os meninos descem, escorregando de suas mesas, perguntam se o padre quer usar aquela sala, mas ele já seguiu em frente. Paul fica se perguntando se o padre Kavanagh anda sempre daquele jeito ou se está com pressa por algum motivo.

"Estou procurando um lugar tranquilo", padre Kavanagh diz a Paul. "Não tem nenhum lugar tranquilo nesta escola!" Eles passam por salas de aula, por escadarias, pela quadra de basquete, pelos laboratórios de ciência. Por fim, chegam à entrada da capela, e padre Kavanagh diz: "Vamos tentar aqui". Dentro da capela está frio, escuro e silencioso, exceto por alguns meninos brincando com o tambor de aço que fica no mezanino, não tocando o instrumento, de fato, apenas batendo em qualquer lugar, praticando o manuseio das baquetas.

"Agora", diz padre Kavanagh. Eles estão sentados num banco da primeira fileira. "Me diga qual é o problema."

"Não tem problema nenhum."

"Tem um problema, sim", diz padre Kavanagh. "Por que você achou que seria mandando para casa?"

Ele pensa em dizer: "Eu não sei, padre. Nada, padre", numa voz impassível, e continuar repetindo aquilo até que o padre desista e o deixe em paz. Mas apenas uma manhã havia se passado: ainda há toda a tarde pela frente, e depois amanhã, manhã e tarde, e a mesma coisa novamente no dia seguinte, e no dia seguinte a este. Talvez seja melhor se abrir de uma vez, deixar tudo às claras, e depois voltar para Tiparo e explicar para Mamãe e Papai que eles não o quiseram em St. Saviour's, no fim das contas.

"Eu não passei na St. Saviour's", diz Paul. "Meu irmão passou, mas eu não. Meu pai falou com o padre Malachy e providenciou a minha vinda para cá, para que eu e meu irmão pudéssemos ficar juntos. Meu irmão é um gênio." Ele olha para o padre Kavanagh, engole, certifica-se de que sua voz soará bem. "Além disso, eu sou levemente retardado. Porque tive alguns problemas quando nasci." Ele olha outra vez para o padre Kavanagh. Ele parece muito sério, mas não bravo. Paul dá de ombros, como se estivesse dizendo: e é isso.

"Quem te disse isso?", pergunta padre Kavanagh.

"Não sei. É só… é assim que as coisas são. Ninguém disse nada, mas é assim que é."

"Mas alguém deve ter dito isso a você, pra você pensar desse jeito. Sua mãe? Seu pai?"

"Sim. E também o tio da minha mãe, tio Vishnu. Ele estava lá quando eu nasci. Ele disse isso."

"Bom", diz padre Kavanagh. "Bom, eu não acho que você pareça retardado."

"Não muito", diz Paul. "Só um pouquinho."

"Não", diz padre Kavanagh. "Você não é. Nem um pouco. É evidente que você não é."

Paul balança a cabeça, pensando que é melhor concordar com o padre, para que ele não fique zangado.

Padre Kavanagh segura seu braço pouco acima do cotovelo. Ele o aperta com força. "Me escute. Você não é."

Lá fora, no pátio, soa a sineta. A música do tambor de aço é substituída pelo som dos degraus de madeira sendo pisoteados. Paul não olha para trás para ver quem são os meninos, mas ele os escuta cochichando entre si, sente seus olhos em suas costas.

"Você vai precisar ter aulas de reforço", diz padre Kavanagh. "Você precisa alcançá-los."

"Eu tive um monte de aulas de reforço", diz Paul. Ele acha melhor ser honesto, para que o padre Kavanagh não vá pensar mais tarde que Paul o enganou. "Muitas pessoas tentaram."

"Bem, então elas não tentaram do jeito certo", diz padre Kavanagh. "Quem sabe eu não descubro o jeito certo?"

140

Ele olha para Paul como se estivesse esperando por uma resposta, mas Paul não consegue pensar em nada para dizer. O padre está olhando para ele da maneira que os padres sempre parecem olhar para as pessoas, como se estivessem enxergando alguma coisa que você não vê. A sineta toca uma segunda vez. "Hora de voltar para a aula", diz padre Kavanagh. "Me encontre mais tarde, e nós vamos marcar um dia para você fazer suas aulas de reforço. Eu vou te ajudar. Você vai ver."

"Tá bem", diz Paul. Ele acena com a cabeça. Padre Kavanagh acena de volta. Paul se levanta. "Então tá, tchau", ele diz. Padre Kavanagh apenas acena novamente com a cabeça, e Paul fica com a sensação de que o padre o observa enquanto ele dribla os bancos da igreja até a porta. Quando chega à claridade do exterior, silencioso, agora que os meninos voltaram para suas salas, ele sai correndo pelo pátio vazio e sobe as escadas, dois degraus de cada vez.

10

Padre Kavanagh esperava ter um começo solitário. Quando chegou a Trinidad, em agosto, ele sabia apenas o nome do seu supervisor, que o esperaria no aeroporto, e não conhecia mais nenhuma alma. Agora é dezembro; apenas poucos meses haviam se passado e, quando caminha pelo parque Savannah, em meio ao frescor do fim de tarde, para esticar as pernas, ele fica o tempo todo acenando para as pessoas, dizendo oi. Corredores lhe dão tapinhas no ombro quando passam por ele: *Oi, padre!* Braços se estendem para fora das janelas dos carros que passam e acenam expansivamente: *Padre Kavanagh! Oi!* Homens jogando futebol na grama, meninos caminhando lentamente com suas camisas para fora das calças, mulheres com carrinhos de bebê, sentadas sob árvores grandes por causa da sombra: *Oi, padre! Dando uma caminhada? Pra onde o senhor está indo, padre?* Quando ele passa pelas antigas construções coloniais no setor ocidental do parque, o vendedor de coco, Johnnie, pega um coco em seu carrinho, abre-o com o facão e o entrega a ele, solenemente. "Parece que o senhor está com calor, padre. Bebe isso daí." Na primeira vez, ele usou o canudinho que Johnnie lhe deu, mas conforme as semanas foram passando, percebeu que aquilo era apenas para os estrangeiros. Agora, ele faz como todos os outros, encosta a casca dura nos lábios, e o líquido leitoso e adocicado lhe escorre pelo queixo.

Hoje, quando retorna de sua caminhada, somente o padre aposentado, o padre De Souza, está em casa, sentado na varanda, com o jornal dobrado na mesinha ao seu lado. Ele tem oitenta anos, embora pareça ser muito mais jovem, com uma pele cor de caramelo e um anel de cabelo branco espesso, como uma auréola. Padre Kavanagh acaricia o cãozinho deles, Zelly, enquanto sobe as escadas, e conta para o padre mais velho como foi o seu dia: quantos alunos foram parar na detenção por ficarem olhando para as meninas da escola do outro lado da rua; que ele tentou pagar uma conta na hora do almoço, no posto dos correios na Abercromby Street, mas a fila era tão grande e tão lenta que ele desistiu; que os professores lhe trouxeram comida de um vendedor de rua na hora do almoço, uma coisa apimentada chamada *doubles*,* que era muito saborosa, embora tivesse pimenta demais para o seu gosto. Padre De Souza escuta com enorme prazer todas as suas histórias e questões e problemas. Foi padre De Souza a pessoa que padre Kavanagh conheceu melhor nesses primeiros meses morando em Trinidad: os outros padres geralmente estão fora a essa hora do dia — envolvidos em reuniões de comitês ou outras atividades, visitando os idosos, os enfermos, os desesperançosos.

Um muro de tijolos separa o jardim da calçada: não é muito alto, tem cerca de um metro e vinte, e os transeuntes mais altos podem facilmente ver o que tem do outro lado — e alguns, de fato, esticam o pescoço quando passam, para enxergar melhor. Um homem esbelto e musculoso, trajando apenas um calção preso à cintura por um pedaço de corda, para no portão de ferro forjado e olha na direção deles.

"Espero que vocês estejam rezando por mim!", diz o homem.

---

* Espécie de sanduíche de grão-de-bico. [N. T.]

"Sim, senhor", responde padre Kavanagh. Aquele homem passa por ali quase todas as tardes e diz a mesma coisa, todas as vezes.

"Rezem pelo nosso país!", diz o homem. "Só Deus pode nos salvar!"

"Espero que você também esteja rezando!", diz padre De Souza, bem-humorado.

"Sim, padre. Padre*ssss*. É claro. Todas as noites! Eu fico de joelhos e rezo para ser salvo pelo Senhor." Eles acenam novamente uns para os outros e o homem se vai; ele é completamente maluco, é claro, porém inofensivo, pelo que sabe o padre Kavanagh.

Mais tarde, quando as nuvens de chuva do fim do dia começam a se acumular, os padres vão até a cozinha e destampam as panelas no fogão, servem-se do ensopado de galinha e do arroz que foram preparados pela empregada mais cedo. Na geladeira há uma tigela do que eles chamam de "abóbora", embora o padre Kavanagh nunca tenha visto nada parecido com uma abóbora nos mercados daqui. É uma delícia: sua consistência é similar à de um purê de ervilhas, porém laranja, picante e muito saborosa.

"Só isso?", diz padre De Souza, enquanto padre Kavanagh serve seu prato. "Você está sem apetite ou algo assim? Está passando mal?"

"Não, eu estou bem. Mas a gente deveria deixar para os outros", diz padre Kavanagh.

"Tem bastante comida aí!", diz padre De Souza. "Pegue mais, homem! Olhe só quanto ela fez! Pegue! Pegue!"

Padre Kavanagh, obediente, serve-se de um pouco mais. A comida aqui é realmente muito saborosa. Padre De Souza acena com a cabeça, anuindo, e depois pega o molho de pimenta no armário e o salpica por todo seu prato.

Eles sentam-se na varanda para comer, onde podem assistir à chuva chegando. É gostoso lá fora, uma brisa fresca, e tem o mesmo piso de madeira polida que há no resto da casa, com um corrimão à meia altura ao redor, sobre o qual as pessoas se sentam quando não há cadeiras o bastante. Um arbusto florido se debruça sobre o corrimão, fornecendo um pouco de privacidade dos transeuntes na rua. A grama no jardim é muito verde, um verde diferente da grama da Irlanda, mais escuro, mais tingido de azul, e agora mais escuro ainda, uma vez que o sol está escondido atrás de uma grossa camada de nuvens. O cão, Zelly, levanta as orelhas sempre que os sapos saltam dos arbustos de hibisco e os pássaros se reúnem animadamente no gramado. As primeiras gotas de chuva estalam no chão — e então, com uma corrente morna de vento, ela chega. Padre Kavanagh tentou muitas vezes encontrar maneiras de descrever essa chuva que os visita todas as tardes, mas é padre De Souza, como de costume, quem lhe apresenta a palavra de que ele precisa. O padre mais velho se senta em silêncio por vários minutos, observando o espetáculo, então balança lentamente a cabeça e diz, num tom de enorme reverência: "Chuva!". E padre Kavanagh diz, em resposta: "Chuva".

Quando dá sete horas, os padres vão até a sala de estar para assistir às notícias. É um cômodo agradável, com estantes altas e cheias de livros no fundo, uma grande mesa de madeira na qual eles podem ler, escrever ou trabalhar, e janelas cujas cortinas finas parecem inspirar e expirar enquanto o ar corre por dentro da casa. Do lado de cá, perto de uma janela que dá para a varanda onde eles estavam sentados antes, sofás e cadeiras de um veludo azul desbotado estão dispostos em volta de uma mesa de centro e uma TV. Eles assistem a uma propaganda do concreto Harricrete, com o jingle grudento que padre Kavanagh já havia decorado, e então a música agressiva do noticiário começa, acompanhada por uma sequência de imagens em movimento: a Casa Vermelha, fria e imponente, com a bandeira trinitária à frente, tremulando ao vento; uma rua do centro de Port of Spain repleta de vendedores e táxis e consumidores; crianças sorridentes fantasiadas de borboleta, cobertas de tinta, purpurina e penas; homens de macacão azul, óculos de proteção e capacetes, em pé, na frente de uma indústria química. O âncora, um homem jovem, de aspecto sério, usando óculos e um bigodinho, aparece segurando um maço de papéis na mão e anuncia que são sete horas.

Ele começa, como sempre, pelas piores notícias. Toda noite é a mesma coisa: mortes nas estradas, homicídios domésticos, pessoas desaparecidas sendo tiradas do meio do mato dentro de sacos mortuários, ou seus restos carbonizados encontrados no interior de carros queimados. Padre Kavanagh sente que precisa se esforçar para suportar aquela parte e tenta bloquear de seus ouvidos a linguagem que o apresentador utiliza, falando sobre pessoas que foram "esquartejadas" e encontradas em "poças de sangue".

A foto de um homem de cabelo grisalho usando terno e gravata aparece na tela, atrás do apresentador. Padre De Souza se senta direito, leva as mãos à boca. "Esse não é parente do seu aluno?", ele diz. "Aquele que você está tutelando? Tio dele." Padre Kavanagh também se endireita, presta mais atenção. O homem era o juiz Philip Ramcharan, diz o apresentador, um notório magistrado que estava se preparando para o julgamento de um "renomado traficante" do sul de Trinidad, um homem que supostamente controlava todo o transporte de drogas e armas do continente sul-americano para a ilha de Trinidad. "O juiz Ramcharan foi encontrado morto em sua casa esta manhã, aparentemente estrangulado até a morte por criminosos", anuncia o apresentador.

O programa corta para uma matéria que deve ter sido gravada mais cedo, de um repórter com um microfone, suando debaixo do sol do meio-dia, na frente de uma casa branca com o telhado galvanizado e as grades pintadas de verde-grama, dois carros lustrosos na garagem, e arbustos carregados de rosas murchas margeando a rampa de acesso. Uma fita amarela está estendida no portão aberto, e há uma pequena casinha de madeira numa lateral. O repórter diz que o vigia tinha ido para casa por causa de uma dor de barriga, e que a residência ficou sem segurança por algumas horas durante a noite. O homicídio provavelmente aconteceu por volta das seis e meia da manhã, quando, de acordo com a esposa do homem, o juiz Ramcharan desceu até o primeiro andar para preparar o café da manhã. A esposa ouviu o início de uma briga; ela trancou-se com a filha num dos quartos do andar superior, chamou a polícia e escapou ilesa. Quando a polícia chegou, pouco depois das sete horas, os bandidos haviam fugido. Atrás do repórter, um policial está parado ao lado da fita amarela em volta do portão; outro, talvez sem perceber que está sendo filmado, faz carinho no cachorro de um vizinho através da cerca.

"Que juiz vai pegar esse julgamento agora?", diz padre De Souza. "Ramcharan era um dos honestos. Os únicos que farão isso agora são os que aceitarão ser subornados pelo traficante, que, para a surpresa de ninguém, não será condenado."

Ele balança a cabeça, ainda olhando para a TV, onde a garota do tempo apareceu na tela, apontando com o dedo para um mapa grudado com durex na parede, dizendo que amanhã será quente, com alta probabilidade de chuva.

Quando os alunos se reúnem na igreja na manhã seguinte, os dois meninos estão lá — Paul e seu gêmeo, Peter — espremidos nos bancos com os colegas de aula. Paul parece normal, pensa padre Kavanagh, ou quase — talvez um pouco atordoado. Padre Malachy, no púlpito, menciona o assassinato; a escola inteira reza para que Deus olhe pela esposa e pela filha do juiz, e pelos outros membros de sua família, incluindo dois de nossos alunos aqui entre nós. Padre Malachy reza pelos assassinos, para que eles virem as costas para o mal; para que se voltem, em vez disso, para Deus, e encontrem seu amor divino. E reza pelo país, para que seus líderes encontrem a força e a coragem para tirar a nação desses tempos sombrios de crime e imoralidade. No intervalo, quando o padre Kavanagh passa pela sala de Paul, ele vê tanto Peter quanto Paul no centro de um círculo de alunos, os rostos de todos os meninos sérios, as bocas abertas, horrorizados. Só no final do dia, quando Paul vem para suas aulas de reforço, padre Kavanagh tem a oportunidade de conversar com ele.

"Pensei que você não viria hoje", diz padre Kavanagh. Eles estão no lugar de sempre, uma sala de aula do último ano que fica na frente da sala dos professores, do outro lado do corredor, com janelas que dão para a quadra de basquete ao lado. Ele larga os livros e junta duas mesas da primeira fileira. "Lamento muito pelo seu tio."

Paul acena rapidamente com a cabeça, um tipo de aceno que, padre Kavanagh pensa, significa que ele não quer falar sobre o assunto. Paul põe os livros sobre a mesa dando um suspiro, depois se senta, com o corpo largado, as mãos nos bolsos. Seu cabelo está maior e mais desgrenhado desde que o padre o conheceu, há alguns meses. Às vezes ele prendia o cabelo com um elástico: padre Kavanagh está surpreso com o fato de os outros meninos não o provocarem por ele se parecer com uma menina, mas, pensando bem, Paul pode ser bastante insolente quando precisa, uma postura de macho que talvez sirva para repelir as provocações.

Padre Kavanagh se senta ao seu lado. Lentamente, ele abre o livro, pressiona as páginas contra a mesa. "Você conversou com sua tia ontem à noite?", ele pergunta.

"Não", diz Paul. "Mas Mamãe e Papai foram até a casa do tio Philip para ajudar."

"Entendi."

"Eles foram buscar a tia Marilyn e a Anna para ficarem conosco a noite passada, ou na casa da tia Rachel e do tio Romesh, porque eles têm mais espaço que a gente", diz Paul. Ele joga a cabeça para trás para tirar o cabelo dos olhos. "Mas elas não quiseram vir. Ficaram com os vizinhos em Port of Spain. E a tia Marilyn já comprou passagens de avião para ela e para Anna. Ela disse que assim que acabasse o funeral, voltaria imediatamente para a Inglaterra."

"Lamento muito." Padre Kavanagh lembra de ter ouvido aquilo no noticiário da noite passada, que o juiz era casado com uma inglesa. "Que notícia terrível. Os outros padres me contaram que o sr. Ramcharan era seu tio."

"Irmão da Mamãe", diz Paul. "O irmão mais velho." Seu olhar se perde por um instante, e então ele parece se recompor, e seus olhos voltam a focar o padre Kavanagh. "Bom. O que está feito, está feito."

Padre Kavanagh puxa lentamente os cartões com anotações que preparou para a aula de hoje. Na semana passada ele havia comprado papel colorido na loja de materiais artísticos ali perto, e ficou sentado à mesa na Rose House cortando pequenos quadrados, e depois escreveu em cada um deles com um pincel atômico preto. Agora ele empilha os quadrados e os mostra para Paul, um por um: bala, cela, galo, mole. Paul hesita por um momento na primeira palavra — provavelmente ainda está distraído —, e em seguida lê as outras com fluidez. Boneca, cabana, moeda, penico, cavalo: sem problemas. A próxima leva — cachorro, fechadura, enchente, chegada — é mais difícil. Padre Kavanagh as escreveu desse jeito: "fe-cha-du-ra", e desenhou um X sobre as letras no meio. "Quando você vir estas letras juntas", ele explica, faça o som de "X". Fe-xa-du-ra. Fechadura."

"Fe-xa-dura", Paul repete, obediente.

"Isso mesmo. É sempre assim, sempre que você vir estas duas letras juntas. Cachoeira. Machado.

"Xerife, xarope, xícara", sugere Paul.

Padre Kavanagh hesita. "Quase. Isso é um pouco diferente. Nós vamos chegar lá."

Paul acena brevemente com a cabeça, depois se volta para as anotações e lê, bem baixinho: "Ca... chorro. Cachorro. Cachorro. Fe... chadura. Fechadura. Fechadura." Ele fecha os olhos com força. "Cachorro. Fechadura."

Naquela tarde, depois que a aula termina e padre Kavanagh dá sua caminhada pelo parque Savannah, saudando e cumprimentando todo mundo, ele volta para a Rose House e se senta mais uma vez na varanda com o padre De Souza e seu cãozinho. O jantar à noite é um prato especial, uma coisa chamada *pelau*, com arroz, pedaços de frango e uma ervilha que eles chamam de "ervilha-de-pombo". Mais uma vez, eles jantam, conversam um pouco sobre as novidades do dia e assistem ao céu mudar de cor. Mais uma vez, as nuvens aparecem, aparentemente do nada, depois os pássaros, depois os sapos, depois a chuva. E enquanto a chuva cai, o homem sem camisa vem até o portão e grita, as gotas da chuva pingando de seus cílios, escorrendo pelo peito, que ele espera que os padres estejam rezando por ele, que toda noite ele fica de joelhos e reza para que o Senhor o salve, e que somente Deus pode nos salvar agora.

II

Eles viviam sob o alerta de um furacão nos últimos dias. Aquela era apenas a segunda temporada de chuvas do padre Kavanagh em Trinidad, mas, mesmo ele, ainda desacostumado aos ritmos dos trópicos, sente uma angústia repentina quando o vento aumenta à noite. Ele dorme mal, acordado com frequência pelo som de coisas sendo arrastadas pela rua, pelo latido constante dos cães dos vizinhos. De manhã, o chão de seu quarto está repleto de detritos que entraram por entre as persianas e as janelas abertas: folhas, flores, fragmentos de lixo, galhos; toda uma série de animais selvagens rastejando por ali, como algo trazido por uma maré. Na escola, durante toda a manhã, os meninos estão distraídos, olhando para as meninas da escola do outro lado da rua, assobiando e batendo palmas quando suas saias são levantadas pelo vento. Papéis voam pelos pátios e pelos corredores, perseguidos por meninos risonhos. Padre Kavanagh fica feliz quando, na hora do almoço, a congregação finalmente dá a ordem para fechar as escolas e mandar todas as crianças para casa.

Os meninos que moram em Port of Spain são os primeiros a sair: suas mães chegam em carros lustrosos, com ar-condicionado, e os levam embora. Pais aparecem nos portões da escola com suas roupas de escritório, gravatas tremulando ao vento, lixo gravitando em redemoinhos aos seus pés, e buscam os filhos. Os meninos que moram um pouco mais longe — Diego

Martin, Maraval, Westmoorings — estão reunidos no saguão, no primeiro andar, sentados no chão com as pernas cruzadas, comendo tranquilamente seu almoço ou batucando suavemente algum ritmo nos joelhos enquanto esperam que alguém venha buscá-los. Mais pais se sucedem, ou tias, tios, avós, vizinhos; caronas são combinadas para aqueles que moram perto.

Peter e Paul vão até a sala do diretor e entram na fila dos meninos que esperam para usar o telefone.

"Quem vem buscar vocês?", pergunta padre Malachy.

"Podemos ir sozinhos, padre", diz Peter. Paul está ao lado, a camisa para fora das calças, o cabelo solto, caindo sobre os ombros.

"Você", diz padre Malachy, para Paul, "prenda esse cabelo. Você acha que só porque vai pra casa mais cedo pode se portar como um animal?"

Paul enfia a mão no bolso atrás do seu elástico e prende o cabelo num rabo, seu rosto sem expressão.

Padre Malachy olha fixamente para Paul e depois se volta para Peter. "Eu não posso deixar vocês simplesmente irem embora daqui sem ter certeza de que irão para casa", ele diz.

"Nós vamos direto pegar o maxi", Peter insiste. "Não iremos a nenhum outro lugar. Eu prometo."

"Eu sei, mas e se o maxi não estiver lá? Talvez o motorista já tenha ido para casa."

Eles concordam em telefonar e perguntar à mãe dos meninos o que fazer. Padre Malachy conversa com ela, explicando. Ela tinha ouvido as notícias no rádio, sabia que as escolas estavam fechadas. Mas não sabe dirigir, ela diz, e o marido está em Point Lisas. Mesmo que saísse agora, ele levaria horas para chegar a Port of Spain e, de qualquer forma, ela não tinha como entrar em contato com ele.

"Podemos ir a pé", murmura Paul. "Diz pra ela que a gente vai andando."

Padre Malachy põe uma das mãos sobre o bocal do telefone e emite um chiado: "Paul! Seja razoável! Vocês não vão caminhar toda essa distância no meio de um furacão".

"Não é um furacão", Paul murmura novamente. "É uma depressão tropical."

"Eu levo eles", diz padre Kavanagh. "Você me empresta seu carro, né? Estamos saindo."

Ele sabe como sair de Port of Spain: pelo centro, passando pelos grandes navios oscilando nas docas, por baixo do viaduto. Os postos de gasolina estão congestionados de carros fazendo fila atrás de combustível, mas a maioria dos demais lugares está tranquila. Os vendedores de beira de estrada abandonaram suas tendinhas. Quase todos os cães de rua que normalmente patrulham a área desapareceram: os poucos que sobraram estão andando aos pares ou em grupos pequenos, como se estivessem confabulando preocupadamente acerca do que fazer. Assim que chegam à estrada, rumando para o leste, ele tem uma boa visão das nuvens à sua frente, escuras e pesadas, como se a água tivesse se levantado das profundezas do oceano.

"Meu Deeeeeeus!", exclama Paul, inclinando-se para a frente para ver através do para-brisa. "Se liga na chuva que tá vindo, moleque!"

"Hum!", diz Peter.

Paul os guia, apontando referências visuais quando eles passam por elas: aquele ali é o Kentucky Fried Chicken; aquele lá é o novo cinema drive-thru que acaba de abrir; aquela ali é a loja de móveis onde eles compraram sua mesa de jantar e as cadeiras. Eles param num sinal vermelho, num cruzamento, onde homens sem camisa andam por entre as fileiras dos carros, vendendo frutas em saquinhos plásticos.

"Fecha a janela", Paul aconselha.

"Por quê?"

"Fecha logo a janela", diz Paul. "Esses caras parecem estar querendo confusão."

Eles tinham acabado de sair da estrada em direção às colinas quando a chuva os encontrou. Os limpadores de para-brisas, funcionando a todo vapor, revelam apenas uma imagem aquosa e borrada de verde nos dois lados e a faixa escura da estrada no meio. Padre Kavanagh reduz muito a velocidade; os meninos precisam gritar as direções para se fazerem ouvir. Que bom que eles conhecem o caminho, porque ele não teria muita chance se estivesse sozinho. Segue reto, eles dizem; segue a estrada. Atenção nessa curva; cuidado aqui, onde costuma ter deslizamentos de terra; nós já vamos sair dessa parte alagada, a estrada vai começar a subir de novo num instante. Uma ou duas vezes eles passam por carros seguindo na direção contrária; padre Kavanagh gostaria de parar os outros motoristas, perguntar como está a estrada lá pra cima, mas decide não o fazer. O motor vem emitindo uns barulhos estranhos, convulsivos, e, se ele chegasse a parar inteiramente aquele carro, talvez não conseguisse fazê-lo funcionar outra vez. E como saber quem estaria no outro carro? Padre Malachy ordenou, antes que ele deixasse Port of Spain, que ele levasse os meninos direto para casa. "Não pare para ajudar ninguém", ele disse. "Não importa o quanto essa pessoa lhe pareça inofensiva — siga em frente!"

Os meninos parecem tranquilos, olhando serenamente pelo vidro embaçado da janela traseira, mas padre Kavanagh, na frente, está suando, segurando o volante com força. Ele esperava que aquilo fosse ser mais fácil, levá-los até em casa e depois dirigir rapidamente de volta até Port of Spain, quem sabe depois de uma xícara de chá; ele não esperava que fosse sentir um nó no estômago toda vez que pensasse na preciosa carga que transportava, nas duas vidas humanas brevemente confiadas aos seus cuidados. No passado, algumas vezes ele havia imaginado como seria se ele fosse um outro tipo de homem — um pai, com esposa, filhos —, mas essa ideia agora lhe parece aterrorizante. Ele pensa no pai dos meninos, Clyde, que conheceu no ano passado, na confraternização com os pais; pensa em como deve ser para ele ter de carregar aquele fardo o tempo todo.

"Ainda falta muito?", pergunta padre Kavanagh, da forma mais casual que consegue.

"Não muito", Peter o tranquiliza.

"Podemos ir a pé daqui, qualquer coisa", diz Paul.

Eles precisam, de fato, abandonar o carro e seguir a pé perto do final, porque a rua dos meninos, Trilha La Sagesse, está completamente debaixo d'água. Ele deixa o carro no posto de gasolina no entroncamento, onde o terreno é mais elevado, e eles completam os últimos cem metros, aproximadamente, a pé, os sapatos nas mãos, as calças enroladas até os joelhos, protegendo os olhos do vento e da chuva.

Os meninos gritam, divertindo-se com a força do vento, e apontam coisas no mato, mas padre Kavanagh olha para baixo, para a água marrom correndo, e sente o pânico se instaurar. A água cobre apenas seus pés naquela altura, mas em alguns lugares ela é mais escura e com redemoinhos profundos girando. Galhos e folhas passam boiando, pedaços de mangueiras, propaganda eleitoral, penas. Coisas escorregadias roçam seus tornozelos; ele tem certeza de que sentiu alguma coisa se remexendo em volta dos dedos dos pés. Ele finca os pés no chão, tentando resistir ao poder de sucção do fluxo d'água.

Paul, que ia mais à frente, olha para trás e então volta marchando em sua direção, com passos largos, muito determinados, seu cabelo afastado do rosto, segurando os sapatos debaixo do braço. "Tá com medo, padre?", ele diz. "Quer que eu te puxe?"

Padre Kavanagh não consegue pensar em nada para dizer; ele tenta obrigar suas pernas a se mexerem, mas a água insiste em empurrá-lo para trás.

"Ande pelo meio da rua", aconselha Paul. "Me segue." Ele estende a mão, de forma encorajadora; padre Kavanagh a segura. Ele tenta caminhar daquela maneira decidida, como Paul, mas às vezes hesita, então Paul se vira e diz: "Tá tudo bem, padre? Já estamos quase lá!". Paul parece diferente com o cabelo comprido longe do rosto, e não tapando os olhos — perfeitamente calmos. Com suas calças enroladas, a camisa colada nas costas, o rosto virado para o chão para evitar a chuva, ele faz padre Kavanagh lembrar das imagens de homens em livros antigos arando o campo com seus cavalos ou puxando redes de dentro do mar.

No quintal dos meninos, com os cães o cheirando, ele vê uma mulher sair de debaixo da casa e limpar as mãos na saia, deixando manchas de barro marrom-avermelhado. "Vocês chegaram!", ela grita.

"Essa é a Mamãe", diz Paul.

Ela não é muito mais velha que ele — trinta e poucos anos, talvez, e ele tem agora vinte e sete. Ela tem o cabelo profundamente negro e encaracolado, preso para trás por uma presilha em forma de borboleta, veste uma camiseta esfarrapada que está começando a se colar no corpo por causa da chuva e uma saia de brim um pouco acima dos joelhos. Da saia para baixo, suas pernas são marrons e salpicadas de marcas, que ele agora reconhece como picadas de mosquito. Seus pés, chatos, estão descalços, cobertos de lama. Ela fica olhando-o se aproximar da rampa da garagem e, quando estende a mão e aperta a dele, ela sorri, exibindo os dentes da frente levemente tortos.

"Eu sou o padre Kavanagh", ele diz.

"Eu sei", ela diz. "Só alguém da Irlanda seria tão branco como o senhor!"

Ele troca de roupa no banheiro, veste peças que pertencem a Clyde: um calção xadrez e uma camiseta. Quando entra na cozinha, Joy o põe para trabalhar, enchendo baldes e potes e panelas de água, e encontrando lugares para armazená-los e coisas para cobri-los. Os cães entram e saem, deixando pegadas enlameadas e respingando água nas paredes quando se embolam uns nos outros. E os meninos também entram e saem, carregando coisas e as levando para outro quarto, num outro ponto da casa: pedaços de corda, um esfregão, uma tigela com um cheiro forte de comida de cachorro, tábuas de madeira, uma cadeira quebrada.

Enquanto ele enche os potes na pia da cozinha, Joy fica no balcão ao seu lado, passando manteiga tranquilamente num pedaço de pão. "O senhor gosta de atum, padre?" Ele diz que gosta. "Com um pouquinho de cebola?" Ela está perguntando sobre o recheio do sanduíche: a empregada da Rose House os prepara do mesmo jeito. Ele lhe assegura que sim. "E molho de pimenta? O senhor coloca molho de pimenta?"

"Só um pouquinho", ele diz, hesitante.

Joy ri. "É melhor deixar o seu sem", ela diz. "Estrangeiros não se dão muito bem com pimenta."

Quando ele termina de encher todos os potes e panelas, ela diz: "Continue, continue. Encha tudo". Ela aponta a faca para outro armário, onde, ela diz, há tigelas e potes de sorvete. O grande rottweiler se encosta na parede da cozinha, a boca bem aberta, arfando, exibindo seus muitos dentes afiados; os outros dois — menores, com patas mais frágeis, delicadas, femininas — estão no último degrau. Enquanto cumpre sua tarefa, ele vai notando o quanto a situação deles é humilde: no banheiro, ele abre uma torneira e, enquanto espera que o balde encha, vê pedaços de sabonete endurecido na saboneteira, a toalha puída pendurada no suporte, os contornos dos azulejos negros de mofo. Mesmo assim, há algo de maravilhoso em estar ali com eles; é maravilhoso ver os meninos ajudando; maravilhoso estar na cozinha com os meninos e a mãe, aqui, nesta casa escura, com a chuva batucando no telhado.

"Paul está gostando das aulas", diz Joy. Ela está na frente do balcão, passando manteiga nos pães. "Ele fica ansioso pela quinta-feira, quando vocês estudam."

"Fico feliz de saber", diz padre Kavanagh. Ele sorri para Paul, que fica corado e afaga vigorosamente o rottweiler.

"Mmm-hmm. Sabe, padre, eu não tive muita instrução, nem o Clyde. Fiquei entrando e saindo da escola até os dez anos, só. Clyde largou a escola ali pelos doze, treze. Minha mãe nunca foi à escola, meu pai achava que meninas não precisavam de educação." Ela sorri o tempo todo, os cantos de seus olhos se enrugando, seus dentes tortos se exibindo. "Hoje em dia é melhor, as pessoas têm mais informação. Agora, tanto as meninas quanto os meninos vão à escola. Mas ela ainda é mais importante para os meninos. São eles quem têm o apoio de toda a família. Eu trabalho também, cozinho em eventos, trabalho em qualquer coisa que aparece. Mas, na verdade, é o Clyde quem nos sustenta, o senhor sabe."

Ela abre latas de atum, acrescenta maionese às colheradas, pica cebola. De vez em quando levanta um dos pés e o esfrega no outro tornozelo, para tirar a terra. Os meninos estão sentados no chão — Paul perto da parede, com o cão, Peter na soleira da porta, olhando para o quintal dos fundos — com um ar de quem já tinha ouvido aquilo muitas vezes, mas não se importava de ouvir novamente. Joy fala sobre sua mãe, seu pai, tios, tias e avós, todos mortos agora. A mãe morava aqui com eles, ela diz; ela ajudou muito com as crianças quando eles eram pequenos, especialmente quando tinham acabado de nascer e Paul não estava muito bem. Joy diz aquelas palavras mais uma vez, as mesmas que Paul dissera na capela, que ele é levemente retardado, que sofreu uma privação de oxigênio no parto. Aquela expressão tem a aura de uma palavra repetida tantas vezes que perde o seu significado, como as preces que ele próprio costumava recitar quando criança, que, na época, eram apenas sequências de sílabas com significados muito vagos ligados a elas. Padre Kavanagh quer interrompê-la, erguer uma das mãos e dizer: "Não, pare, você está errada", mas ele perde o momento e decide, em vez disso, apenas escutar, não interromper o fluxo da história, e voltar depois ao assunto para corrigi-la. Ela segue falando: sobre membros da família que agora estão mortos, sobre como ela teme que sua família esteja se destruindo, e sobre como isso é uma coisa muito, muito triste, porque a família é a coisa mais importante que existe. "Minha mãe? Morta. Tio Vishnu? Morto", ela diz, listando nos dedos. "Acidente de carro." Ela explica a situação, as direções relativas dos carros, a hora do dia, os ferimentos que eles tiveram; que o homem chamado Vishnu morreu na hora, e sua mãe morreu no hospital algumas semanas depois. O rosto dos meninos agora está sóbrio. "Meu irmão, Philip? Provavelmente o senhor ouviu falar dele, padre, se já estava morando aqui ano passado. Ele era um juiz bem famoso, sempre nos jornais. Philip Ramcharan. Morto."

"Sim, fiquei sabendo. Lamento muito."

Ela corrobora os detalhes que ele tinha ouvido dos outros padres desde que o homicídio acontecera, no ano passado: que homens invadiram sua casa, que eles provavelmente já estavam na casa havia algumas horas quando seu irmão desceu as escadas para ir até a cozinha, e que eles o estrangularam. "E a coisa toda foi muito silenciosa", diz Joy. "Sem tiros, sem gritos. Tudo que a Marilyn ouviu no andar de cima foi o começo da confusão, e ela foi direto para o banheiro com a Anna e trancou a porta."

Ela termina os sanduíches, os cobre com um pano. Enche a chaleira, a coloca sobre o fogão, e depois fica ali de pé, os olhos voltados para a janela, assistindo à chuva.

"Lamento muito. E você ainda tem parentes? Sobrou alguém além de você?"

"Só meu outro irmão", diz Joy. "Já é alguma coisa. Pelo menos temos *alguém*."

Mais ou menos uma hora mais tarde, Clyde chega, encharcado, e uma toalha é levada até ele na varanda. "Temo que terei de abusar de sua hospitalidade esta noite", diz padre Kavanagh. "Pensei que poderia voltar, mas isso não parece ser possível agora." Ele sente-se levemente idiota dizendo aquelas palavras, abrigado naquele frágil casebre; a chuva está escondendo árvores há menos de quinze metros de distância, do outro lado, e a estrada alagada. "Espero não estar sendo um incômodo para vocês."

"Não, não", diz Clyde. "É claro que não. Com licença um instante, padre", ele diz, e padre Kavanagh vira o rosto enquanto Clyde tira a camiseta, depois as calças — "Perdão, padre! Estou constrangendo o senhor?" — e seca o corpo com a toalha. Ele a enrola na cintura e diz que vai se trocar. Quando passa por Joy, ele cochicha: "Você serviu alguma coisa pra ele? Café ou algo assim?", e Joy diz que ele bebeu chá e que os sanduíches já estão feitos, prontos para comer. "Ótimo, ótimo", ele diz. "Só um minuto, padre, volto já."

Ele volta vestindo roupas secas e limpas, cheirando a Limacol, o cabelo penteado, e todos sentam-se à mesa para comer os sanduíches. Padre Kavanagh fecha os olhos antes de comer e faz uma prece; seus olhos saltam para o relógio pendurado na parede com a imagem de Jesus; os meninos haviam dito a ele, mais cedo, que sua família era hindu — "meio hindu", disse Peter, seja lá o que isso quer dizer —, mas ele decide não perguntar.

Às seis da tarde, a energia é cortada, assim como a água. Eles ficam sentados na sala de estar, em volta de uma vela em cima da mesa de centro: Clyde, em sua poltrona — aquela é obviamente sua poltrona —, fumando tranquilamente um cigarro; Joy e os meninos no sofá; e padre Kavanagh numa cadeira que ele tirou da mesa de jantar. O único outro móvel aqui é o aparador de madeira em cima do qual fica a TV, que Joy arrastou para longe da janela para que não pegasse chuva. As janelas aqui têm grades de ferro forjado e frágeis basculantes de vidro que estão pingando uma quantidade considerável da água da chuva no chão. Porém, à luz da vela, todas essas coisas se reduzem a sombras, como os espectadores em um teatro quando as luzes são reduzidas.

"Meu pai construiu esta casa", diz Clyde. "Ele a construiu com suas duas mãos. Fez toda a parte elétrica, hidráulica, tudo. E o senhor percebeu que ela foi construída em cima de ripas, padre?" Ele precisa elevar a voz acima do som da chuva lá fora, mas aquilo não o impede de falar.

"Sim, eu vi."

"Porque, antes disso, a casa que ficava aqui tinha sido construída direto no chão." Clyde abre uma das mãos e encosta a outra nela, como se estivesse fazendo um sanduíche. "*Bum!* E sempre que chegava a temporada de chuvas, ficava toda alagada. Aí meu pai disse que ele não queria viver numa casa que estivesse sempre alagada, destruindo todos os móveis. E a casa antiga era toda feita de madeira. Ele disse que queria ter uma casa feita de tijolos, para que o vento não a derrubasse, e ele a colocou em cima de ripas como estas para que ela não inundasse. E quer saber? Até hoje, a casa nunca inundou. Não é mesmo?" Ele olha para Peter.

"É isso aí", diz Peter, como se estivesse esperando sua deixa.

Joy conta uma história sobre sua avó, sobre as pulseiras que ela costumava usar nos braços, que iam dos pulsos até os cotovelos, e como ela precisava que alguém a ajudasse, todas as vezes, a colocá-las e tirá-las. Sua bisavó, ou talvez sua trisavó, ela não conseguia lembrar direito, tinha trazido suas joias quando veio de navio da Índia: pulseiras, anéis, brincos, tornozeleiras, tudo feito de ouro e de pedras preciosas, opala, turquesa, âmbar, rubi, cada pedra supostamente significando alguma coisa — saúde, riqueza, amor, pureza —, mas ela não lembrava qual era qual. "Mas cada uma tinha um significado", diz Joy, cheia de orgulho. A maior parte das joias havia se perdido, dividida entre os parentes ao longo dos anos, mas Joy ainda tinha algumas, que ela deixava bem escondida numa caixa de sapatos no seu quarto. "Eu tenho onze pulseiras", ela diz, "e um colar e alguns anéis."

Clyde lhes conta sobre um lugar onde ele havia morado, na costa sul de Trinidad, onde os homens, à tarde, costumavam se reunir em círculos para treinar luta com bastões. Todos sentavam-se em um círculo para assistir, ele diz, todas as crianças do vilarejo, assistindo a dois homens, por vez, se enfrentando no ringue. "Era legal", ele diz. "Eles eram muito habilidosos, aqueles homens. Eram lutadores muito elegantes." Eles perguntam ao padre Kavanagh sobre a sua infância, e ele se vê lhes contando sobre ter crescido numa fazenda com seis irmãos e irmãs; sobre acordar em manhãs escuras e geladas para tirar o feno de dentro do celeiro. Nos momentos de maior silêncio, quando ninguém fala nada, as crianças fazem sombras nas paredes com as mãos; cães, patos, gatos. Joy e Paul, juntando as mãos, fazem um cisne. Dessa maneira, as horas vão passando, despercebidamente.

Por fim, Joy e os meninos desaparecem em seus quartos. Clyde pega sua garrafa de rum e diz que ficará acordado para o caso de saqueadores aparecerem; padre Kavanagh aceita meio copo para ser educado. Eles jogam conversa fora por algum tempo: o estado das estradas, as eleições que se aproximam, os últimos crimes reportados pelos jornais — a ladainha padrão que os ouvidos de padre Kavanagh captam com frequência em suas conversas. Clyde, aquecido pelo rum, parece agora mais disposto que nunca a falar longamente sobre qualquer assunto.

"Philip foi bom conosco", Clyde diz agora. Ele está na metade do seu segundo copo de rum, e padre Kavanagh consegue ver, quando ele olha para a chama da vela, como seu olhar perdeu o foco. "Marilyn não gostava nem um pouco da gente. Ela tinha inveja porque o Peter é muito inteligente. Ela achava que a filha dela é que tinha de ser a inteligente! Depois que Philip foi morto, Marilyn e a filha voltaram para a Inglaterra, e nós perdemos o contato. Elas nos mandaram um cartão no Natal, mas foi só isso. Mas é assim que são as coisas. O que está feito, está feito. Mas Philip, quando era vivo, foi bom conosco. Philip e tio Vishnu, os dois foram bons conosco."

Clyde faz uma pausa e parece ficar pensando nessas coisas, o que quer que sejam, ou em algum plano que está elaborando em sua cabeça. Ele só sai do transe quando uma lufada de vento entra pelas persianas e deita a chama da vela na horizontal, ameaçando apagá-la.

"Chuva!", diz Clyde, sua atenção voltada para o exterior.

Padre Kavanagh espera que Clyde retorne à sua história por alguns instantes e, quando ele não o faz, pergunta: "Joy também mencionou esse Vishnu mais cedo. Ele era o tio de alguém?".

"Tio da Joy", Clyde explica. "Também era muito conhecido em Trinidad. Uma pessoa muito popular. Era médico."

"E ele foi bom com vocês, você diz", diz padre Kavanagh.

"Sim, foi bom. Nos ajudou quando os meninos nasceram. O senhor sabe que o Paul teve alguns problemas, né? E que é por isso que ele é levemente retardado."

"Eu ouvi isso", ele diz, devagar, organizando seus pensamentos. Ele não vai deixar aquilo passar novamente: alguma coisa precisa ser dita àquelas pessoas. "Mas, eu preciso dizer, pra mim, o Paul parece bem normal. Acho precipitado chamá-lo de retardado, pra ser sincero."

Clyde o encara por cima do copo. "O senhor acha que eu me precipitei?"

"Perdão. Precipitado talvez seja a palavra errada. Peço desculpas. Só quis dizer que, para mim, ele parece bem normal."

"É assim que o senhor o vê?" Ele diz aquilo outra vez, num tom incrédulo. "É assim que o senhor o vê?" Clyde fica em silêncio tempo suficiente para que o padre Kavanagh acene com a cabeça, sem graça, sabendo que dissera a coisa errada. "Olha. Escuta aqui. Há quanto tempo o senhor o conhece?"

"Um ano, eu acho. Um pouco mais."

"Um ano. Um ano. E o senhor acha que pode vir aqui e me dizer o que ele é e o que ele não é? Que o meu julgamento é precipitado?"

"Eu só quis dizer que ele me parece uma criança normal."

"Ele te parece uma criança normal?"

"Parece."

"E quanto ao seu desempenho na escola?"

"Ele vem fazendo progressos. Lentamente. Mas ainda assim é progresso, eu acho."

"Progredindo lentamente. Então, o que o senhor está me dizendo é que ele é meio duro, né? Ele parece normal pro senhor, exceto por ser um pouco duro."

"Duro?", pergunta padre Kavanagh.

"Duro. Burro. Nada entra em sua cabeça. Ele é assim?"

Padre Kavanagh pensa com cuidado. Ele quer dar uma resposta honesta ao homem, mas, ao mesmo tempo, se sente inclinado a dizer que Paul está se saindo melhor do que realmente está. Há momentos durante as aulas de reforço em que ele tem a impressão de que fez um avanço, quando Paul completa as tarefas com pouquíssimos erros; e outros em que ele sente que não fez progresso algum. "Acho que ele é capaz de aprender", diz padre Kavanagh. "E acho que ele quer aprender." Eles ficam sentados ali, sob a luz difusa da chama da vela por alguns minutos.

"Eu não sou um homem de muita instrução", diz Clyde. "Talvez tenha alguma coisa aí que eu não entenda. Mas da maneira que eu vejo, o menino não consegue aprender. É assim que me parece. Todos os seus professores tentaram, desde a escola primária, todos tentaram, um depois do outro. O senhor está tentando. Minha cunhada, Marilyn, tentou. Todo mundo tentou e, mesmo assim, ele não aprende. E, pra mim, isso mostra que tem alguma coisa errada com o cérebro dele. Não é? Essa conclusão é errada? Me diga se essa é uma conclusão errada. Me diga o senhor."

"Talvez ele não seja tão inteligente quanto os outros meninos", diz padre Kavanagh. "Mas isso significa que tem alguma coisa errada com o cérebro dele?"

"Bom..." Clyde suspira, irritado, joga uma mão para cima. "O senhor está me dizendo que também não sabe, mas está querendo me dizer que eu estou errado? Como o senhor pode dizer que estou errado se também não sabe? Hein? Me responda isso."

"Eu não sei", diz padre Kavanagh. "Eu não sei como te responder."

"O que mais eu posso fazer por ele?", diz Clyde. "Eu já tive que mexer uns pauzinhos para que ele entrasse em St. Saviour's, não sei se o padre Malachy falou pro senhor, padre, eu tive de me meter e mexer uns pauzinhos porque ele não passou no Eleven Plus. Paul só conseguiria entrar numa escola secundária lá em Marabella. E Joy e eu falamos sobre isso — nós não podíamos mandar ele pra lá. Ele acabaria se envolvendo com aquele bando de imprestáveis e mulherengos que tem por lá. Todos fazem parte de alguma gangue, e os professores nem perdem seu tempo indo lá, e eles provocam incêndios e fazem todo tipo de idiotice. Nós não queríamos mandá-lo para lá. Então fui até a escola e conversei com o padre Malachy, e ele concordou em dar uma vaga para o Paul."

Clyde fica tocando a ponta dos dedos, pensando, antes de continuar. "O padre Malachy falou comigo sobre o Peter não faz muito tempo. Ele provavelmente deve ter mencionado isso pro senhor. Ele disse que eu precisava ir poupando um dinheiro para mandar o Peter embora daqui." Ele junta a palma das mãos, pensativo, toca o nariz com a ponta dos dedos.

"Quanto dinheiro?", pergunta padre Kavanagh. Ele sente-se atrevido por fazer uma pergunta dessas, mas as pessoas são muito atrevidas por aqui, e Clyde aparentemente quer falar sobre isso.

"Preciso de trinta mil dólares americanos", ele diz. "Cerca de duzentos mil dólares trinitários."

"Entendi."

"É muito dinheiro, né?"

"Muito."

"O senhor acha que eu tenho tanto dinheiro assim, só de olhar pra mim?" Clyde se ajeita um pouco na poltrona, como se estivesse se submetendo a uma inspeção.

"Talvez não."

"É isso aí. Viu como é este país? Cada moedinha que você consegue, você precisa esconder. Eu não tenho uma casa enorme, ou um bom carro, nada disso. Se o senhor olha pra mim, vai pensar que eu não tenho nada. Eu vejo as pessoas olhando pra mim, as pessoas de Port of Spain, ou de outros lugares, dá pra ver que elas olham pra mim e acham que sou pobre. E eu fico rindo sozinho. Provavelmente tenho mais dinheiro que todas elas! Mas ele não está em Trinidad. Não tem como manter nada em segredo aqui. Se as pessoas ficassem sabendo que tenho essa grana toda, elas começariam a bater na minha porta pra pedir. Todo tipo de gente, alegando ser parente, ia aparecer do nada, dizendo, ah, eu sou uma sobrinha do Vishnu, ou eu era seu afilhado, ou sei lá o quê, e todo mundo estenderia as mãos, querendo dinheiro. Tio Vishnu deixou esse dinheiro para nós, entende — quando morreu, ele deixou pra gente, para a educação do Peter."

"Só para o Peter?"

"Bom, pra tudo — o tio Vishnu e eu, nós nos entendíamos, sabe? Ele sabia que eu era um sujeito honesto, um sujeito sério, e que podia confiar em mim. Então, o que ele fez, me pediu para cuidar da mãe de Joy, coisa que eu fiz, e ele me disse para estimular o Peter. Ele se interessou pelo Peter desde pequeno, sabe? Mesmo quando ele tinha dois, três, quatro anos, tio Vishnu via o quanto o Peter estava se desenvolvendo. Então, nós abrimos uma conta bancária na Inglaterra. Philip nos ajudou. Philip e Marilyn." A ponta do seu cigarro arde laranja enquanto ele o traga e, em seguida, ele encolhe os ombros.

"Você tem o dinheiro de que precisa, então? Esses trezentos mil, ou sei lá quanto é?"

"Sim. Aliás, estou contando isso para o senhor em segredo, hein, padre?"

"É claro."

"Pouca gente sabe disso."

"Eu entendi. Não contarei a ninguém."

"Ótimo. Não achei que o senhor fosse, mas só quis me certificar de que nós dois estamos nos entendendo aqui."

"É muito dinheiro", diz padre Kavanagh, hesitante. "Você poderia fazer muita coisa com todo esse dinheiro."

"Que tipo de coisa?"

"Bom, deve ter coisas de que Joy gostaria. E coisas de que você gostaria."

"E Paul? É aí que o senhor quer chegar?"

"Qualquer um de vocês. Você, Joy, Paul. Todos vocês. Paul mencionou que vocês estavam planejando se mudar para Port of Spain. Talvez o dinheiro possa ser usado para comprar uma casa nova por lá. Foi isso que eu quis dizer."

Padre Kavanagh fica olhando fixamente para a chama da vela, o modo como aquela fita branca, leitosa, se dissipa na forma de um vapor de nada, uma fumaça. Ela projeta uma sombra brumosa, serpenteante, na parede.

"Padre. Deixa eu te perguntar uma coisa. Aonde o senhor quer chegar?"

"Eu não quero chegar a lugar algum. Só estou tentando entender."

"É fácil ficar sentado aqui e julgar outra pessoa, o senhor sabe. É fácil julgar quando estamos de fora!"

"Não, não…"

"Porque, deixa eu dizer pro senhor. Eu sou muito grato pela ajuda que o senhor está dando para eles dois. E se o Paul está falando sobre as coisas dele com o senhor, bem, eu fico feliz de saber que ele está conversando com alguém. Mas o senhor me entende?" Ele aponta para o próprio peito. "Eu sou o *pai* deles. Agora vai fazer doze anos que eu fico sentado nessa cadeira olhando pra eles. Todos os dias da vida deles, desde o dia em que nasceram, eu estou *olhando* pra eles, estou *observando* eles. Talvez eu não pareça muito inteligente, mas fico olhando, e eu observo. Talvez o Paul esteja melhorando — ótimo. Mas não venha o senhor, que o conhece há apenas um ano, não venha tentar me dizer que ele é normal. Ele não é. Ele não é." A voz de Clyde agora está firme; seus olhos estão focados, apesar do rum. "O senhor pode achar o que quiser", ele diz. "Eu sei que o senhor disse que não está me julgando, mas está. Eu posso ver no seu rosto. Vá em frente, isso não *me* incomoda."

Eles ficam sentados em silêncio por um longo tempo depois disso, ouvindo o barulho das patas e dos latidos dos cães, e o vento e a chuva castigando o telhado. Clyde se levanta para virar a toalha que Joy deixou debaixo da janela. Por fim, a conversa se volta para outras coisas: as opiniões de padre Kavanagh sobre os diversos escândalos que acometem a Divisão Florestal, o Ministério de Infraestrutura e o Ministério da Saúde. Em algum momento depois das duas da manhã, Clyde diz: "Acho que as coisas se aquietaram lá fora", e se levanta para soltar os cães. "Eles não servem pra muita coisa trancados em casa se alguém tentar entrar aqui", ele diz.

Padre Kavanagh fica de pé, alonga as costas. "Bom, então está na hora de ir pra cama", ele diz.

"Sim, sim, sim, pode ir. Não fique acordado por minha causa", diz Clyde. Ele está tateando a parede para encontrar o caminho até a despensa, onde os cães estão presos.

"Você não vai se deitar?", pergunta padre Kavanagh.

"Não, não. Vou ficar acordado. Até que clareie."

Os cães saem correndo para o quintal, e Clyde tranca a porta atrás deles e volta para a sala de estar.

"Boa noite, então", diz padre Kavanagh.

"Boa noite", diz Clyde, por cima do ombro, voltando a acomodar-se em sua poltrona. Ele se estica para pegar a garrafa de rum e então para e diz, virando-se: "Espero que o senhor não tenha ficado ofendido com nada que eu disse, padre".

"Quem? Eu? Não, não."

"Eu só estava lhe dando minha opinião sincera. Eu sou assim! Eu não conto mentira, padre!" Ele ri um pouco da sua própria piada. "Não, mas falando sério, gostei que o senhor não se incomoda de sentar para uma boa conversa à moda antiga, padre. E de como nem tentou me *converter*, nem nenhuma baboseira desse tipo." Ele balança uma das mãos no ar, como se estivesse rejeitando a própria ideia.

"Foi um prazer", responde padre Kavanagh. Ele não consegue não sorrir. "Gostei da nossa conversa."

Ele encontra o quarto vago que Joy preparou para ele. Enquanto se deita na cama, pensa em Clyde, sentado sozinho no escuro, montando guarda para sua família ao longo da noite.

12

É fevereiro, estação seca novamente, e o país inteiro está se preparando para o Carnaval. O motorista do maxi táxi toca sua música a todo o volume desde Port of Spain até Tiparo, e, quando os meninos saltam, na altura do posto de gasolina, o grave do baixo ainda está fazendo suas entranhas tremerem. Eles caminham juntos pela Trilha, mantendo-se no lado com sombra que margeia o matagal. Paul abre os últimos botões da camisa; arranca uma folha de bananeira e a usa para abanar o pescoço.

"Cadê os cachorros?", diz Paul, quando eles chegam ao portão.

"Homem do gás", Peter o relembra. Papai tinha prendido os cães no canil antes de sair para o trabalho aquela manhã. Mamãe deve ter esquecido de soltá-los. Paul joga sua mochila no chão.

"O que você está fazendo?", pergunta Peter.

"Tô com calor", diz Paul. Ele tira a camisa, enrola-a na cabeça, dando um nó.

"Meu Deus", diz Peter, tapando o nariz. "Desodorante, cara. Que sovaqueira."

Paul ri e corre atrás de Peter, levantando o braço como se quisesse esfregar o sovaco fedido em seu rosto. Peter o empurra.

"Sério, cara", diz Peter. "Se você for fedendo desse jeito na festa, eu vou ficar bem longe de você. Não vou querer ninguém pensando que sou seu parente."

"As meninas gostam, cara!", diz Paul. "Elas acham sensual. Você acha que elas gostam dos caras com cheiro de flor?"

No andar de cima, Mamãe diz que o homem do gás ainda não veio e que ela está esperando por ele o dia todo. Os meninos tiram o uniforme da escola. Paul afaga os cães através da grade do canil, enche suas tigelas de água. Ele queria ficar sentado nos degraus no quintal dos fundos e relaxar um pouco, mas Mamãe diz para ele começar a fazer o seu dever de casa enquanto ainda tem luz, caso falte energia.

Eles estão fazendo os deveres em silêncio na mesa, Mamãe cantarolando e descascando batatas na cozinha, quando Paul escuta o som da tranca do portão sendo puxada muito discretamente. Ele ergue o olhar, encara Peter nos olhos do outro lado da mesa. Eles escutam a dobradiça rangendo enquanto o portão vai sendo aberto. Paul empurra sua cadeira para trás e olha pela janela da frente: o portão está entreaberto, a rampa da garagem vazia. Ele encosta o rosto nas grades, tem um vislumbre de alguém vestindo uma camiseta verde e tênis de lona surrados desaparecendo numa quina da casa.

"Tranca a porta, tranca a porta", Paul diz, num sussurro rouco. Os cães já estão latindo. Eles correm para a cozinha e Paul fecha a porta com força bem quando os homens — são dois — chegam ao pé da escada.

"O que foi? O que foi?", diz Mamãe. Batatas caem no chão.

Paul está jogando todo o peso do corpo contra a porta, os pés escorregando para a frente. Ele vai se abaixando, procurando alguma coisa para se ancorar. Peter encontra a chave, mas é tarde demais. Os homens conseguem abrir a porta. Mamãe solta a faca, cobre a boca com a mão. Ela pega a faca de novo, segura à sua frente.

"Relaxa, mulher", diz o homem de camiseta verde. "Fica fria."

Ele parece sério, como se fosse o chefe. É um homem negro de pele clara, com o cabelo bem curto e ajeitado, e um dente de ouro que dá pra ver quando ele sorri. A coronha de uma arma salta para fora da cintura de suas calças. O outro é mais alto, está de óculos escuros e com um boné de beisebol, e uma camiseta amarrada no rosto. Ele se vira e aponta seu facão para Peter. "Haaa", ele diz. Ele dá outro rodopio e o aponta para Paul. "Haaa."

O homem com a camiseta verde toma a chave da mão de Peter e tranca a porta. "Só tem vocês aqui?" Ele precisa elevar a voz acima dos latidos dos cães.

Mamãe hesita. "Sim", ela diz. Paul percebe que ela está se esforçando para manter a voz firme. "Mas meu marido já está voltando. Quem vocês estão procurando?" Ela encara o bandido, mas Paul tem a impressão de que ela está enviando uma mensagem silenciosa a eles, para que façam como ela e ajam com calma.

"Olha os outros cômodos", diz o de camiseta verde para o outro.

"Não tentem nenhuma gracinha, hein?", diz o mais alto, e ele vai pelo corredor até os quartos, segurando o facão à sua frente, como uma espada.

"Vamos lá", diz Mamãe. "O que vocês querem, invadindo minha casa desse jeito? Quem vocês estão procurando? É com o meu marido que vocês querem falar? Ele já vai chegar em casa."

"Já vai, é?", diz o de camiseta verde. "Acho que não, doçura. Ele não tá trabalhando lá no sul agora? Ele só vai chegar em casa bem mais tarde, pelo que fiquei sabendo."

Ela volta-se para a pia e pega uma batata. "Olha, eu tenho coisas a fazer, tá me ouvindo? Então é melhor você me dizer o que quer, e quem sabe a gente pode resolver isso. O que você está querendo? É dinheiro? Dinheiro pra comprar suas drogas?"

Ela finge que vai começar a descascar uma batata enquanto o homem se aproxima dela. Ele pega a faca e a põe no seu bolso de trás, a lâmina apontando pra cima. "Olha. Isso aqui é sério, tá ligado?"

"O.k. Bem, então me fala o que você está procurando!", ela diz. "Você tá falando e falando, mas isso você ainda não disse."

O homem com o facão retorna. "Não tem ninguém lá", ele diz.

O chefe aponta a abertura arqueada que leva à sala de estar. "Olha ali."

Eles ficam esperando, parados onde estão, enquanto o homem com o facão verifica a sala de estar, o outro corredor, a despensa e depois a varanda. Eles o escutam fechando a porta que leva para a varanda e girando a chave na fechadura. A casa parece escura, com as duas portas fechadas. Paul sente um aperto no coração.

"Beleza", diz o homem com a arma. "Todo mundo pro chão."

Peter, de pé ao lado da porta, se agacha. Mamãe suspira e levanta a saia para se sentar. O homem olha para Paul, e Paul olha de volta para ele. O homem gesticula com a arma para o chão. Paul hesita. Ele não tem certeza se é melhor simplesmente se deitar no chão de modo subserviente ou enfrentar o homem. Mas Mamãe lhe agarra a mão e o puxa, então ele faz uma cara feia para o homem e se deita no chão.

"Beleza. Fiquem aí", diz o homem. "E não tentem nenhuma gracinha."

Sem pressa, o homem com o facão vasculha todos os quartos, a despensa, a sala de estar — tudo. O chefe vai junto com ele. Dali onde estão, amontoados no chão da cozinha, eles escutam o barulho dos móveis sendo arrastados, gavetas sendo abertas e fechadas, baques surdos e estalos conforme coisas vão sendo atiradas no chão. Por fim, o homem com o facão retorna. "Não achei coisa nenhuma, cara", ele diz.

O pistoleiro cutuca o pé de Mamãe com o bico do tênis. "Onde vocês guardam o dinheiro?"

"Do que você está falando?", diz Mamãe. "A gente não tem dinheiro."

O homem produz um chiado com a boca. "Não minta pra mim", ele diz. "Me diga onde vocês guardam o dinheiro."

"O quê? Onde você ouviu isso?", diz Mamãe. "Meu marido, ele é operário em Point Lisas, antes disso ele virava concreto, manobrava empilhadeira, esse tipo de coisa. A gente não tem dinheiro! Se a gente tivesse, você acha que a gente estaria morando numa casa como esta?", ela gesticula, mostrando a sala.

"Cala boca. Você acha que me engana?", ele pergunta. "Você acha que me engana?"

"O que você vai fazer?", Mamãe pergunta. "Atirar em mim?" Ela emite um chiado e vira o rosto, alisando a barra do vestido. "Mesmo assim você não encontraria nenhum dinheiro, porque a gente não tem."

"Cala boca", diz o homem.

O homem com o facão vai até a sala de estar e começa a destroçá-la. É horrível assistir. Paul envolve Mamãe com o braço; ele sente o coração dela batendo acelerado e aquilo o assusta, então ele puxa o braço de volta. O homem tira as almofadas de cima do sofá e das poltronas, e abre um buraco no tecido de uma delas com a ponta do facão, e depois deixa o facão de lado e coloca as duas mãos dentro do buraco e puxa com força, até que a coisa toda se desmancha. Todo o enchimento sai de dentro dela, cubinhos brancos e amarelos de espuma. Depois que termina com as almofadas, ele começa a arrancar os pedaços da poltrona da mesma maneira. O enchimento dentro dela é como um algodão cru, grosso e cinzento. Penugens e pequenos insetos caem de dentro dela. Ele tira os óculos escuros para enxergar melhor.

"Brocas!", ele diz. "Ou talvez cupins." Em seguida, chutando para o lado os cubos de espuma e os tufos de algodão cinzentos, ele vira os móveis de cabeça para baixo e usa seu facão para rasgar o fino tecido que cobre a base das poltronas e do sofá. Alguns centavos caem de lá. E alguns fósforos queimados, e um palito todo mordido de um pirulito e alguns papéis de bala desbotados.

Ele tira a TV da tomada com cuidado e depois puxa o aparador em cima do qual ela está e olha atrás dele. Ele abre as portas do aparador e começa a puxar tudo pra fora: a lista telefônica, uma caixa de velas já aberta, um saco vermelho e branco de chocolates com menta ainda dentro da embalagem, todos derretidos. Ele pega a lista telefônica, a vira de cabeça para baixo e a sacode. Em seguida limpa o rosto com a camiseta e dá uma facada na poltrona de ponta-cabeça com o facão.

"Não tem nada aqui, cara", ele diz.

O homem com a arma hesita. "Tem certeza? Você disse que esse cara, com certeza, tinha dinheiro guardado em casa."

O cara na sala de estar balança a cabeça. Ele levanta a camiseta que cobre a boca e enxuga o suor da testa. A barba em seu rosto é toda desgrenhada, falhada.

"Só sobrou a cozinha", diz o homem com o facão.

O homem com a arma grita com eles mais uma vez. "Sai", ele diz, gesticulando com a arma. Mamãe se levanta toda retesada, seus joelhos estalam, e eles se amontam no chão em frente à pia.

"Beleza, agora fiquem aí", diz o homem com a arma. "Se alguém se mexer, eu atiro. Cês entenderam?"

"Eu entendi", diz Mamãe. "Eu não sou surda."

"Olha essa boca."

"Cês vão destruir minha cozinha agora?"

"Bom, se você nos disser onde está o dinheiro, nós não vamos destruir", diz o homem.

"Eu tô achando que vocês tão com alguma informação errada", diz Mamãe. Ela suspira e encosta a cabeça na quina da pia. Peter lança um olhar para Paul, e Paul fica totalmente sem expressão, para ninguém suspeitar de nada.

Os homens começam a abrir os armários da cozinha, olhando para dentro e pegando coisas com os dedos.

"O que você acha?", pergunta o homem do facão.

O chefe encolhe os ombros. Ele parece estar mudando de ideia. Ele diz para o outro pegar a TV e as joias no quarto, e enfia a mão na bolsa da mamãe para procurar por dinheiro. Ele encontra três notas azuis e as segura na frente do rosto. "Ah é? Então vocês não têm dinheiro, né? Você anda sempre por aí com três notas de cem dólares na bolsa?"

"Era pra pagar o homem do gás", diz Mamãe.

O homem enfia as notas no bolso. O outro volta, carregando a TV.

"Muito bem", diz o chefão. Ele parece irritado, como se estivesse chateado por ter perdido seu tempo. "Nós vamos embora agora, mas vamos descobrir onde está essa grana, você me ouviu? E daí a gente vai voltar."

Ele enfia a mão no bolso e destranca a porta dos fundos. Os cães, que estavam quietos havia algum tempo, voltam a latir.

"Esses cachorros de merda!", diz o homem com a arma. "Escuta só essa barulheira!" Ele se vira de repente e saca a arma do seu cinto.

"Deixa eles!", grita Paul. Peter lhe segura o braço para que ele fique no chão, mas Paul se desvencilha. "Pra que matar eles? Eles estão presos, não vão te fazer nada."

O homem se vira e, num piscar de olhos, a arma está apontada para Paul. Paul sacode a cabeça para tirar o cabelo dos olhos. Ele olha bem nos olhos do homem por trás do cano do revólver. "Atira, então", ele diz, provocando. "Atira!"

"Minha nooossa! Olha só esse valentão, cara!", diz o chefão. "Quantos anos você tem?"

Paul revira os olhos, como se tivesse coisa melhor pra fazer do que responder a uma pergunta tão estúpida. "Treze."

O homem sorri e começa a andar para a frente, ainda

apontando a arma. Paul permanece olhando fixo em seus olhos. Então, Mamãe se levanta, lentamente, como se não tivesse pressa alguma, e se coloca entre os dois.

"Vão", ela diz para o homem. "Vocês já terminaram por aqui. Peguem a TV e vão."

O homem chega mais perto e encosta a ponta do cano em sua cabeça, bem no meio da testa. A pressão a empurra um pouco para trás.

"Vocês tão me deixando puto", ele diz. Ele puxa um carretel de arame do bolso e os empurra para o chão. Depois, enquanto o outro homem segura a arma e o facão, o chefe os faz se deitarem no chão e amarra firmemente suas mãos e seus pés com o arame.

Os cães latem furiosamente mais uma vez, e todos ficam esperando pelo barulho da arma, mas ele nunca vem. Ouve-se apenas um discreto ranger quando os homens empurram o portão da frente, e então mais nada.

Mais tarde, naquela noite, depois que Papai desamarrou todos eles, e os Chin Lee e os Bartholomew já tinham voltado para casa, Peter e Paul estão em suas camas quando Mamãe bate na porta e entra. Ela se senta na beira da cama de Paul e lhe afaga o joelho. Suas mãos estão inchadas, as marcas do arame ainda em seus punhos. Ela põe as mãos no colo.

"Eu quero falar com o Paul", ela diz. "Mas, Peter, você também precisa ouvir isso. É pra vocês dois."

Paul se senta na cama. Ele tenta não olhar para Peter.

"Eu não estou brava", diz Mamãe. "Mas o que você fez foi perigoso. Você percebe isso agora?"

Paul concorda com a cabeça.

"Você já é muito grande agora. Vocês dois. Vocês estão grandes. São quase homens crescidos. E o que eu quero dizer pra vocês é: agora que já estão grandes, vocês precisam começar a se cuidar. Hein? Vocês não vão ter sempre a Mamãe e o Papai correndo atrás de vocês e resolvendo tudo. Nós não vamos estar pra sempre aqui dando comidinha na boca de vocês. Vai chegar uma hora em que eu não vou mais poder resolver nada pra vocês."

"Desculpa", diz Paul. Ele limpa a garganta, joga o cabelo para trás. "Eu sinto muito."

"Eu sei, querido. Mas isso não tem nada a ver com o que você sente ou não sente. O que estou dizendo é que eu não posso ficar protegendo vocês o tempo todo. Vocês precisam aprender a se proteger agora. Entenderam?"

Paul não consegue falar nada, mas concorda com a cabeça, para mostrar que entendeu.

Parte três

13

Paul está sentado na beira do rio. Ele não deveria estar aqui. Deveria estar em casa, fazendo seu dever: sua mochila está cheia de deveres de casa para ele fazer. Mas ele não consegue. *Já era*, Paul diz pra si mesmo. *Desisto*. Ele gostaria de se deitar no chão e abrir os braços e dizer bem alto: *Tá me ouvindo? Já era. Eu não consigo não consigo não consigo não consigo*. Mas não dá pra deitar aqui no chão por causa das formigas. Neste momento, ele está sentado na pedra grande, com os joelhos encostados no queixo e, mesmo assim, tem que ficar espantando as formigas que começam a escalar seus pés, e estapear mosquitos, e tirar dos cabelos as centopeias que caem da amendoeira ali perto e ficam se contorcendo. Alguma outra coisa cai em seus cabelos — vermelha e preta, no formato de um bandolim. Ela guarda as asas de forma inteligente em seu casco e balança as antenas. Ele nem se dá ao trabalho de espantá-la com um peteleco. *Já era*, ele repete para si mesmo, mais uma vez.

Eles terminaram a lição com o padre Kavanagh mais cedo hoje. O padre já estava de mau humor quando eles começaram: tanto ele quanto Peter perceberam e se esforçaram muito para se sair muito bem, para não irritá-lo. Peter abriu o caderno e começou a resolver alguns problemas de matemática — ele só vinha porque Papai disse para ele vir, porque Papai achava que era bom para ele estar cercado de pessoas instruídas. O padre perguntou a Paul que dever de casa ele tinha para fazer, e Paul disse Geografia, e o padre disse o.k., vamos ler juntos o enunciado. Paul tentou ler, mas ele estava nervoso porque o padre estava de mau humor. O capítulo era sobre os recursos naturais de Trinidad. "Poslífero?", ele tentou. "Posto... lipos..." Ele conseguia sentir que o padre Kavanagh estava começando a ferver de raiva ao seu lado, como uma chaleira em cima do fogão. "Posso. Perto." E então o padre começou a esfregar as mãos no rosto. Peter parou o que estava fazendo e lançou o seu olhar de alerta, então Paul parou de falar e pôs as mãos no colo, na tentativa de não irritar mais ninguém. "Nem começa com P", disse o padre. "Começa com um C. Campos. Campos petrolíferos." Depois, o padre Kavanagh simplesmente ficou sentado ali, com as mãos sobre os olhos. Peter e Paul nem se atreveram a olhar um para o outro. Em seguida, o padre disse que estava com dor de cabeça e que os dois podiam voltar para casa mais cedo.

Talvez ele possa deixar a escola depois do nono ano, Paul pensa. Tá cheio de meninos nas outras escolas que abandonam as aulas após concluir o fundamental. Mas mesmo assim isso ainda levaria mais três anos! Se ao menos ele pudesse começar a trabalhar agora e a ganhar o seu próprio dinheiro. Se estivesse ganhando seu próprio dinheiro, ele poderia comprar um par de óculos escuros da Ray-Ban e uma dessas bermudas de tecido fluorescente que Marc Aboud e alguns outros meninos da sua turma usam, aquelas folgadas, que vão até o joelho e vêm em várias cores diferentes. Bermudas baggy. Ele até compraria uma para Peter também, se ele quisesse, e daria o resto do dinheiro para a Mamãe comprar comida. Paul se imagina chegando em casa com sua baggy colorida, o Ray-Ban na cabeça, entregando um maço enorme de cédulas para Mamãe. Talvez ele procure um trabalho nas férias de verão, pensa. A ideia de mais três anos daquilo parece insuportável: os outros meninos sentindo pena dele, ele tentando colar do Peter em segredo, se esforçando e fracassando nos exames, e Papai sempre furioso.

Padre Kavanagh disse que ele não é retardado — Paul ainda se lembra de como ele lhe apertou o braço, como olhou bem no fundo dos seus olhos: *Me escute. Você não é.* Depois disso, durante um tempo, Paul se sentiu diferente: um pouco menos de dor de barriga ao se vestir para ir ao colégio; um pouco menos de medo quando os professores falavam com ele; um pouco mais disposto a abrir seu caminho com os cotovelos na cantina na hora do almoço. Mas as semanas se passaram e o padre Kavanagh nunca mais retornou ao assunto e, no fim das contas, aquele sentimento bom se esgotou. De vez em quando ele repetia aquelas palavras para si mesmo, tentando lembrar de como se sentiu quando o padre Kavanagh as disse.

O lance é que quando consegue entender a pergunta que está sendo feita, geralmente ele sabe a resposta. Sua matemática estava melhorando: em sua última prova, ele acertou dezenove em vinte, e o padre Kavanagh disse: "Viu só? Viu como a prática leva à perfeição?". Mas a prática não estava aperfeiçoando mais coisa nenhuma. Ele ainda não era capaz de ler como as outras pessoas. Às vezes as letras se ajeitavam e faziam sentido e, outras vezes, pareciam um bando de formigas correndo pela página, e ele tinha que tentar adivinhar, a partir das ilustrações, ou a partir de outras palavras que ele entendia, o que as demais significavam. Paul sente vergonha ao imaginar o que o padre Kavanagh ficou pensando hoje. *Todo esse tempo e, mesmo assim, esse menino não consegue ler uma palavra sequer!*

Ele sente seu cabelo estranho, curto: sua cabeça parece mais leve. Definitivamente mais fresca. Antes de vir até aqui, na beira do rio, ele pegou a tesoura numa gaveta da cozinha, foi até o quintal dos fundos e cortou o cabelo: faz isso com bastante frequência, sempre que seu cabelo começa a deixá-lo maluco ou demanda muito esforço para ser preso, ou lavado.

De pé ao lado do coqueiro, ele agarra punhados de cabelo e os corta, bem rente à cabeça, e depois devolve a tesoura ao balcão da cozinha, contorna a casa pela lateral e sai pelo portão da frente.

Sando fez um comentário sobre o seu cabelo comprido nesta tarde no maxi táxi que os levava para casa. "Tarzan", ele disse. "Cê sabe que tá na hora de cortar esse cabelo, né? As pessoas vão começar a perguntar se você é macho ou fêmea. Cê tá entendendo o que eu tô falando?" Sando vinha sendo simpático com ele já fazia algum tempo, desde aquela noite, alguns meses atrás, quando Paul estava caminhando e Sando passou por ele em seu carro. Ele diminuiu a velocidade, olhou para Paul através da janela e disse: "É você, Tarzan? O que cê tá fazendo na rua a essa hora da noite, moleque? Até parece que cê tá querendo ser morto ou sei lá o quê". E Paul disse: "Eu só estou dando uma volta, cara. Pegando um ar fresco". Sando se ofereceu para lhe dar uma carona até em casa, mas Paul disse não, e Sando disse: "Muito esperto. Não entre no carro de nenhum estranho". E antes de ir embora, ele disse: "Você é aquele que é meio…", e ele encostou o indicador na têmpora e fez uma voltinha com o dedo. "Meio louco, né?" Ele não estava sendo cruel, estava apenas perguntando para ter certeza. Paul disse: "Sim, sou eu. Mas eu não sou louco". E Sando disse: "Isso não é motivo pra se envergonhar! Cara, se você olhar na história, todas as pessoas mais brilhantes eram meio loucas!".

Enquanto Paul ficava ali sentado, uma de suas mãos encontrou o caminho até a virilha, deslizando para a parte de dentro do calção. O meio do mato é o único lugar onde ele consegue ter um pouco de privacidade atualmente: naquele momento, seu indicador acaricia gentilmente a penugem suave, sentindo a maneira como os pelos se enrolam na ponta, avaliando sua grossura, seu comprimento. Ele não consegue lembrar quando aqueles pelos apareceram — um dia ele olhou para si mesmo no chuveiro e viu alguns pelos, e em seguida havia mais e, de repente, a coisa toda estava coberta deles. Aquilo não era um grande choque nem nada, Mamãe e tia Rachel estavam falando o tempo todo sobre a "puberdade": a puberdade é uma época difícil para os meninos! Sayeed entrou rápido na puberdade! Hoje em dia ela começa mais cedo! E na escola, todos os alunos do sétimo ano são chamados para o auditório para assistir a um filme chamado *Puberdade: Um período de crescimento para meninos e meninas.* Havia diagramas dos "Órgãos Reprodutivos Masculinos" e dos "Órgãos Reprodutivos Femininos" que, por algum motivo, fizeram Paul pensar em alienígenas, como se um extraterrestre que viesse um dia à Terra pudesse se assemelhar à imagem de "Órgãos Reprodutivos Femininos". Todos deram risadinhas ao ler a palavra "órgãos" e todas as outras que vieram em seguida, sem dó nem piedade — vagina, seios, pênis, escroto —, e houve um alvoroço em "sonhos molhados", cada um tentando rir mais alto que o outro para tentar esconder o constrangimento. Todos os meninos ficaram felizes quando chegou, finalmente, a hora de abrir as portas e voltar a respirar o ar fresco do corredor.

Às vezes, quando está sentado com o padre Kavanagh, tendo sua aula, sem motivo algum ele sente o sangue correndo para a sua virilha, e seu pênis começa a inchar. Ele sacode os joelhos para dentro e para fora, ou balança as pernas para tentar distrair seu corpo do que ele está fazendo, para mandar o fluxo sanguíneo para outro lugar. Às vezes funciona; outras vezes ele precisa pedir para ir ao banheiro. O padre olha para os céus e acena levemente com a cabeça para dizer que sim. Assim que se levanta e dá alguns passos pelo corredor, ele sente que diminui; mas, mesmo assim, ele vai até o banheiro, passa pelos laboratórios, pela cantina, lava as mãos e depois volta.

Paul fica sentado imóvel enquanto uma lavadeira com o corpo verde, voando a alguns centímetros de distância do seu rosto, o inspeciona; ele sente uma leve brisa nas bochechas, produzida por suas asas, que zunem. *Comida? Não, não é comida.* Ela voa para longe. Ele sorri para ela. *Batty-mamzels*, é como as chamam: esse é o outro nome para elas, o nome local. Ele fica dizendo os dois em sua mente, prestando atenção no som que cada um deles produz. Lavadeira, *batty-mamzel*, lavadeira, *batty-mamzel*. Lavadeira não parece um bom nome, porque ela não se parece nem um pouco com o inseto. *Batty-mamzel* parece mais adequada — tem alguma coisa na palavra *batty* que combina com a maneira como suas asas batem, e *mamzel* tem um quê de feminino, como se aquela criatura realmente fosse uma mulher fingindo ser um inseto, e ela pudesse vir lhe dizer para lavar o rosto, ou respeitar os mais velhos, ou voltar pra casa antes de escurecer.

Às vezes as palavras regionais são melhores, mas você precisa conhecer a palavra correta também, senão as pessoas em Port of Spain vão rir de você e dizer que você é um bicho do mato. Como da vez em que ele e Marc Aboud estavam conversando com umas meninas na esquina, semana passada, depois da aula. "Lá naquele mato que cê mora", disse Renée — ela era a menina de quem Marc gostava —, "lá, onde tudo é só mato e bandido, cê caça iguana e mangusto e esses troço tudo? E cê usa a *latrina* lá dos fundo de banheiro?" Ela deu uma gargalhada, mas não estava querendo ofendê-lo, nem nada do tipo. Ele também havia tirado sarro do jeito como ela falava. "E cê vai no curandeiro quando cê tá maleixo?"

"É, é isso aí", respondeu Paul, num tom debochado. "Todo mundo se consulta com ele. Tem umas plantas específicas na floresta perto lá de casa, ele prepara umas poções muito boas. Para tudo que você quiser, ele arruma uma planta e faz uma poção." Ele fala numa voz grave, o tipo de voz que se usa para contar esse tipo de história, e todos chegam um pouco mais perto.

"Cara, que história de viadinho", disse Candace. Ela ameaçou empurrá-lo, e sua mão raspou na sua barriga, pouco acima da cintura.

"É sério, é sério!", disse Marc. "Esse povo do mato tem uns negócios muito grandes, sabe como é. Porque o curandeiro faz umas poções pra eles!" Ele aponta com a cabeça para as calças de Paul. "Grandes *mesmo*." Ele ergue as sobrancelhas várias vezes para as meninas, e elas explodem numa gargalhada.

"Como você sabe disso?", pergunta Candace. "Por que foi olhar pro negócio do teu amigo?"

"Eu não olhei!", bradou Marc. "Mas eu sei! Bom, ouvi dizer! Por que vocês acham que esses caras de Penal e Fyzabad e Basse Terre fazem tanto sucesso quando vêm pra cá no Carnaval? Vocês já viram quantas mulheres ficam dançando e se esfregando nesses camaradas?" Todo mundo explode em gargalhadas mais uma vez. A barriga de Paul ainda latejava no lugar em que os dedos de Candace o tocaram.

Se estivesse ganhando o próprio dinheiro, ele poderia ir naquela festa em Port of Spain. Ele e Peter já tinham comprado os ingressos — custaram cinquenta dólares cada um, pela entrada e mais um jantar de frango e *chow-mein*. Há alguns dias, Papai lhes deu o dinheiro sem o menor problema, mas, depois que invadiram a casa, Papai ficou puto e disse: "Podem esquecer aquela festa!". Mas cinquenta dólares era muito dinheiro: era o equivalente a uma semana de passagens de maxi táxi e mais o almoço, e seria uma burrice desperdiçar aqueles ingressos se eles já haviam sido comprados. Paul não disse ainda à Candace que ele não poderá ir; ele ainda acredita que dará um jeito — talvez pedir a alguém que lhe dê uma carona até Port of Spain. Ou pode simplesmente ir andando. Ele pode dizer pro Papai: "Beleza, você não quer me levar? Tudo bem, eu vou andando!". Levaria muito tempo: quatro, talvez cinco horas, mas ele pode pôr suas roupas numa mochila e passar antes na casa de Marc para tomar um banho. Ele consegue imaginar Papai furioso, os punhos cerrados, dando a impressão de que está se segurando para não lhe dar uma bofetada. "Se você sair por aquela porta, eu não quero nunca mais ver seu rabo de novo por aqui!" E Paul gritaria de volta: "Beleza, por mim tudo bem!", mas ele não estaria falando sério. Mas qual é o sentido de estar sempre tentando agradar ao Papai? Só o Peter consegue agradar ao Papai. Tudo que o Peter faz é perfeito, e tudo que ele faz é errado. Paul chia baixinho ao pensar nisso. *Tá me ouvindo? Cansei.*

Faz semanas que ele está ansioso para convidar Candace para dançar juntinho. Se tudo correr bem, ele tem pensado, e, definitivamente, se estiver com bom hálito, talvez ele tente beijá-la. Ele poderia usar um pouco da colônia do pai do Marc: só um pinguinho, para que ele não percebesse que alguém a usou. Papai não tem nenhuma colônia. Ele diz que essas coisas todas são besteira — desodorante, perfume, colônia pós-barba, essas coisas todas. No seu banheiro, tudo que tem é um xampu Jergens e uma barra de sabonete Lux.

Se estivesse ganhando dinheiro, ele poderia comprar o sabonete que quisesse (Imperial Leather, talvez — o padre Kavanagh usa Imperial Leather, ele reconheceu pelo cheiro) e qualquer colônia, bem como o bermudão e o Ray-Ban. Talvez ele faça mesmo isso. Primeiro ele arruma um emprego e, quando tudo estiver acertado, diz a Mamãe e Papai que não voltará mais à escola. A Mamãe não havia lhe dito, depois do assalto: "Eu não posso cuidar de você pra sempre. Você está crescendo: logo vai ser gente grande. Você precisa aprender a cuidar de si"? Então, é isso que ele vai fazer! Ele arruma um trabalho e cuida de si próprio. "Eu não posso cuidar de você pra sempre", ela disse.

Provavelmente foi má ideia gritar com aqueles homens, Paul pensa. Ele não imaginou que o cara fosse realmente apontar a arma para ele daquele jeito. Enquanto o homem lhe apontava a arma, Paul o olhou bem nos olhos, fez uma cara feia e disse: "Atira, então! Atira em mim!", da mesma maneira como, quando você atravessa uma rua, você diz para o motorista que buzina pra você: "Passa por cima!". Você precisa mostrar pras pessoas que você não vai simplesmente engolir aquilo, é só isso. Mas aí Mamãe apareceu e o empurrou para trás dela, e então a arma ficou apontada para ela em vez de para ele, e aí Paul ficou com medo. E aí, depois que os bandidos foram embora e Papai voltou pra casa e os desamarrou, Mamãe disse: "Eu não posso cuidar de você pra sempre. Você precisa aprender a cuidar de si".

Alguns japus-pretos estão saltando de árvore em árvore, fazendo os galhos sobre sua cabeça se envergarem e estalarem, esfregarem-se uns nos outros. Pedaços de galhos mortos despencam, ficando presos nos galhos mais baixos das árvores; fragmentos menores se desprendem e se precipitam ao chão. Ouve-se o baque surdo de alguma fruta pesada caindo: não o som agudo do impacto que um coco faria; algo mais seco, mais suave, algo maior que uma manga ou um pomelo. Uma fruta-pão, talvez, apesar de ele não se lembrar de nenhuma árvore de fruta-pão ali por perto.

Ele escuta o barulho molhado dos pingos da chuva atingindo a copa da árvore; é só uma garoa, as gotas ricocheteando nas coisas e espirrando numas direções estranhas, bem doidas. Ele respira fundo, inspirando o cheiro que se levanta do chão. É um cheiro muito bom, o da chuva na terra seca. Ele já está se sentindo muito melhor do que estava mais cedo — é tão legal, tão relaxante ficar sentado aqui. Ele não fala desse tipo de coisa com ninguém, nem mesmo com Peter, ou com o padre Kavanagh, ou com Marc Aboud. Se ele dissesse que gosta de andar pelo mato, ou ficar sentado na beira do rio, viajando, como está fazendo agora, eles diriam: "Meu Deus, você está realmente virando o Tarzan!". Àquela altura, ele sabe muito bem o que pode e o que não pode dizer às pessoas. Outro dia, Papai mencionou St. Ann's de novo. "A gente devia te colocar em St. Ann's de uma vez." Paul não disse nada, apenas deixou seu rosto sem nenhuma expressão para não irritar Papai, mas, em sua cabeça, estava pensando: "Vá em frente! Tente me colocar em St. Ann's! Eu vou acabar com qualquer um que tentar encostar as mãos em mim!". E naquela noite, depois que Papai falou aquilo, Paul ficou deitado acordado em sua cama, pensando em como ele poderia fugir, caso precisasse. Ele poderia ir caminhando até Arima e, de lá, pegar um táxi que o levaria para qualquer lugar em Trinidad. E poderia descer pro sul, para Icacos ou Cedros, e pegar um barco para a Venezuela, e então ele estaria longe pra valer, e Papai jamais o encontraria. Essa ele teria de engolir.

Os papagaios estão começando a se recolher. O sol já está se pondo? Só mais cinco minutos, ele pensa. Olha, os outros pássaros ainda estão aqui fora, seguem matraqueando entre eles, antes da hora de partir. Só mais cinco minutos, Paul diz a si mesmo: só mais cinco minutos, só para ficar pensando mais um pouquinho em Candace. Talvez ele possa convidá-la para ir ao cinema. Ele pode ligar para ela e perguntar se ela quer ir ao Cinema Deluxe, em Port of Spain. Seus olhos se perdem no horizonte, imaginando como seria se sentar nos assentos aveludados, no escuro, com o braço de Candace apoiado no encosto entre eles.

14

Ele pressente a encrenca um instante antes que ela se instaure: talvez ele tenha percebido a agitação dos cães, ou escutado o barulho de suas garras raspando o concreto enquanto desciam correndo a rampa da garagem. O latido de Jab-Jab: agudo, rápido, urgente; Trixie dando aquele rosnado profundo que ela quase nunca dá; e Brownie, com um latido mais fraco, estridente, que se alonga no final para virar um uivo, direcionado não àqueles homens — porque devem ser homens, para eles estarem latindo daquele jeito —, mas para algum outro lugar, para outras pessoas, como se fosse um pedido de socorro. Paul já está de pé. Isso quer dizer encrenca. Encrenca da grossa. Encrenca da muito grossa. Seus olhos e ouvidos vasculham a mata; seu coração bate depressa, louco para fugir dali. Mas pra que lado ir? De volta pela estrada ou contornando a margem do rio? Tem tanto cachorro latindo que ele não consegue identificar onde está o perigo; não sabe qual o lado certo para correr.

Pés pisoteiam a mata, pés grandes, com botas. Lide com isso, ele diz para si mesmo. Pode ser só um mendigo, ou um caçador. Ele volta a se sentar. As roupas dos homens são vermelhas, verdes, marrons. Ele se levanta. Ele deveria ter corrido, mas é muito tarde para isso agora. Lide com isso. Olhe nos olhos deles. Seja casual. Talvez sejam pessoas normais.

Quando eles aparecem na clareira, ainda a uns vinte, trinta metros de distância, Paul está de pé em cima da pedra, disposto a olhar para eles da forma mais casual possível, até mesmo acenando com seu queixo para dizer olá. Mas aquilo não faz sentido: eles são os mesmos homens de antes, ele sabia pela forma como Trixie latia. Mesmo sem os óculos escuros e a camiseta, ele reconhece o que estava com o facão da outra vez: mais alto, com a barba toda falhada no rosto. Seu cabelo é igual, todo selvagem e desgrenhado. O outro, o da pele mais clara, que tinha um dente de ouro — se pusesse uma camisa e uma gravata, ele se passaria por funcionário do governo. Aja com calma, aja com calma. Ai, ele devia mesmo ter ido embora antes! Se ao menos tivesse ido embora cinco minutos atrás, como tinha pensado! Paul olha para trás, para a margem do rio, com sua água corrente: a poucas centenas de metros dali há uma corda que ele pode usar para subir até a ponte. Mas ele vê como os olhos do homem mais escuro se acendem, como seus olhos medem a distância entre eles, como o homem examina o território, imaginando de que forma Paul pode saltar daquela pedra: o homem quer que ele corra, para que possa correr atrás dele, derrubá-lo no chão como se fosse um gambá, uma paca. "E aí", ele diz. Sua voz sai um pouco baixa. Ele tenta mais uma vez. "E aí, pessoal", ele diz. "Vocês estão procurando alguma coisa?" O homem mais escuro quase ri: isso está quase funcionando. Mas o homem sério levanta um braço e estala os dedos, como se estivesse dizendo para o mais escuro para ele se comportar. Os homens se espalham, começam a correr. Paul se obriga a manter sua posição. "Ei", ele diz. Ele ergue os braços, como se estivesse se rendendo, ainda tranquilo, ainda sorrindo. "E aí, pessoal." Mas isso não funciona. Quando o homem sério se aproxima, Paul tenta olhar em seus olhos: aquela é a única coisa que talvez o ajude. Mas o homem não o olha de volta, apenas pega Paul pelos pulsos e os segura às suas costas.

Está acontecendo. Alguém passa o braço em volta do seu pescoço, por trás, prendendo-o num mata-leão; ouve-se o barulho de fita isolante sendo puxada em um rolo. Ele está tentando resistir, um pouco contra sua vontade. Ele queria levantar a mão e dizer: "Eu me rendo", e dizer: "Eu não vou resistir", mas ele não consegue não tentar se livrar do gancho. Ele puxa o braço do homem, consegue inclinar o queixo para baixo o bastante para mordê-lo. Crava os dentes e procura segurar a mordida, mas o homem dá um tremendo safanão na lateral de sua cabeça e tudo começa a girar, e ele estica os braços para tentar fazer o chão parar, mas leva mais uma paulada — *péim!* E, depois disso, eles o estão segurando contra o chão, um em seus joelhos, outro em suas costas. Nem era necessário, seu corpo já estava todo mole.

Tudo fica escuro: estrelas dançam diante de seus olhos. A fita isolante está grudada em sua bochecha, estendida por cima da sua boca, dando a volta por trás de sua cabeça, por cima da sua orelha e, de volta, por cima da bochecha e da boca. Suas mãos estão sendo amarradas às suas costas. O homem se inclina para morder a ponta da fita: seus dentes estão manchados de cor-de-rosa, da cobertura de um bolo de coco.

Ele está no chão, todo amarrado. Muito acima dele, eles estão discutindo alguma coisa. Ele quer prestar atenção, pegar seus nomes, para descobrir quem eles são, para onde o estão levando, mas eles parecem muito distantes, numa distância impossível. É como ser pequeno de novo: como ser pequeno e ficar olhando os adultos conversando, e não conseguindo acompanhar nada do que eles dizem, e eles parecem muito distantes. Quando os adultos faziam isso — Mamãe costumava parar para conversar com alguém que ela encontrava em algum lugar lotado, o shopping, o banco, ou pela cidade —, ele agarrava a barra da saia da Mamãe nesses momentos, com medo de ser deixado para trás. As pessoas diziam que aquilo era uma coisa muito infantil de sua parte, mas Mamãe não ligava. Sua cabeça está confusa. Ele não consegue dizer o que é real. Será que ele tem mesmo cinco anos de idade e está parado debaixo da saia da sua mãe? Ou será que ele está no chão, amarrado, com o rosto enfiado na lama?

Um pé o cutuca nas costelas. "Levanta", diz o homem do dente de ouro. Ele segura Paul pela axila e o puxa violentamente. "Levanta!" Paul tenta, mas ainda está grogue. E suas mãos estão amarradas às suas costas. É real. Isso é real. Seus calcanhares estão realmente afundando na lama fofa; ele está realmente se esforçando para manter o equilíbrio. Ele precisa retomar o controle, acordar, tentar sair daquela situação. Ele imagina Mamãe se afastando — na sua mão, um retalho de sua saia, ele pode ver o momento em que ela desaparece em meio à multidão. Se ele correr atrás dela agora, conseguirá alcançá-la. O homem está puxando Paul pelo braço; suas pernas não o sustentam, seus pés escorregam na lama. Ele aperta os punhos com força, primeiro um, depois o outro: não há retalho de tecido algum. Isso é definitivamente real. *Vamos lá, vamos lá. Lide com isso!* O homem está tentando puxá-lo para a frente, pelo ombro; ele tropeça, sem poder usar os braços para se estabilizar.

"O que foi que eu disse? Eu disse pra não tentar nenhuma gracinha!", diz novamente o homem do dente de ouro. Ele joga Paul na direção de onde os homens tinham saído e dá um empurrão em suas costas para fazê-lo andar. Paul dá alguns passos e então para. Ele se vira para olhar na direção de casa: bem ali, não muito longe, Peter está fazendo sua lição na mesa, Mamãe está preparando o jantar. É para lá que ele deveria ir. Aquela é a direção correta. Andar para qualquer outra direção é deixar uma parte sua para trás, abandonar sua antiga vida, talvez até mesmo abandonar a vida propriamente dita.

"Aonde você pensa que está indo?", pergunta o homem do dente de ouro. "Vai, eu disse! Se liga, moleque, eu tô perdendo a paciência contigo." Ele segura Paul pelo braço mais uma vez, e o gira, e lhe dá um tapa com as costas da mão num dos lados do rosto, perto do olho direito. Tudo fica escuro, e então ele está no chão outra vez, sendo pinicado pelas folhas e pelos galhos secos. Ele consegue perceber, vagamente, como se aquilo estivesse acontecendo muito, muito distante dali, que está sendo jogado sobre os ombros do homem, como um cervo morto. Ele consegue sentir o cheiro, antes de desmaiar, do xampu anticarrapatos que os vaqueiros costumam usar e da fragrância Drakkar. Ele está ligeiramente consciente quando o colocam no banco de trás de um carro: há um homem numa das pontas, sentando-o no assento e empurrando-o por um dos ombros para deitá-lo; há outro homem, na outra ponta, enfiando suas mãos por baixo de suas axilas para puxá-lo mais para a frente. Eles vão até a traseira do carro, abrem o porta-malas, conversam. O tom é tranquilo, sem pressa. Parecem querer se certificar de que possuem tudo de que precisam para passar um dia na praia. Algo é estendido sobre ele, um cobertor talvez, ou uma toalha. Ele fecha os olhos. Eles sobem as janelas do banco de trás, batem as portas. O carro afunda quando o primeiro homem entra nele; afunda um pouco mais com o outro. Portas se batem, uma, duas. A chave desliza para dentro da ignição, o motor acorda, começa a rodar. Música pop toca no rádio.

Então é assim que se sente, pensa Paul. Essa é a parte que você nunca fica sabendo. A parte que vem depois que uma pessoa desaparece. As fotos no jornal ou no noticiário da TV só conseguem mostrar o antes e o depois: a pessoa sorridente, a foto tirada num dia feliz, uma festa de aniversário, primeiro dia de aula, um casamento; e o depois — o saco mortuário carregado numa maca, em meio a um bambuzal, ou o corpo no chão, os membros todos retorcidos, alguma coisa escura no chão que parece óleo que vazou de um carro, mas que você sabe que provavelmente é sangue. Entre esses dois momentos, o antes e o depois, isto aqui.

195

No começo, ele tenta memorizar o caminho que eles estão fazendo. Reto, esquerda, reto, faz a volta. O carro passa por cima de uma cratera que lhe parece familiar — alguma coisa no seu formato e profundidade, no cascalho que os pneus jogam para trás. Mas ele não consegue lembrar onde fica aquela cratera: talvez seja na estrada que leva a Arima, ou na estrada secundária que sai de Tiparo e se estende por um trecho em direção às montanhas. Reto, esquerda, curva pra cá, curva pra lá; ele se deita de lado, traz os joelhos para mais perto do peito para se ancorar, para parar de deslizar no banco. A toalha já escorregou de cima dele. O homem no banco do carona dá uma olhada para trás; Paul mantém os olhos fechados. O rádio começa a chiar, sai do ar. Ouve-se a BBC World News no AM; depois, a prosódia acelerada de uma estação em espanhol. "Ya--ya-ya-ya-ya-ya", diz o carona, imitando a voz. Ele é o piadista, o homem que estava com o facão quando invadiram sua casa. Uma estação de Trinidad retorna, trazendo o boletim do mar: uma voz de mulher lê os horários da maré alta e baixa no norte, oeste, leste e sul, a velocidade e a direção dos ventos, a altura das ondas nas zonas de mar aberto.

Paul abre uma fração de seus olhos e enxerga, com a visão embaçada, por entre os cílios. Estofamento de vinil bege. No bolso, nas costas do assento do motorista: jornal, caixas de suco vazias, uma boneca Barbie enfiada de ponta-cabeça, as pernas saltando pra fora. No chão: caixas de Orchard Orange amassadas, canudos mastigados, embalagens da Sunshine Snacks — as azuis, de Cheeze Balls, e as vermelhas, de Chee Zees. No banco do carona, na frente, o piadista apoia o braço na janela, seu cabelo desgrenhado voando contra o vento. Pela janela, Paul consegue ver o céu, o azul ainda luminoso do começo da noite. Os papagaios se recolheram há muito tempo.

O cheiro do carro o está deixando enjoado: uma mistura horrenda de vinil engraxado com purificador de ar. Mas sua boca está amordaçada e ele não pode vomitar; se vomitar, ele vai se afogar. Paul usa o encosto do banco como apoio, estica as pernas e chuta as costas do assento à sua frente. O homem se vira e olha para ele.

"Qual foi?"

Paul tenta falar. Tenta dizer que está passando mal.

"Ele está tentando dizer alguma coisa", diz o carona.

"O que você acha que ele está tentando dizer?", diz o motorista, irritado. O motorista é o homem do dente de ouro. "O que você diria, se fosse você? Ele está tentando dizer, me soltem!" O motorista produz um chiado com a boca. "Treats, às vezes eu fico pensando em você, cara. Em como você é burro, cara."

O locutor no rádio anuncia a próxima música, "Smooth Operator", da Sade. O motorista aumenta o volume, fica cantarolando.

Paul escorrega o corpo na direção da porta, enfia os dedos do pé na maçaneta para tentar abri-la. Ele puxa a alavanca e depois empurra a porta com força, com os dois pés. Os homens olham para trás: o carona, o homem chamado Treats, estica um braço por cima do encosto do banco e lhe acerta um safanão.

"Para com isso", ele diz. "Te comporta."

A porta precisa de duas mãos: uma para puxar a alavanca da maçaneta e outra para empurrá-la enquanto a alavanca continua puxada. Ele enfia os dedos do pé por baixo da alavanca e puxa, tentando instruir o seu outro pé a fazer o oposto, a empurrar. Ele sente um dos pés se soltando, a porta se abrindo alguns centímetros. Treats segue batendo nele, mas ele não dá bola: tudo que precisa fazer é abrir aquela porta e sair do carro. Paul pensa apenas em seus pés: os dedos do pé esquerdo precisam fazer *isso*; os do direito precisam fazer *aquilo*. A porta se escancara totalmente: o exterior, em tons verdes e marrom-escuros, passa rápido, borrado. Ele tenta saracotear o corpo na direção da porta aberta. A porta oscila, meio fechada, totalmente aberta, meio fechada, totalmente aberta. Então, o carro para de repente e Paul é arremessado para a frente e despenca no vão dos pés. O motorista joga o banco para trás, querendo prendê-lo: a cabeça de Paul fica prensada debaixo dele, os suportes de metal pregando-a no chão. Parece com aquela vez em que ele enfiou a cabeça por entre as barras do portão da frente, em casa e, estupidamente, ficou preso lá. Daquela vez, foi o terror do que Papai teria dito que fez com que ele se esfolasse para desentalar a cabeça da grade, sentindo o sangue aprisionado nas orelhas, para recuperar a liberdade. Ele consegue soltar a cabeça, seu crânio ainda latejando. Treats sai do carro, bate a porta com força, baixa o pino. O carro afunda novamente quando ele volta para dentro. Pela fresta debaixo do banco, Paul vê os pés do motorista acionando os pedais: embreagem, acelerador, primeira marcha; embreagem, acelerador, segunda; embreagem, acelerador, terceira. Uma brisa entra pelas janelas. Um dos homens aumenta o volume do rádio. Os tênis do homem estão embarrados. No pé esquerdo, encostado no chão, o cadarço está desamarrado. Lentamente, Paul vai girando até ficar de costas. Lá em cima, ele vê manchas negras de mofo no teto. Consegue ver pela janela do motorista que ainda está claro, mas pouco, o céu num azul-arroxeado, a luz se esvaindo como água por um ralo. Os postes já estão acesos. Por toda parte, nas montanhas, os pássaros estarão acomodados em seus ninhos quentinhos. Logo, eles afofarão suas penas para dormir, enfiarão o bico no peito; as criaturas da noite estarão se preparando para sair.

Ele precisa tentar mais uma vez; precisa continuar tentando até sair daquele carro. Precisa sair dali. Às vezes — às vezes não: frequentemente, aquilo acontece muito — não há manchete nenhuma nos noticiários. Outras vezes é fácil. Existem muitas histórias de gente sendo sequestrada, e os sequestradores imbecis fazendo coisas como dar uma passada numa loja para comprar rum ou *roti*, e o sequestrado saindo do carro e indo embora, balançando a cabeça, sem acreditar. Na escola, quando essas histórias são contadas, elas são sempre tratadas como uma grande piada. Até os criminosos são incompetentes neste país! E as crianças se juntam na cantina, nas salas de aula, ou nos corredores, recriando cenas de *Duro de matar*, Bruce Willis todo suado e sedutor em sua regata branca, derrubando portas aos chutes e entrando nas salas e apontando sua arma daquele jeito super-rápido, esquerda-direita-esquerda! É assim que você sequestra as pessoas, brincam os meninos. Esses caras precisam assistir a mais uns filmes pra aprender como se faz.

Eles estão numa grande avenida: há outros carros passando agora, o farfalhar e os estalos dos caminhões, o latido dos cães, vozes nas ruas conversando, rindo. Música: "What's Love Got to Do with It?". É aqui que ele precisa sair; é aqui que ele precisa abrir a porta, tirar seu corpo de dentro deste carro, e jogá-lo na rua. As pessoas vão apontar, gritar; as pessoas vão erguê-lo, desamarrar suas mãos e seus pés. Os homens fugirão rapidamente em seu carro, e ele estará a salvo — arranhado e ferido e dolorido, mas a salvo. Ele precisa abrir a porta outra vez. Ele traz os joelhos até o peito, usa toda sua força para rolar para a frente, para ficar numa posição sentada. Os pés sustentam seu corpo; ele se move na direção do banco. Há toda uma comoção no banco da frente: xingamentos, braços esticados para segurá-lo, o motorista pisando fundo primeiro no acelerador, depois no freio, em seguida no acelerador de novo. Com o queixo, ele tenta puxar o pino para destrancar a porta, mas não consegue. Ele precisa de seus dentes. Se ele pudesse usar os dentes, conseguiria fazê-lo. Treats estica o braço para trás, segura o braço de Paul, puxa-o para a frente.

"Eu já te falei! Te comporta!", diz Treats. A mão do homem está em sua garganta. Paul sente os olhos se esbugalharem, o rosto inteiro começa a se encher de sangue por dentro. "Você quer ficar no porta-malas? A gente vai te jogar no porta-malas, tá ligado?"

De algum lugar vindo de fora, uma voz de mulher grita: "Olha! Olha! Ele está amarrado!".

"Ai, meu Deus", outra voz diz. "Olha!"

Treats o joga de volta no banco; o outro homem engata a primeira marcha e sai, *vuum*. As peças internas de sua cabeça estão todas fora de lugar; a sensação é a de água sendo jogada de um lado para outro. Ele fecha os olhos, fica ouvindo as borbulhas e os gargarejos do próprio corpo, o barulho das coisas tentando voltar aos seus lugares. Ele não sabe se elas voltarão ou não. Não sabe mais nem qual é o seu nome, ou que dia é hoje, ou se ele está mesmo ali. Talvez esteja morto. Ou talvez esteja de novo no mar, em Toco, rodopiando dentro da água, como numa máquina de lavar. Se ele tiver a chance de fazer aquilo de novo, se estiver mesmo no mar, em Toco, dessa vez vai sair de lá sozinho. Ele não sabe como, só sabe que dessa vez ele vai dar um jeito de reunir toda a força necessária em seu corpo e vai sair de lá sozinho.

Aos poucos a agitação vai diminuindo. Há um latejamento em seu pescoço, no lugar em que os dedos do homem o agarraram, e o cheiro da cera oleosa sobre o vinil, e o deslizar para a frente e para trás à medida que o carro se movimenta. Ele não está em Toco, caminhando altivamente sobre as pedras; não está em casa jantando com sua família. Ele permanece no banco traseiro do carro. O rádio está tocando a faixa da madrugada, música de elevador.

Se ao menos tivesse esperado até eles chegarem a uma rua movimentada antes de tentar escapar, ele com certeza teria conseguido. Com a porta aberta, as pessoas na calçada ou nos outros carros o teriam visto. As pessoas teriam parado o carro, tirado ele de lá, o desamarrado. Em vez disso, ele se precipitou e desperdiçou sua melhor oportunidade num lugar onde não havia ninguém para ajudá-lo e, depois, desperdiçou sua segunda chance também. Terá de esperar pela próxima brecha, pela próxima oportunidade, ele pensa; tudo que precisa fazer é esperar por ela e, quando ela vier, agarrá-la, e agarrá-la depressa, e aí não vai ter foto nenhuma no jornal, e ele poderá andar novamente por aquela rua e contar a história de como conseguiu fugir daqueles homens. Ele não é capaz de cuidar de si mesmo? Ele sabe cuidar de si mesmo, muito melhor do que Peter. Já faz muito tempo que ele vem caminhando pela noite, explorando os arredores, aprendendo a lidar com as situações — ele não sabia, de fato, para que aquilo tudo serviria, mas aqui, agora, aquilo tudo ganhou um propósito.

Desde pequeno, ele vem se impondo pequenos desafios: caminhar por todo o quintal; caminhar até o final da Trilha; caminhar até a pedreira e voltar. Uma vez, ele desafiou a si mesmo a ir até o quintal do tio Romesh, com seus pastores-alemães. Pensando nisso hoje, foi uma coisa idiota de se fazer, mas os cães não eram adultos nem tão bravos quanto agora. Ele escolheu uma hora em que nem tio Romesh nem tia Rachel estavam em casa, e os cães estavam soltos, dormindo em algum ponto do quintal. Ele sabia, enquanto os cães corriam em sua direção, que a coisa toda seria decidida nos primeiros segundos; que eles o atacariam ou o deixariam passar. E ele sabia, de alguma maneira, que tinha que ignorar o pânico e permanecer calmo; que precisava realmente controlar a mente e o corpo e permanecer totalmente calmo. Até hoje ele não entende direito como foi que fez aquilo, apenas que conseguiu, e que aquilo fez com que sentisse que ele tinha um superpoder. Os cães ficaram farejando à sua volta (os focinhos vinham até seus ombros), e ele ficou calmo, verdadeiramente calmo. Quando sentiu que era o momento certo, ele simplesmente

saiu andando em direção à casa, e os cães pararam de cheirá-
-lo e o deixaram passar.

Ele não será capaz de lutar com esses homens, isso está
bem claro; terá de invocar seus poderes, usar alguma outra tá-
tica. Ele pensa no que lhes dirá assim que tirarem aquela fita
de sua boca. Ele dirá, escuta, gente, o que é que tá rolando?
Dirá, não precisa dessa violência! Eu estou cooperando! Sou
do tipo tranquilo, que coopera! Dirá, vocês pegaram um peixe
pequeno aqui, tá ligado? Vocês devem ter me confundido com
algum outro Deyalsingh, quem sabe com aquele que tem a
ferragem? Ouvi dizer que eles têm muita grana. Meu pai não
tem grana nenhuma. Mas se liguem. Olha que coisa. Eu estava
prestes a dar no pé daquela cidade de qualquer maneira. ("Dar
no pé" soa bem, tipo uma coisa que dizem no cinema.) Que tal
vocês me soltarem, e eu vou embora de Trinidad rapidinho e
vuum, simplesmente desapareço? (*Desapareço.*) Vocês podem
dizer pra todo mundo que me mataram. Ninguém precisa saber.
Eu nunca vou falar pra ninguém, nunca vou voltar pra poder falar. O que vocês acham? Parece uma boa? Talvez isso os con-
vença a soltá-lo. Ele fica se imaginando andando pela estrada
no calor intenso do meio-dia, limpando a terra dos cotovelos e
dos joelhos. Ele iria até a costa, convenceria alguém a colocá-
-lo num barco e iria embora. Ele se dá conta de que não consegue abrir totalmente um dos olhos; no ouvido daquele mesmo
lado, tudo que consegue ouvir é um zumbido agudo. Seu corpo
inteiro está doendo, como se tivesse sido jogado por aí enquanto estava inconsciente. Talvez tenha sido isso mesmo; ele
não consegue se lembrar. Paul engole a saliva cuidadosamente,
se concentrando para não vomitar. Eles estão dirigindo em alta
velocidade. Lá fora, a estrada está silenciosa, não há mais postes de luz. O céu está escuro; a noite chegou. Ele fecha os olhos.
Vai usar esse tempo para descansar, para que, quando a oportunidade surgir, ele esteja pronto.

15

A estrada seguia acidentada, esburacada, lenta; ao longo da última meia hora, mais ou menos, Paul ficou achando que eles estavam percorrendo uma estrada de chão batido. Agora o carro faz uma parada; o motorista desliga o motor, boceja, bem alto e devagar.

"Tá escuro, cara!", diz Treats. "Tá vendo como tá escuro?"

Os homens saem do carro, abrem o porta-malas, mexem lá dentro. Paul está deitado, meio dormindo, meio acordado, ele já não sabe há quanto tempo, mas não se sente descansado, apenas exausto.

"Achei que a gente ia chegar aqui mais cedo", diz Treats. "Como é que a gente vai chegar lá no lugar? Robert! Cadê você? Liga os faróis, cara. Eu não tô vendo nada."

"Tu tem medo do escuro?", pergunta o motorista, zombando.

"Que isso, moleque! Não tenho vergonha disso não", diz Treats. "Claro que tenho medo. Todo tipo de coisa vive por aqui, cara."

O homem sério, aquele cujo nome provavelmente é Robert, inclina-se para dentro do carro pela janela, gira a chave na ignição; o escuro desaparece. Na frente do carro há uma árvore tombada, a base de um tronco enorme apodrecida, suas raízes expostas ao ar.

"O que a gente vai fazer? A gente não vai lá pra casa do patrão?", pergunta Treats.

"Não, ele disse pra ficar bem longe de lá", diz o homem chamado Robert. "Nós vamos ficar escondidos aqui até o pai dele pagar o dinheiro."

Paul escuta barulho de papéis, de sacolas de náilon, sente o impacto suave de objetos sendo mudados de lugar no porta-malas, bem atrás de onde ele está sentado. Em seguida, um tilintar de vidro, um rasgo num tecido, um barulho líquido, um cheiro de gasolina. O coração de Paul bate depressa; ele olha de um lado do carro a outro. Ouve-se o ruído de um dedão tentando acender um isqueiro e, depois, um clarão que se estabiliza e aumenta, transformando-se numa nova presença, como se houvesse quatro pessoas ali entre eles em vez de três. Pela janela traseira, Paul vê o homem sério, Robert, erguendo uma garrafa de Carib, um pedaço de pano enfiado nela, embebido em gasolina, produzindo uma chama luminosa. O outro homem, Treats, está parado de frente para uma árvore, as pernas abertas, as calças com os fundilhos caídos. Talvez eles estejam numa floresta — muito embora as árvores sejam um pouco escassas aqui, e se eles conseguiram trazer o carro até este ponto, devem ter vindo por algum tipo de estrada. À sua frente, depois da árvore tombada, há uma coisa que pode ser uma trilha, subindo uma encosta em zigue-zague.

Treats abre a porta para ele. "Vem. Hora de caminhar", ele diz. Ele coloca os pés de Paul sobre o banco, abrindo bem a porta; com um estilete, corta cuidadosamente a fita isolante, uma linha reta entre os tornozelos de Paul, pela frente. Ele o puxa pelos tornozelos até que os pés de Paul fiquem no chão, e então o ajuda a ficar de pé, o vira de costas e corta com cuidado a fita isolante às suas costas. "Não tenta fugir", ele diz. E então ele acrescenta, numa voz grave, como a de um narrador num filme americano: "No meio do mato, ninguém vai ouvir teus gritos".

"Treats, deixa disso e vem pegar alguma coisa pra carregar", diz o motorista. Ele havia deixado a tocha em cima de um cooler azul e branco aos seus pés: ao lado do cooler há uma arma, um rádio e uma caixa de papelão com o logotipo vermelho dos biscoitos Crix. O homem chamado Robert pega a arma, dá uma olhada nela e depois a enfia dentro das calças. Ele não parece nada com um bandido: é todo arrumadinho e sério, como alguém que trabalha num escritório. Ele segura a tocha cuidadosamente com uma das mãos e depois pega a alça do cooler com a outra. "Pega a caixa", diz Robert. Ele põe o cooler no chão, fecha o porta-malas. Ele vai até o lado do motorista, gira a chave, a tira de lá e a enfia no bolso. Paul observa os dois voltando para a parte de trás do carro. Por meio segundo, ou algo assim, os dois se abaixam — Treats pega a caixa, Robert pega o cooler —, e Paul olha rapidamente ao redor. Mas, antes que consiga dar a ordem para suas pernas se moverem, Treats já o segura pelo braço mais uma vez, e eles caminham para a frente do carro, na direção da árvore tombada: outra oportunidade desperdiçada.

O homem chamado Robert apoia a tocha em cima do tronco, e ela se inclina e deixa cair um pouco do líquido em algum lugar em meio à madeira apodrecida da árvore. Alguma coisa — pedaços de casca, ou folhas secas — é tocada pelas chamas e se incendeia. "Cuidado pra não botar fogo nessa porra toda", diz Treats. Robert sobe em cima do tronco, segura com cuidado a garrafa de vidro e pisoteia os galhos que pegaram fogo. Ele se senta no tronco, desce escorregando pelo outro lado e então se vira para encará-los, erguendo a luz para que eles possam enxergar. "Traz o menino agora", ele diz.

Paul põe um dos pés no tronco e tenta jogar o peso do corpo naquela perna, mas é difícil sem os braços para ajudar. Treats põe a caixa no chão. "Eu te dou um impulso", ele diz. Paul tenta subir no tronco novamente: desta vez, Treats o segura pelos braços e o empurra para cima, até que ele fique em cima da tora, um homem de cada lado. Ele hesita — será que esta é uma nova oportunidade? —, mas Treats gesticula, fazendo menção de empurrá-lo para a frente, e Paul salta rapidamente e aterrissa no chão, ao lado do tal Robert. Depois, Treats faz o que Paul fez instantes atrás: ele põe um dos pés em cima da tora, dá um impulso com o outro pé, que o leva ao topo, e depois salta para o chão. Um rolo de sacos de lixo pretos cai de dentro da caixa, e ele o pega e o joga lá dentro de novo. Robert dá meia-volta e começa a levá-los pela trilha, segurando a tocha bem alto; Paul o segue, os olhos vasculhando à direita e à esquerda atrás de qualquer sinal — qualquer sinal de qualquer coisa que possa ser útil; e Treats segue atrás dele com a caixa de papelão.

Ouve-se um farfalhar vindo de algum ponto mais adiante. Robert endireita o corpo, põe a mão na arma. O coração de Paul bate depressa: ele para, sem saber se é para seguir em frente ou voltar. Os homens também param. Uma criatura atravessa correndo a trilha, de um lado do mato para outro: Paul tem um rápido vislumbre de uma pelagem lustrosa, uma pata peluda.

"Ai, ai, ai!", diz Treats. "Meu Deus! Que cagaço!" Ele gargalha ruidosamente. "Meu Deus!"

"Uma paca", diz Robert. Ele volta a andar; Paul o segue e, depois dele, Treats.

"Achei que fosse uma dessas criaturas", diz Treats.

"O que, bicho-papão?"

"Não, cara. *Mama Dlo* e esse tipo de coisa", diz Treats. Ou uma *soucouyant*.* Eu me cago de medo de *soucouyant*!" Ele dá um tapa no ombro de Paul. "Tu já viu uma *soucouyant*?"

---

* No folclore de Trinidad, *Mama Dlo* é uma entidade que protege as criaturas dos rios, e *soucouyant* é uma feiticeira que bebe sangue. [N. T.]

Paul balança a cabeça.

"Eu já vi uma *soucouyant*. Não muito longe daqui, eu vi, e Deus é minha testemunha. Eu estava deitado, cuidando da minha vida, e estava um breu de tão escuro, tipo agora, e de repente vi essa coisa que parecia uma bola de fogo vindo na minha direção."

"E o que você fez?", Robert pergunta.

"Fechei a janela bem rápido!", diz Treats. "E saí correndo pela casa, enfiando tudo que encontrava nas frestas, camiseta, meia, livro, jornal, tudo que eu encontrava pela frente!"

"Eu não tenho medo de *soucouyant*", diz Robert. "Ela quer chupar meu sangue? Pode vir chupar, se quiser!"

"Mas você acordaria esgotado de manhã, cara", diz Treats. "Você nem conseguiria levantar da cama de *tão exausto* que estaria, depois que a *soucouyant* tivesse sugado todo o seu sangue. Talvez você ainda estivesse vivo, mas por pouco."

"Não tenho medo dela", diz Robert. Ele olha para trás, para ver se eles ainda estão atrás dele. Ele não parece ser um cara ruim, parece uma pessoa normal, tipo o tio de alguém. "Eu me cago de medo é dos *douen*, cara!"

"Sim, os *douen*. Eu também."

"Você sabe o que é um *douen*?", diz Robert, olhando para Paul.

Paul faz que sim com a cabeça, mas Robert continua falando mesmo assim, naquela voz grave que as pessoas usam pra falar desse tipo de coisa. "Os *douen* são as crianças que morreram antes de nascer", ele diz, "e elas vivem aqui, na floresta." Ele faz uma parada, e eles ficam ali, meio amontoados, debaixo da luz da tocha. "E se algum dia você se deparar com uma delas, vai ser fácil reconhecer, porque você vai notar na hora que a criança não tem rosto e que seus pés estão virados para trás. E se alguém gritar seu nome quando você estiver na rua e já estiver escuro, o *douen* vai roubar seu nome, e vai roubar a sua alma, e você vai virar um deles."

Faz-se um silêncio esquisito, e então Treats cai na gargalhada. "Meu Deus, olha só como o moleque tá se tremendo todo, cara! Cê apavorou o moleque!" Treats o segura pelos ombros e lhe dá uma sacudidela amistosa.

Os homens continuam falando durante toda a subida em direção ao topo da encosta; a trilha vai ficando mais estreita, até desaparecer completamente, deixando somente a mata cerrada à sua volta. Paul se mantém próximo ao homem que vai na frente, para enxergar com sua luz. Ele tenta não chorar; não há lugar para choro aqui: ele precisa ficar de olhos bem abertos para a sua oportunidade. Ele fica lembrando de todas as fotos que tinha visto nos jornais, de homens — dois homens, um em cada ponta — tirando cadáveres de dentro de matagais como este. Mas esses homens não são ruins; pelo menos não muito. Não são malucos. Se fossem malucos, ele não teria a menor chance, mas, com esses homens, talvez ele tenha alguma, desde que não desmorone e comece a chorar. Ele já é gente grande agora; tem que cuidar de si mesmo. Enquanto caminha, presta atenção no chão, cuidando para ver onde pisava com os pés descalços: pode facilmente haver cobras aqui, escorpiões, centopeias e taturanas, num mato como este. Na verdade, ele já foi picado, só por coisas pequenas, formigas ou mosquitos, e a cada meia dúzia de passos ele tenta usar um pé pra coçar uma picada na outra perna. Eles atravessam um trecho íngreme, inclinado pra cima, todo de terra vermelha, com raízes e galhos caídos que Treats precisa ajudá-lo a superar; e depois mais um trecho íngreme, este inclinado para baixo, que ele desce aos tropeços; até que chegam a um rio. Robert para na beira, ergue a tocha mais uma vez para olhar para a água: ela é larga e lenta num trecho, e estreita e veloz em outro. "Aqui", ele diz, e vai na direção da parte mais estreita, que é branca e borbulhante por causa de toda aquela água correndo depressa. "Opa. Peraí", ele diz. Ele se enfia na água, vai escolhendo as pedras nas quais pisar para a outra margem, e larga o cooler no chão. Depois volta, pega Paul por um dos braços e o conduz por dentro da água. Treats atravessa pela parte mais larga; no meio, ele afunda até os ombros, ri e segura a caixa de Crix sobre a cabeça.

Quando estão atravessando o trecho final, Paul sente areia lhe pinicando o rosto, escuta o barulho ritmado das ondas se levantando e quebrando. O ar tem o cheiro da imensidão do mar. Eles chegam ao lugar, uma espécie de casa abandonada, construída pela metade, só quatro paredes de tijolo e um piso, com buracos deixados nas paredes para as janelas, e algumas folhas de zinco instaladas onde deveria ficar o telhado. Os homens largam suas coisas perto de uma das paredes — Paul tem um vislumbre, quando a tocha se desloca junto com eles, de algumas outras coisas espalhadas pela casa: galochas, engradados de bebida de plástico empilhados, cortadores de grama, jornais, papelão dobrado. O tal do Robert o leva para fora e abaixa suas calças para que ele possa mijar, e depois as puxa para cima e o conduz de volta para dentro da casa. Robert pega alguma coisa da pilha e sai. Treats arrasta o papelão de um lado para outro, cantarolando enquanto o faz. "Tá com sede?", ele diz. Paul balança a cabeça com cuidado. "Já vou te trazer um pouco de água." Paul tenta se manter de pé enquanto espera. Ele tem a sensação de que pode desmaiar. Treats vai até a pilha de coisas na outra parede e fuça nela, tira um carretel de arame de lá. "Vai pra lá", ele diz, apontando para o papelão. Quando Paul não se mexe, ele diz: "Você vai querer dormir em pé?". Paul está perto da porta; não tem ninguém atrás dele. Treats, às vezes, lhe dá as costas. Na próxima vez em que Treats o fizer, ele sairá correndo pela porta, voltará correndo por todo o caminho que eles fizeram, ou correrá em qualquer direção, desde que seja pra longe dali. Ele fica parado olhando para Treats, sua mente ensaiando os movimentos. Mas até onde ele conseguiria chegar sozinho? Os homens o pegariam antes que ele tivesse percorrido dez metros, e quem sabe o que poderiam fazer depois disso? A melhor coisa a fazer é entrar no jogo deles e tentar permanecer vivo. Lentamente, Paul caminha até o papelão estendido no chão; está úmido, com manchas escuras em vários pontos, cheirando mal. O homem se aproxima com o arame: ele o enrola nos pulsos de Paul, por cima da fita isolante, e depois o passa pelos furos dos tijolos na parede. "Guenta aí", ele diz. Ele leva a tocha para fora. A luz aparece do outro lado da parede, através dos buracos dos tijolos: o homem pega as pontas do arame e as amarra em alguma coisa lá fora. Paul o escuta conversando com o outro homem, Robert; mais tarde, mais longe, ele ouve os dois abrindo garrafas de cerveja. Durante algum tempo, ele fica sentado, pensando que o homem logo voltará trazendo água para ele. Sua garganta está tão seca que ele mal consegue engolir. De tempos em tempos, ele espera que a saliva se acumule e a engole lenta e cuidadosamente, tentando fazer com que ela umedeça tanto a boca quanto o fundo da garganta. Ele ouve o som de cartas sendo embaralhadas, o som das cartas escorregando umas sobre as outras enquanto são distribuídas. Eles devem estar a uma pequena distância da porta da casa, mas Paul consegue enxergar uma luz oscilando vinda da tocha. Ele fica de pé, puxa discretamente o arame que prende suas mãos ao tijolo. Parece estar preso a um cano do outro lado, pela sensação que experimenta ao esfregar o arame por lá. É arame para cerca, ele conhece aquele tipo. Papai tinha comprado um monte na ferragem e usado para tapar uns buracos na cerca e no portão da frente. Você precisa de um alicate de corte bem afiado para esse tipo de arame: Papai pega um emprestado com o tio Romesh, quando ele precisa. Paul tenta torcer as mãos para um lado e para outro, mas não consegue soltá-las. Se ao menos pudesse usar os dentes, ele poderia arrancar a fita isolante dos punhos, e talvez isso já ajudasse de alguma forma.

Ele inclina a cabeça para trás e a encosta na parede. Há quanto tempo ele está ali? Tem a impressão de que faz muito tempo que estava sentado tranquilamente no meio do mato, sozinho; muito tempo desde que acordou aquela manhã para se arrumar para ir pra escola e saiu andando pela estrada, com Peter, vestindo seu uniforme limpo, sua mochila nas costas, para pegar o maxi táxi. Ele fica pensando no que eles estão fazendo em casa, se Mamãe e Papai e Peter estão preocupados com ele. Um dos homens, Robert talvez, disse que eles ficariam escondidos aqui esperando até que o pai pagasse o dinheiro. É melhor não esperar por nada, é melhor não ficar sentado aqui torcendo para que o Papai pague esse dinheiro, não importa quanto seja. Eles não podem cuidar dele pra sempre. Ele precisa cuidar de si mesmo.

Algum tempo depois, quando ele abre os olhos, a luz tremulante havia desaparecido; em seu lugar, a luz clara e uniforme da lua, brilhando por um buraco no telhado. Talvez os homens tenham ido embora. Ele fica de pé e, mais uma vez, tenta soltar as mãos. Ele puxa e se debate; algo metálico colide ruidosamente contra o outro lado da parede. Ele puxa com mais força, estica, retorce, retesa o arame, sem se importar com o barulho. Ninguém aparece, ninguém lhe diz para ficar quieto. Ele descansa, tenta mais uma vez. Por fim, ele se senta de novo, encosta a cabeça na parede. Lentamente, as sombras começam a rastejar pelo chão.

16

Clyde sabe, no momento em que ouve a voz do homem do outro lado da linha, sobre o que é aquela conversa. Ele escuta a sua própria voz respondendo ao homem, respondendo num tom calmo, dizendo que sim, quem fala é Deyalsingh, Deyalsingh de La Sagesse; sim, ele é o cunhado de Romesh "Sinistro" Ramcharan. Ele evita olhar nos olhos de Joy. A luz do outro lado da janela é a luz radiante e serena do meio da manhã, o céu muito azul, como em qualquer outro dia. Um cortador de grama zune em algum ponto da Trilha. O homem se apresenta educadamente, diz para quem ele trabalha, e que eles estão com o menino, e que o menino está bem. Diz para Clyde pegar um lápis, para anotar um número. "Pode falar pra mim", diz Clyde. "Eu não vou esquecer." Mas o homem diz para ele pegar um lápis mesmo assim; as pessoas sempre acham que vão se lembrar, ele diz, mas aí, em vez disso, esquecem. "Anota aí, e estamos conversados", diz o homem. Clyde estica um braço na direção da mesa de centro, pega o jornal de ontem, a caneta esferográfica. As mãos de Joy estão nas bochechas. Ele ajeita o jornal sobre a coxa, posiciona a caneta sobre a margem. O homem fala o número; Clyde anota. Pelo telefone, há o barulho do gás escapando de uma garrafa de plástico sendo aberta, o *glu-glu* discreto do líquido descendo pela garganta do homem.

"Você anotou?", pergunta o homem.

"Anotei."

"Ótimo. Quando você acha que vai conseguir?"

"Eu tenho que ver", ele diz. "É muito dinheiro. Eu não tenho esse dinheiro todo."

O homem lambe os lábios, rosqueia a tampa de volta na garrafa. "Se liga", diz o homem. "Eu sei quem você é, e você sabe quem eu sou. Não é? Não tem segredo nenhum aqui."

"Eu não sei nada sobre você", diz Clyde. "Achei que estava muito longe de pessoas como você."

"Viu, é disso que estou falando", diz o homem. "Nem perca seu tempo com esse faz de conta aí. Você tá fazendo todo mundo perder tempo." Ele repete o nome do patrão, um nome que todo mundo em Trinidad conhece, e ele fala o endereço completo do homem, em Caroni, não muito longe da zona industrial onde Clyde vai trabalhar todos os dias. Clyde já conhece o lugar, de fotos de jornal, ou de histórias dos outros que o haviam visto: uma fortaleza com muros altos de tijolo com arame farpado no topo, e nada por perto por quilômetros, exceto a planície pantanosa onde um dia havia arrozais, mas hoje restam apenas ervas daninhas. "Então nem perca seu tempo achando que pode ir contra isso", diz o homem. "Apenas concentre-se em conseguir essa grana. Em dinheiro vivo, o.k.?"

"E se eu não tiver esse dinheiro?"

"Você tem, a gente sabe que você tem."

"E como é que você tem tanta certeza?"

"Seu cunhado, cara!" O homem eleva a voz, impaciente. "Sinistro! Ele nos contou tudo sobre o médico, e sobre como o médico te deixou todo o dinheiro dele, e que você não dividiu nada com ninguém até agora. Nós sabemos tudo a respeito. É o que estou te dizendo, não perca seu tempo..."

O homem segue falando, mas Clyde não escuta mais nada. Ele balança a cabeça ao telefone, dizendo: "Certo, certo" e

"Bom, vamos ver". Quando desliga, o cortador de grama já havia silenciado lá fora.

"O quê?", diz Joy. "Que foi? Ele está bem?"

"Acho que sim", ele diz. Juntos, eles ficam olhando para o número escrito na margem do jornal. Ele segura as mãos dela. "Romesh armou tudo isso", ele diz.

Clyde segura as mãos de Joy — mãos duras, secas, os dedos gelados —, até que ela as afasta dele. Fica encarando a parede, o rosto sem expressão. Uma mosca pousa em seu ombro; Clyde fica vendo ela andar pela sua camiseta até a gola, esfregar suas patas peludas. O cortador de grama volta a funcionar. O relógio na parede segue em seu tique-taque.

É melhor viver sem ilusões, ele acha. Joy talvez não compreenda. Talvez as mulheres prefiram ilusões. Houve um momento, muito tempo atrás, em que ele viu as coisas com aquela mesma clareza pela primeira vez, quando ele e seu pai estavam tendo uma briga, bem ali, naquela sala. O pai havia batido nele com alguma coisa — um prato talvez, ou uma xícara, alguma coisa que ele pegou na mesa do jantar —, e Clyde sentiu o calor se concentrando em sua testa conforme o hematoma ia se formando. As irmãs de Clyde ficaram assistindo da cozinha. E Clyde olhou para trás, para o pai, e se deu conta de que ele não era mais tão grande e tão forte quanto um dia havia parecido; e se deu conta de que, desde que estivesse disposto a se sustentar sozinho, não havia nenhum motivo para permanecer ali e continuar vivendo daquele jeito; que ele era, na verdade, totalmente livre para sair porta afora e nunca mais voltar. E assim ele juntou suas coisas numa sacolinha de plástico do Tru-Valu, calçou seus chinelos de dedo e foi embora. E, enquanto caminhava pela Trilha, ele percebeu que estava sozinho e, muito embora aquilo o tenha feito sentir medo naquele momento, Clyde também sabia que aquela era a única maneira que ele poderia estar. É assim que ele está se sentindo novamente agora, sentado ao lado de Joy com o relógio fazendo tique-taque na parede e o cortador de grama zunindo lá fora: é um erro esperar qualquer coisa de qualquer pessoa; agir como se alguém devesse alguma coisa a você; a verdade, no fim das contas, é que qualquer um — amigos, família, qualquer um — pode traí-lo a qualquer momento, e você precisa estar com a guarda sempre erguida.

Joy está tremendo. "Querida, vá se deitar", diz Clyde. Ele precisa lhe sacudir os ombros repetidas vezes para que ela comece a se mexer. "Você não dormiu muito a noite passada", ele diz. "Vamos lá." Ele a faz se levantar, a faz contornar a mesa de jantar. Na cozinha, Joy se vira para ele, o envolve nos braços. É uma sensação estranha: ela quer um tipo de conforto que ele não está disposto a lhe dar. "Clyde", ela diz. Ela está chorando. "Onde ele está? O que estão fazendo com ele? Diga para Romesh dizer para eles não serem cruéis com ele", ela diz.

"Eles não vão ser cruéis", diz Clyde. "Por que seriam?" Ele tenta usar um tom tranquilizador, mas ambos sabem que suas palavras são vazias. Os homens serão cruéis se eles quiserem. "Querida, vá se deitar", ele diz outra vez, tentando lhe dar um empurrãozinho. "Vá se deitar e descansar. Eu preciso ligar pro Seepersad."

Ela abre a boca como se quisesse dizer alguma outra coisa. "Vá descansar", Clyde diz, com firmeza. Ele diz que levará uma xícara de chá adoçado para ela. Ele a leva para cama, puxa o lençol, a ajuda a se deitar. "Quer que eu ligue o ventilador?", ele pergunta. O quarto está quente, mas Joy continua tremendo. Ele liga o ventilador na velocidade mais baixa e o posiciona de forma a não apontá-lo diretamente para ela, apenas para fazer o ar circular dentro do quarto. "Tudo bem? Tá confortável?", ele pergunta. Joy olha para ele sem expressão. Seu cabelo está todo bagunçado, todo arrepiado nos lugares errados. "Já te trago o chá", ele diz. Ele fecha a porta às suas costas quando sai.

Clyde está de pé na frente da pia, mexendo o saquinho de chá dentro da caneca, quando o telefone toca mais uma vez.

"Oi, Clyde, oi." É apenas o sr. Bartholomew. "Só estou ligando pra saber se o Paul já voltou. Vi que você não saiu hoje de manhã no seu horário habitual. Alguma notícia dele?"

"Notícia", repete Clyde. "Acho que dá pra chamar desse jeito."

"Meu Deus", diz o sr. Bartholomew. "O que foi que houve? Ele está morto?"

"Nós achamos que não", diz Clyde. Ele diz aquilo de uma maneira leve, mas não está gostando do tom do sr. Bartholomew. Vai saber quem mais está envolvido nessa coisa? Talvez todos estejam colaborando com ele, torcendo para que uma pequena porcentagem caia em seus colos. Clyde fica pensando em como, apenas duas semanas atrás, depois de voltar para uma casa escura e silenciosa, ele foi até o portão do sr. Bartholomew e chamou por ele e pediu ajuda ao vizinho. E durante toda aquela noite, a noite do assalto, o sr. Bartholomew esteve aqui, todos os vizinhos estiveram, e todos eles tinham passe livre para andar por dentro de sua casa.

"Espera, deixa eu entender", diz o sr. Bartholomew. "Foi um sequestro? Ele foi sequestrado?"

"Pelo jeito."

"Meu Deus, cara", diz o sr. Bartholomew, num tom triste. "Ah, meu Deus. Cara, o que este lugar está virando? E vocês nem têm dinheiro! Qual o sentido de sequestrarem o seu filho?" Ele pergunta por Joy, por Peter; pergunta se eles falaram com Paul, se ouviram sua voz; pergunta se os sequestradores mandaram algum pedaço do seu corpo ou roupas ensanguentadas; às vezes eles fazem isso, ele diz.

"É melhor eu desligar", diz Clyde. "Tenho coisas a fazer."

"Clyde, espera. Você tem alguém em mente com quem possa falar? Você quer que eu peça para a minha cunhada ligar pra você? Ela é advogada. Talvez ela possa te ajudar. Ela conhece muita gente."

"Não", diz Clyde. Ele faz um esforço para falar aquilo de uma forma natural. "Agradeço muito, mas não, obrigado."

"O.k. Vou falar com ela de qualquer maneira, caso você mude de ideia. Pense nisso."

O chá havia esfriado quando ele retorna à cozinha. Ele o despeja na pia, enche de novo a chaleira, fica parado na frente do fogão esperando a água ferver. Mas o telefone toca outra vez: é a sra. Bartholomew agora, dizendo que acabara de saber da notícia pelo marido. Ela quer saber o que eles comeram hoje, se gostariam que ela levasse comida; pergunta onde Peter está, onde Romesh está, onde Rachel está; pergunta quanto eles pediram de resgate. Clyde fica pensando na expressão vazia no rosto de Joy, pensa nela deitada, catatônica, na cama, esperando que ele lhe traga o chá. "Melhor deixar essa linha desocupada", ele diz para a sra. Bartholomew.

"É claro", ela diz. "É claro."

Mas, assim que ele desliga, o telefone toca novamente: sra. Des Vignes, a última casa da Trilha, ao lado dos Bartholomew. Ela pergunta se eles sabem onde está o menino; a que horas os sequestradores ligaram; qual gangue está por trás disso; quanto dinheiro foi pedido; quem Clyde conhece na polícia, no Exército; como eles negociarão? Clyde responde a suas perguntas de forma mecânica. Para aquelas que não tem uma resposta, ele diz: "Não sei", e ela repete: "Não sabe ainda?", e ele responde: "Sim, eu não sei". "Você quer que eu ligue para o meu sobrinho pra você?", ela pergunta. "Ele conhece alguém na polícia." "Não, não. Não quero", ele diz. Quando desliga, Clyde fica olhando fixamente para o aparelho de telefone. Ele esqueceu de ligar para Seepersad: Clyde deveria estar no complexo industrial às sete, e agora faltam quinze para as onze. Joy ainda espera pelo chá. Ele aperta os olhos entre os dedos. O telefone toca.

Ele atende. "Quê?", ele grita. "Quem é agora?"

Há uma breve pausa antes de a pessoa responder, calmamente: "Aqui é o padre Kavanagh".

"Oi", diz Clyde. Ele encosta a cabeça na parede. "Oi, padre."

"Peter me disse que o Paul não voltou pra casa ontem à noite. Quero saber se ele já voltou pra casa agora."

"Não. Não voltou. E é melhor eu contar de uma vez pro senhor, já que toda Trinidad vai ficar sabendo até o fim do dia. Ele foi sequestrado. O senhor pode achar que pareço pobre, e que ninguém ia se dar ao trabalho de sequestrar alguém da minha família, mas os caras fizeram isso. Alguém me ligou pedindo um resgate. Então, é aí que ele está. Beleza?" Clyde fica esperando, mas o padre Kavanagh não diz nada. "O senhor me ouviu? Sequestrado. Neste momento ele está com os sequestradores. Tem gente me ligando a cada cinco minutos querendo saber o que está acontecendo. Todo mundo me oferecendo contatos." Ainda assim, nenhuma resposta. "Tá me ouvindo?"

"Sim. Eu estou te ouvindo."

O silêncio do padre lhe dá espaço para pensar. Sua respiração desacelera. Ele fica pensando se os padres são diferentes das outras pessoas; se, depois de te ajudar, eles também vão se virar pra você e exigir algum tipo de pagamento.

"Padre? O senhor está aí?"

"Estou aqui."

"O senhor poderia fazer uma coisa por mim?"

"O que eu posso fazer?"

Ele explica a ajuda de que precisa: apenas de um lugar seguro onde Peter e Joy possam passar os próximos dias, é só isso, algum lugar em Port of Spain. Eles nem precisam ficar juntos, Clyde diz, eles podem ficar separados, desde que ambos fiquem em lugares seguros e Peter possa ir à escola e tenha um espaço tranquilo onde consiga estudar à noite. "É só isso que eu estou pedindo", ele diz. "Não preciso de nenhuma outra ajuda além disso."

"Tenho certeza de que podemos encontrar um lugar", diz padre Kavanagh. Ele fala de uma maneira tranquila, sem pressa.

"É a única coisa de que eu preciso", diz Clyde. "E se puder me ajudar, vou ser muito grato ao senhor."

"Nós podemos ajudar, Clyde. Ficaremos felizes em ajudar."

"Ótimo", diz Clyde. "Ótimo. Vou dizer para Joy fazer uma mala para o Peter e vou providenciar um transporte para ela até Port of Spain."

"Eu posso ir até aí, se você quiser. Falo com o padre Malachy, peço para alguém cobrir as minhas aulas."

"O.k.", diz Clyde, desconfiado. "Mas... o senhor viria sozinho, padre? Sem mais ninguém?" Ele imagina quatro ou cinco padres lotando sua casa e tentando fazer com que ele cante hinos ou faça orações, ou seja lá o que eles fazem.

"Como você preferir."

"Prefiro que o senhor venha sozinho, padre. Isso seria o ideal."

"Ótimo."

"E diga ao Peter para ficar na escola. Não quero que ele venha com o senhor. É melhor que ele fique aí."

Clyde sente-se melhor quando desliga o telefone, mas, apenas alguns instantes depois, o telefone toca de novo. Não tem como baixar o volume dessa coisa: ou ele fica em silêncio ou berra, não tem um meio-termo. Clyde atende, escuta a voz de outro vizinho, desliga. E ele ainda nem ligou para o Seepersad nem fez o chá. Ele tira o telefone do gancho, fica tentando se recompor antes de ligar para Seepersad, porém, após algum tempo, percebe que está andando de um lado para outro na sala. Ele ainda cheira mal, de ontem. Deveria tomar um banho. Deveria fazer o chá. Deveria juntar um bando de homens e dirigir até o Caroni e invadir a casa do cara — mas ele sabe que isso não traria nada de bom, que isso apenas terminaria numa carnificina e nas coisas todas saindo fora de controle, ainda mais descontroladas do que já estão. A única saída é fazer tudo sozinho. Na parede, o ponteiro dos minutos do relógio de Jesus se move para a frente: uma hora já se passou desde a última vez que olhou para ele. *Anda!* Ele diz a si mesmo. *Faz alguma coisa!* Ele liga para o número do escritório de Seepersad no complexo industrial.

"Deyalsingh!", Seepersad diz, quando atende. "Onde você está? O que houve?"

"Eu queria ter ligado pra você mais cedo pra te avisar que não posso ir hoje ao trabalho", diz Clyde. "Mas acabei me perdendo no tempo. Desculpe."

"O que houve? Tá tudo bem?"

Não fazia sentido esconder aquilo: Seepersad ficaria sabendo por alguma outra pessoa até o final do dia. "Sequestraram meu filho", ele diz. "Noite passada ele não voltou pra casa, e eu achei que estivesse numa boate, e aí me ligaram hoje de manhã."

"Meu Deus", diz Seepersad. "Lamento ouvir isso, cara. Lamento muito mesmo." Ele pergunta se Clyde sabe quem está por trás daquilo, quanto eles haviam pedido. Clyde descreve os detalhes da ligação: fala sobre o homem em Caroni, a quantia que pediram. "Clyde, cara!", diz Seepersad, consternado. "Clyde! O que você vai fazer? Você já tem um plano?"

"Cara, o telefone não parou de tocar a manhã toda. Não consegui nem prestar atenção nos meus pensamentos. Eu preciso traçar um plano."

"Sim, faça um plano. Decida de que forma você vai lidar com esse assunto. Você está procurando um negociador? Quer que eu te coloque em contato com alguém?"

"Não, não", diz Clyde. Ele esfrega a testa. "Não."

"Escuta, eu sei que você precisa de um tempo pra pensar em tudo, fazer seus planos", diz Seepersad. "Vou te dizer o que posso fazer. Eu posso te adiantar algum dinheiro, o.k.?"

"Não, não, cara. Eu não quero dinheiro nenhum. Nunca pedi dinheiro emprestado pra ninguém, não vou começar agora."

"Não, não é um empréstimo. Estou dizendo que posso te adiantar alguns salários, é só isso. Se você quiser. Você não precisa decidir isso agora. Sua cabeça ainda está girando. Eu posso te adiantar três meses de salário, se você quiser. Te dou em dinheiro. Que moeda eles querem? Dólar americano ou de Trinidad?"

"Trinidad."

"Eu posso te arrumar uns americanos se você quiser, mas de Trinidad é mais fácil. Então, quando você quiser, é só falar. Eu te pago três meses adiantados. E eu posso pedir para alguém passar aí e deixar com você, pra você não perder tempo dirigindo até aqui. O.k.? Provavelmente não poderei ir, não quero que ninguém fique achando que estou envolvido, entende? Mas eu mando alguém."

"O.k., vou pensar nisso. Obrigado."

"Sem problema. Vai lá e pensa."

Ele deixa o telefone fora do gancho quando termina de falar com Seepersad. Não quer conversar com mais ninguém. Quer ficar parado num lugar, organizar os pensamentos, fazer com que a cabeça pare de girar. Ele pensa em Joy, ainda no quarto, esperando o chá. Ele esquenta a água na chaleira de novo, vai até o quarto para falar com ela, mas Joy já está dormindo. Ela está estranha: deitada de costas, a boca aberta, o rosto pálido. Ele se aproxima, para ver se ela está respirando, depois fecha a porta às suas costas silenciosamente.

O quarto dos meninos está à sua frente, a porta entreaberta. O sol brilha lá fora, um sol normal e intenso de meio-dia; a mochila de Paul ainda está no pé de sua cama, onde Peter a deixou, suas calças ainda dobradas na beirada. Uma meia branca, enrolada numa bola, aparece debaixo da cama.

Clyde entra no quarto. O enchimento do travesseiro de Paul está saindo; uma ponta de sua cama está envergada. No parapeito da janela há o característico pó marrom dos cupins; ele aplicou inseticida nas molduras das janelas no ano passado — talvez no retrasado — e os cupins já estão de volta. E Romesh — Romesh! — tinha dado a ele o telefone de uma empresa que daria um jeito naquilo de uma vez por todas, que cobriria toda a casa com lona e fumigaria o lugar inteiro, para que todas as criaturas que estivessem vivendo ali dentro morressem — todos os cupins, formigas, baratas, marimbondos, tudo. Se você tiver plantas ou flores, ou peixes, ou pássaros, ou qualquer coisa assim, disse Romesh, você precisa tirá-los de lá, porque todo ser vivo que ficar lá dentro morrerá. Essa é a única maneira de se livrar dos cupins de uma vez por todas.

Debaixo da cama de Peter estão suas pilhas de livros: cadernos da escola, o *Dicionário Webster de Inglês*, um Atlas Mundial. Livros que o tio Vishnu, há muito tempo, trouxe para que Peter lesse. Livros do Clube dos Sete, *A incrível árvore encantada. Manual das Doenças Tropicais mais Comuns.* A *Enciclopédia Pear's* de 1962. "Ele precisa de livros", disse tio Vishnu. "Continua dando livros pra ele, qualquer coisa que você encontrar." Peter tinha empilhado os livros em cima de um pedaço de papelão, para que pudesse puxar todos eles lá debaixo, como se fosse uma gaveta. Clyde se curvou em direção ao chão e puxou um livro: *Eletricidade e eletromagnetismo*. Ele vira as páginas, repletas de triângulos estranhos, rabiscos e setas, todos com algum significado oculto.

Ele põe o livro de volta onde estava. Vai até a cama de Paul, se senta lentamente. O lençol ainda está estendido, lisinho. Ele olha ao redor: exceto pelas paredes azul-bebê, aquele quarto está exatamente igual a como era quando Clyde dormia nele quando pequeno. A janela grande ali, a janela pequena lá; uma brisa soprando pelo cobogó perto do teto. Um lagarto está na parede, logo acima da janela — um desses pequeninos, cor de ferrugem, com uma lista branca descendo pela espinha. Ele fica olhando as laterais do corpo do lagarto subindo e descendo enquanto respira.

Paul estava em sua cama na noite retrasada, há pouco mais de vinte e quatro horas; agora ele não está. Clyde se deita, sente as pontas afiadas das molas fincar suas costas, seus quadris.

Ele tem tanta coisa para fazer. Tantos telefonemas a dar, gente com quem falar, coisas a organizar. Mas sua cabeça está latejando e ele não consegue pensar. Talvez ele durma só por alguns minutos; e então, depois que tiver descansado um pouco, dará início aos trabalhos. Clyde fecha os olhos, mas não cai no sono. Ele cobre o rosto com o travesseiro para bloquear a luz.

17

Os sons não lhe são familiares. Pássaros, mas não aqueles aos quais está acostumado; em vez disso, o discreto tagarelar de um pássaro que ele não reconhece e um guincho distorcido, remoto, de pássaros voando muito alto. E em vez da brisa suave e fresca que acaricia as cortinas em sua casa, agora há um farfalhar constante, o som agudo das folhas dos coqueiros sendo incessantemente agitadas pelo vento. Ele fica se perguntando se tudo aquilo não foi um sonho. Talvez tenha sido um sonho muito realista e muito ruim. Talvez ele tenha sonhado que os homens o arrastaram pelo meio do mato, sonhado com o longo percurso dentro do carro, sonhado com a caminhada pelo matagal com uma tocha. Por favor, que tudo isso tenha sido um sonho, ele pensa. Paul abre os olhos.

Não foi um sonho. Ele está deitado no chão de uma casa, numa espécie de casa, uma construção abandonada. O chão é de concreto puro, com ranhuras feitas por alguém que estava provavelmente tentando alisar o cimento com uma escova enquanto ele secava. As paredes são de tijolo cinza. O cimento vermelho-amarronzado que une os tijolos transbordou em alguns pontos, como quando você coloca geleia entre duas fatias de bolo e aperta, e a geleia escorre para os lados. Tem buracos quadrados enormes nas paredes no lugar das janelas, exibindo apenas o céu, um céu azul normal, como o de qualquer dia normal, as nuvens fofas e branquinhas. O ar é o ar fresco das manhãs.

Peter já deve estar na escola. Talvez a sineta esteja tocando para sinalizar o final do intervalo; logo os meninos estarão novamente sentados em suas mesas, a escola cairá em silêncio. Padre Kavanagh estará na frente da sala; a mesa de Paul, perto do corredor, vazia. Ele fecha o olho novamente e então percebe que o outro não está se mexendo. Na verdade, ele tem a impressão de que nem sequer existe um olho ali; parece que alguma coisa inchada está em seu lugar, uma massa disforme e dolorida.

Quando Paul abre o olho de novo, há um homem na soleira da porta. Não é nenhum daqueles da noite passada: este está vestindo um calção azul surrado e tem uma sacola pendurada num dos ombros. Seus olhos se arregalam, em choque. "Que porra é essa? Que que tá pegando aqui?" Seus olhos vão de Paul para a pilha de coisas no canto, e depois passam por cima do seu ombro. "Misericórdia! Que porra é essa?"

Paul se senta depressa. Ele está salvo, finalmente. Esse homem vai soltá-lo, com certeza. Ele mostra os punhos ao homem, o arame enrolado neles, passando pelos furos do tijolo. Lá fora, em algum lugar, Paul tenta dizer — aquele arame está preso a alguma coisa do outro lado da parede. O homem cobre a boca com uma das mãos e começa a recuar, olhando por cima do ombro, para Treats, que se aproxima às suas costas, pingando, molhado do mar.

"Foi tu quem colocou esse moleque aí?", o homem pergunta.

"É melhor tu ir embora, tiozão", diz Treats. "Dá no pé. Tu não viu nada."

"Que sem-vergonhice cês tão aprontando aqui?", pergunta o homem. "Cês são sequestradores? Cês sequestraram esse moleque?"

"Velhote", diz Treats. "Vaza. Tô te falando. Vaza rápido." Ele diz um nome que Paul já tinha ouvido antes, dito por adultos reunidos em garagens e varandas ou esperando no ponto de ônibus pelo maxi táxi para ir à escola. Um homem muito conhecido, um chefe do tráfico em Caroni, que construiu uma fortaleza para toda sua família estendida morar lá com ele, vinte, trinta pessoas.

O homem se afasta. "Isso aí é macabro", ele diz. Sua voz está mais baixa, mais distante. "Vocês são macabros! Macabros!"

Treats parte para cima do homem, na intenção de espantá--lo. "Eu tô fazendo um favor pro cara!", ele diz. "E o cara me chamando de macabro!" Uma poça de água está se formando aos seus pés. Ele balança a cabeça vigorosamente; água de seus cabelos esguicha nas paredes de tijolo.

Paul sente um aperto tomar conta de sua garganta. Ele não deve chorar na frente desse homem. Em vez disso, ele tosse. Olha fixamente para Treats, tosse mais uma vez.

"Ah, droga, esqueci de trazer uma coisa pra você beber!", diz Treats. Ele vai para fora, volta com um copo de isopor cheio de alguma coisa. Ele ajoelha-se na frente de Paul, põe o copo no chão. "Guenta aí", ele diz mais uma vez. Vai até a pilha, acha o estilete, retorna. Paul tenta ficar parado, tenta manter os olhos fechados; seu coração não parece nada normal, está batendo e borbulhando, como uma cachoeira.

"Fica parado", Treats repete o alerta. Ele faz um corte com a ponta da faca. "Tá pronto?" Um corte seco. A pele de Paul parece queimar quando a fita isolante se descola. Outro puxão, e outro, e outro. Do nada, lágrimas brotam em seus olhos, escorrem pelo seu rosto. "Coragem, coragem!", diz Treats. Ele pega o copo de isopor com cuidado e o leva até os lábios de Paul. Paul bebe devagar, mas o homem está impaciente, inclina-o mais rapidamente do que Paul consegue beber; a água começa a escorrer pelas laterais. "Qual é, eu pensei que cê tava com sede!", diz o homem. Ele ri, derrama o resto da água na cabeça de Paul.

"Cê quer comer?", Treats pergunta. "Cê quer um sanduíche ou alguma coisa?"

Paul o encara de volta, sem saber muito bem o que dizer. Todo aquele tempo ele vinha planejando as palavras que diria. "E aí, pessoal!" Ia dizer isso de um jeito relaxado e tranquilo. Mas ele não pode dizer "E aí, pessoal!" agora. Ainda está pensando no homem de calção azul: poucos minutos atrás, o homem estava na soleira da porta e teria ajudado, se pudesse. Outra oportunidade desperdiçada! Quantas mais haveria? Treats bate de leve em suas bochechas, primeiro só numa delas, depois levanta a outra mão e bate também na outra, bem rápido: pá-pá-pá-pá-pá-pá.

"Sim ou não?", diz Treats. "Qual dos dois?"

Paul balança a cabeça.

"Beleza, então", diz Treats.

*

O homem do dente de ouro, Robert, está de cócoras, na frente de Paul. "Olá." Ele dá tapinhas em seu rosto violentamente. "Olá. Acorde. Quem é você?"

Paul abre os olhos. É dia novamente. Ele não sabe ao certo quanto tempo se passou. Olha dentro dos olhos do homem, tentando reunir toda sua energia para responder a coisa certa. Dar um sorrisinho sacana, talvez, e dizer: "O quê, vocês me trouxeram até aqui e nem sabem quem eu sou?". Ou: "Por que você quer saber?". Alguma coisa casual, alguma coisa para desestabilizar o cara e criar uma abertura. Mas sua mente não está funcionando nada bem: ela parece um terreno turvo, pantanoso, como se as luzes tivessem sido apagadas. O olhar do homem não é de loucura nem de maldade, apenas de alguém concentrado em seu trabalho, qualquer que seja ele. Um homem certo para aquele trabalho. Ele daria um bom ministro de Estado, alguém que poderia negociar com as petrolíferas, um homem que não cederia. Seu cabelo é muito curto, com os contornos muito definidos, cuidadosamente desenhados.

Seu corpo é feito de músculos. Aquele homem não dá a mínima para ele, de um jeito ou de outro. "E aí, pessoal!" não vai funcionar.

"Qual dos dois você é? Você é o Peter?"

Às suas costas, Treats diz: "Eles têm dois, o inteligente e o idiota. O inteligente é o de cabelo curto, definitivamente". Ele pronuncia a palavra desse jeito: de-fi-ni-ti-va-men-te.

Robert segura Paul pelo queixo e dá uma sacudida. "Alô! Fala!"

Paul fecha os olhos, confuso. *Você sabe falar? Ele sabe falar? Ele consegue falar?* O que ele deveria dizer? Será que deveria dizer que ele é o Peter, ou que não é o Peter? Robert dá mais um tapa em seu rosto.

Robert treme um pouco enquanto endireita o corpo, apoiando as mãos nos joelhos. Ele deve ser velho, mais velho que o Papai, apesar do seu corpo ser tão musculoso. Ele parece um desses homens que praticam corrida: você os vê, às vezes, correndo pelo acostamento da estrada, de calção e tênis, suando em bicas. Os dois homens estão de pé, bem ao seu lado, conversando: Paul escuta o nome do tio Romesh. Os homens falam e falam: dez por cento, cinco por cento, cabelo comprido, cabelo curto, inteligente, idiota, certo, errado. O sol está entrando pela janela e batendo direto nele. O interior de sua boca não se parece nada com uma boca; se parece com uma esponja que foi deixada tempo demais no sol e secou até virar uma coisa dura, como uma pedra. A fita isolante foi removida agora: ele pode engolir, tentar falar, pedir água. Mas não quer mais falar nada. A conversa dos dois homens parece abafada, distante. Não quer dizer "E aí, pessoal!". Não quer dizer nada, nem falar com ninguém. Ele começa a se mexer em cima do papelão, tentando sair do sol. Sente o papelão umedecer e ficar morno debaixo do seu corpo, mas não se importa.

"Meu Deus", dizem os homens. Eles franzem a cara, abanam o nariz, vão lá pra fora.

*

Treats está vindo em sua direção, um prato de papel na mão. Ele ainda está molhado do mar, areia grudada nos pés como grãos de açúcar.

"Cê quer torta de macarrão? Ouvi tua barriga roncando."

Paul faz que sim com a cabeça.

"Por que você não fala?", Treats pergunta. "Tá com medo? Às vezes as pessoas ficam com medo. Eu entendo. É de dar medo mesmo." Ele balança a cabeça, compreensivo, mas também despreocupado, comendo uma garfada de comida do prato. "Robert esqueceu de trazer ketchup. Ele trouxe a comida da casa do patrão hoje, mas só trouxe isso, e esqueceu de trazer o ketchup! Eu gosto de comer torta de macarrão com ketchup." Ele abre um largo sorriso. "Fica melhor com ketchup, né? Você também prefere assim?"

Paul balança a cabeça de leve — aquela conversa parece tão normal e, pra falar a verdade, sim, torta de macarrão fica melhor com ketchup. Com isso todo mundo concorda. Mas ele para de comer e fica olhando para o homem, desconfiado.

"Você tá com muito medo!", diz o homem. Ele ri; está se divertindo com aquilo. Segura o garfo cheio de torta de macarrão na frente da boca de Paul. "Lá vai o aviãozinho", ele diz. Paul hesita. O homem pode fazer qualquer coisa com aquele garfo: pode cravá-lo em seu olho, enfiar no seu nariz, usá-lo para machucar seu rosto. O homem continua sorrindo para ele. Seus olhos castanhos têm manchas vermelhas; os dentes são incrivelmente brancos: e são dentes perfeitos, como os dos atores nos seriados americanos. O homem fica brincando com o garfo pelo ar. "Lá vai o aviãozinho! Você não tá com fome? Se você não estiver com fome, nem vou perder meu tempo aqui te dando comida, tá ligado?"

Paul abre a boca e fica prestando muita atenção no homem enquanto pega a comida do garfo.

*

Há um aroma adocicado e suave de maconha vindo de algum lugar lá fora. O sol está entrando por uma fenda no telhado e batendo nele. Paul fica de pé, sai de cima do papelão, se inclina para o chão e consegue pegar uma das pontas. Ele o encosta na parede, mais ou menos a uns trinta centímetros de altura, senta atrás do papelão e tenta encontrar um ângulo que lhe dê alguma proteção do sol. Assim que ele solta, o papelão cai e desliza alguns centímetros para a frente. Paul o levanta novamente, tenta encostá-lo na parede, como se fosse uma barraca, mas o papelão é muito mole: desmorona no chão. Ele se deita no chão, puxa o papelão para se cobrir, como um lençol. O papelão cai em cima do seu olho direito, o que está ruim. Ele vira a cabeça para o outro lado, para aliviar a pressão. Respira.

Ele escuta passos do lado de fora. Fecha os olhos, finge que está dormindo. Alguém levanta o papelão: Treats. O outro homem, Robert, é quem fica indo e voltando; Treats fica aqui, nadando, fumando, de bobeira.

"Tá com calor?", Treats pergunta, segurando agora o papelão.

O sol se moveu alguns centímetros para o lado, mas ainda está lá, atrás da cabeça de Treats. Paul fecha os olhos.

"Olá, estou falando com você." Treats o empurra com o pé. "Estava pegando sol em você?"

Paul faz que sim com a cabeça. Ele senta, encosta-se na parede.

"Tudo bem. Desde que você não tente nenhuma gracinha." Treats está num humor mais calmo, relaxado, depois da maconha. Ele abre um sorrisão para Paul. "É barbada! É só fazer o que a gente mandar você fazer, e tudo vai ficar *aw-aw-right*." Ele canta esta última parte, como na música do Bob Marley.

Paul tosse. É assim que tem pedido água: ele não sabe exatamente por que não diz simplesmente: "Eu queria um pouco de água, por favor". Ele não está a fim de falar. Não está a fim de dizer "E aí, pessoal!", ou dizer o seu nome, ou quem ele é e quem ele não é, ou discutir quanto dinheiro Papai realmente tem na sua conta bancária, ou se Romesh "Sinistro" Ramcharan está mentindo ou não; ele não quer saber de nada daquilo. Só quer água.

"Ah, cê tá com sede? Cê poderia ter falado. Guenta aí." Treats vai lá pra fora e volta com um copo de isopor cheio d'água. Ajoelha-se ao lado de Paul e o leva até seus lábios. "Toma", ele diz.

Paul bebe, tentando não prestar atenção no quanto o homem está perto dele, os pelos negros saindo de suas bochechas e de seu queixo, tudo desgrenhado; o cheiro dele, a pele negra, lisa, esticada e retesada sobre os músculos.

"Pronto", diz Treats, sorrindo. "Tá melhor?"

Paul concorda com a cabeça novamente, com cuidado. O rosto de Treats está muito próximo. Ele chega ainda mais perto, o nariz quase encostando no dele, e arregala os olhos, como uma criança enfiando a cara na frente de um espelho, ou numa vitrine, no zoológico. "BU!", ele diz, e ri. Dentro de sua boca, Paul vê os fios prateados de saliva esticados entre as arcadas dentárias.

Treats olha para ele mais uma vez. Paul quer fechar os olhos, mas tem a sensação de que Treats está olhando pra ele daquele jeito com alguma coisa em mente.

"Você não é muito de falar", diz Treats.

Treats se levanta, e o coração de Paul começa a acelerar, porque ele parece ter algum propósito. Olha pelo buraco da parede e, em seguida, satisfeito, abre o botão e o zíper das calças e puxa o pênis para fora, preto-acinzentado, com a pele seca, escamosa. Um leve cheiro de urina. O homem fixa os olhos nele e manipula o pênis delicadamente, com habilidade.

Aquilo é horrível, horrível; ele está tão dominado pelo asco que nenhuma palavra lhe vem à cabeça, e ele respira aos espasmos, e seu peito bate com força. Ele fecha os olhos, mas ainda consegue ouvir os movimentos suaves e ritmados da mão do homem. Então, ele avança e coloca um pé entre as suas pernas, e inclina os joelhos um pouco para a frente, empurrando o pênis em direção ao seu rosto. Paul vira o rosto; o pênis, duro, raspa em sua bochecha.

"Você já sentiu o gosto de um desses?", diz o homem. Ele fala aos sussurros. "Abre a boca", ele diz. Paul, com os olhos firmemente fechados, a cabeça virada para o lado, balança a cabeça. "Vamos lá, abre aí." Ele esfrega o pênis no rosto de Paul.

Treats chia para ele, mostrando irritação, move a mão para cima e para baixo no pênis. Então, segura a cabeça de Paul com as duas mãos, os dedos penetrando entre sua mandíbula, do jeito que se faz para um cachorro abrir a boca para tomar um remédio. "Vamos lá, me dá uma chupadinha que eu te deixo ir embora. O Robert não está aqui. Eu digo pra ele que aquele cara voltou e te ajudou a fugir. Eu prometo."

Ele pressiona o pênis contra os lábios fechados de Paul. Será que ele vai mesmo deixá-lo ir? Ele fica se imaginando descendo a rua no sol forte do meio-dia. Seus lábios se afastam. Treats lhe dá instruções. Faz assim e assado. Treats tira as mãos da cabeça de Paul e as apoia na parede atrás dele, para manter o equilíbrio.

Quando eles o soltarem, quando ele sair andando por aquela estrada no sol do meio-dia, ele primeiro vai procurar um lugar para descansar. Não irá para casa. Mamãe e Papai não vão querer vê-lo; ele tampouco vai querer vê-los. Ele não quer ver Peter, não quer ver Marc Aboud, não quer ver Candace. O padre Kavanagh, talvez. Paul sabe, bem lá no fundo, que aquilo jamais acontecerá, mas se permite imaginar: ele indo até o padre Kavanagh, batendo em sua porta, e dizendo: por favor, posso descansar aqui um pouquinho? E sua voz estaria fraca, mas ele não precisaria explicar nada, onde havia estado ou o que tinha feito, e padre Kavanagh simplesmente olharia para ele e saberia e entenderia tudo. Ele imagina o padre Kavanagh parado ao lado da porta da capela, convidando-o para entrar com um gesto, como se aquela fosse a sua própria casa. *Venha*, ele diria. *Descanse aqui. Você é bem-vindo aqui.* Paul se imagina se deitando nas lajotas frias e lisas do piso da capela, os rostos tristes dos santos nos vitrais lá no alto, permitindo que seus olhos se fechem por um instante.

18

Peter, sentado no banco do carona, vai lhe fornecendo as orientações — em poucas palavras, "Esquerda, aqui" ou "Segue sempre reto" —, mas padre Kavanagh fica lembrando da conversa animada dos meninos na última vez em que dirigiu até Tiparo, na chuva. Aquela ali é a árvore onde eles esperam o maxi táxi pela manhã; aquela ali é a lojinha pintada de azul onde eles sempre compravam picolés antes de abrir aquela lojinha no posto de gasolina; aquela ali é a parada de ônibus antiga, onde dormem os mendigos, suas placas de zinco enferrujadas cobertas pelos nomes riscados pelas crianças e pelos cartazes anunciando festas e comícios políticos. E aquela ali é a saída para a sua viela, uma estradinha asfaltada repleta de rachaduras e buracos, com plantas brotando por entre as frestas, o poste telefônico de madeira inclinado precariamente, seus fios esticados no limite. A vegetação está tão alta que, olhando daqui, parece quase uma trilha que conduz a uma floresta, não uma estrada. Ele dirige com cuidado e estaciona na rua, um pouco depois do portão da frente. Se não fosse pela maneira como os cachorros latem, olhando para a casa, por cima do seu ombro, ele diria que não havia ninguém lá.

Há uma movimentação na cortina; então, depois de um ou dois minutos, ele escuta uma chave girando na fechadura de uma porta, e Clyde aparece na varanda. Ele desce os degraus, tomando cuidado onde pisa. Ele caminha descalço pela rampa da garagem, a barba por fazer, sem banho, apertando os olhos por causa do céu claro. Ele fecha a cara para Peter.

"Eu te disse pra ficar em Port of Spain."

Peter passa depressa pelo pai, ignorando os cães que vêm saltitando atrás dele. Padre Kavanagh o segue lentamente. Na varanda, carreiras nervosas de formigas circundam os copos meio vazios deixados na mesa de centro; cinzas e bitucas de cigarro estão espalhadas pelo chão.

Na sala, Joy fica de pé, ajeita as roupas. "Oi, padre Kavanagh", ela diz. "Quer beber alguma coisa? Um café?"

Ele balança a cabeça. Luta contra a vontade de segurar a mão dela e dizer que lamenta pelos seus problemas; de perguntar onde está Paul, se ele está bem, e o que já foi feito para trazê-lo de volta para casa; em vez disso, aperta os lábios, olha à sua volta, procura algum lugar para se sentar.

"Peço desculpas pela bagunça", diz Clyde, olhando pela sala. "Invadiram a nossa casa não faz muito tempo, e ainda não tivemos tempo de providenciar móveis novos."

Joy se senta no sofá, na ponta mais próxima de Clyde; padre Kavanagh se senta na outra ponta, perto da janela.

"Quanto eles querem?", Peter pergunta.

"Duzentos e cinquenta mil", diz Joy.

Peter puxa bruscamente uma cadeira da mesa de jantar, a faz girar e a arrasta até ficar do lado da poltrona de Clyde. Ele senta, cruza os braços. "Vocês vão pagar?"

Clyde se senta sem pressa. "Como estava o trânsito para chegar até aqui?", ele pergunta ao padre Kavanagh.

Peter fica olhando para Clyde. "Quanto tem na conta do banco?"

"Estou cuidando disso", diz Clyde. "Você se preocupe em arrumar as malas. Preste atenção para levar todos os livros que vai precisar nos próximos dias."

"Me diz quanto tem. Eu sei onde estão os extratos. Se você não me disser, eu simplesmente vou até lá e vejo eu mesmo."

Clyde apoia o cigarro no cinzeiro. Recosta-se na poltrona e olha fixamente pela janela.

Peter se vira para Joy. "Alguém diz alguma coisa! Quanto tem lá?"

"O tio Romesh está envolvido nisso", diz Joy.

"Ele não está apenas envolvido nisso", diz Clyde. "Foi ele quem armou tudo. Isso eu te garanto."

Todos falam ao mesmo tempo: padre Kavanagh, em silêncio, se ajeita no sofá, as mãos fechadas em punhos repousando nos joelhos. Aquilo é complicado demais para ele acompanhar, todos os nomes e eventos que eles mencionam. Da última vez que esteve aqui, durante a tempestade, a luz escassa da vela parecia aproximá-los uns dos outros; agora ele se sente como se estivesse assistindo a uma família se despedaçar, todos catapultando-se numa direção diferente. Joy ainda está tentando defender esse tio Romesh, dizendo que ele não deixaria que nada de ruim acontecesse, repetindo sem parar que ele é irmão dela, sua família; Peter está de pé, gritando, as veias saltadas no pescoço; Clyde pouco fala, apenas tamborila os dedos no braço da poltrona, sentado no seu trono por trás de uma bruma de fumaça.

"Você ainda não me respondeu sobre o dinheiro", diz Peter. "Quanto tem na conta do banco na Inglaterra?"

"Tem dinheiro suficiente", diz Joy. "Eu passei a manhã toda tentando convencer o Clyde a ligar para o banco na Inglaterra e pedir para eles fazerem uma transferência para nós. Mas ele não quer fazer isso."

"Por que não?", pergunta Peter. Ele se vira para Clyde. "Por que não?"

"Você sabe o porquê."

"Não, eu não sei. Por quê?"

236

Clyde esmaga o cigarro no cinzeiro, perde a compostura. "Por que você acha?", ele diz. "Por que você acha? Porque o dinheiro é para você!"

"Eu não quero."

"E você acha que isso é você quem decide?" As mãos de Clyde estão tremendo. "Então agora você já está tão crescido que é você quem decide essas coisas?" Suas mãos se erguem, gesticulando com raiva pelo ar. "Isso não é você quem decide!"

"Eu não quero. Não vou usar."

"Você diz isso agora, mas, confie em mim, quando a hora chegar, você vai querer esse dinheiro."

"Não vou."

"E como é que você vai embora daqui? Como é que vai sair daqui, quando fizer dezoito anos?"

"Eu vou dar um jeito."

"É mesmo? Me diga que jeito você vai dar. Estou curioso pra saber." Ele faz uma pausa, encarando Peter, e depois prossegue. "Porque, eu posso te dizer o seguinte, se você não tiver um plano, nunca chegará a lugar algum. Quem fracassa ao planejar, planeja fracassar! Você nunca ouviu isso? Se você não tiver um plano, pode esquecer. Já faz anos que venho planejando isso. Anos. Você pensou que ia simplesmente acordar um dia e decidir, ah, eu quero emigrar, e as portas iam se abrir pra você porque o seu nome é Peter Deyalsingh? O mundo não funciona dessa maneira, lamento lhe informar."

"Eu vou ganhar a Medalha de Ouro", diz Peter.

Clyde dá uma risadinha. "É mesmo? E você não sabe quantos outros meninos em Trinidad querem a mesma coisa?"

"Eu vou ganhar", diz Peter. Ele está parado na frente da janela, olhando bem nos olhos de Clyde, determinado, como um homem. "E então não vou precisar do dinheiro. Esse é o motivo pelo qual vim até aqui com o padre Kavanagh. Vim para te dizer isso."

Todos ficam esperando. "Então você fica aí e vem com esse papo pra cima de mim", diz Clyde, quebrando o silêncio. "Você acha que entendeu tudo, mas, na verdade, não entendeu nada. Mesmo se você ganhar — o que, eu admito, você pode muito bem fazer —, ainda vou ter que pagar todos os seus custos dos primeiros anos, você se deu conta disso? Eu preciso pagar adiantado. Você não vai ganhar um visto para os Estados Unidos a menos que mostre para eles um extrato bancário com dinheiro nele. Se você ganhar, o dinheiro será devolvido. Mas e para você ir embora do país? Para você ganhar o visto, e entrar num avião, e a imigração dos Estados Unidos te deixar entrar? Precisa ter dinheiro naquela conta. Se não tiver dinheiro, então, com ou sem Medalha de Ouro, você não vai a parte alguma."

"Clyde não quer mexer no dinheiro da Inglaterra", diz Joy, desolada. "Já tentei dizer a mesma coisa. Você pode falar até perder o fôlego, mas ele não vai usar esse dinheiro." Seu nariz fica vermelho, ela começa a chorar. "Com licença", ela diz. Padre Kavanagh olha para os próprios joelhos. Joy levanta-se do sofá, passa pela poltrona de Clyde, pela mesa de jantar, e cruza a abertura arqueada que leva à cozinha.

Clyde se recosta de novo, cruza uma perna sobre a outra, olha pela janela. Padre Kavanagh desliza os olhos para o cinzeiro sobre a mesa de centro, onde um cigarro queimou até o fim, deixando para trás um cilindro fofo de cinzas. Peter olha fixamente para Clyde; Clyde olha fixamente para um ponto atrás de sua cabeça, para a janela. Dentro de alguns instantes, pensa padre Kavanagh, ambos estarão de pé, as mãos de um no pescoço do outro. Mas, conforme os segundos vão se passando, a expressão no rosto de Peter vai perdendo a firmeza. Padre Kavanagh se endireita; ele tem apenas uma coisa a dizer, quando a sua vez chegar, isso se ele tiver a oportunidade de falar. *Paul*, ele quer dizer. *E quanto ao Paul?* Mas Clyde ergue uma das mãos para o padre Kavanagh, como se quisesse dizer para ele ficar quieto. "Estou te dizendo, deixa isso comigo", ele diz, para Peter. "Vou fazer tudo que eu puder." Peter sai da sala em silêncio e, pouco tempo depois disso, eles o ouvem entrando em seu quarto e fechando a porta.

Clyde franze a testa, olhando pela janela. Pega seu maço de cigarros, sacode, joga no sofá ao lado. Cruza uma perna sobre a outra, bate os dedos no braço da poltrona. Seus olhos saltam para o padre Kavanagh. "Eu não vou simplesmente ficar sentado aqui o dia todo, se é isso que o senhor está pensando", diz Clyde. "O senhor está olhando para mim como se eu fosse ficar o dia inteiro aqui sentado sem fazer nada. Eu não vou ficar sem fazer nada. Vou fazer alguma coisa."

"O que você vai fazer?", pergunta padre Kavanagh.

"Assim que Joy e Peter forem embora, eu começo a agir. Tem um monte de gente que preciso ver."

"Se tem alguém com quem você gostaria que nós o puséssemos em contato", ele diz. "O padre Malachy me pediu para dizer isso a você. Caso precise de alguma ajuda, há muitas pessoas que estariam dispostas a ajudá-lo."

"Sabe", diz Clyde, a carranca se formando novamente em seu rosto como uma nuvem, "é por isso que eu não queria que viesse mais ninguém aqui. Porque todo mundo quer me dar conselho. Todo mundo faz questão de ficar me dando conselho!"

"Não é um conselho", diz padre Kavanagh, rapidamente. Ele pensa em "ajuda", mas "ajuda" é pior que "conselho".

"Eu não pedi o seu conselho!", diz Clyde. "Olha, eu sei por que o senhor realmente está aqui. Está aqui para me dizer o que acha que eu devo fazer, não é? Não é por isso que o senhor está aqui?"

"Eu estou aqui porque você me pediu para vir. E porque Paul está em algum lugar aí fora, sozinho, e eu quero ajudar. Desculpa se isso te ofende", diz padre Kavanagh, de uma maneira direta.

"O senhor está aqui para me dizer com quem eu devo falar", Clyde conta nos dedos, "com quem devo falar, para quem devo pedir dinheiro emprestado, quem eu deveria chamar para negociar por mim. Ou não?"

"Não."

"Deixa eu explicar pro senhor", diz Clyde. "Porque eu sei que o senhor está aí, sentado, me julgando. Deixa eu explicar como funcionam as coisas neste país. O que as pessoas vão me dizer pra fazer numa situação como essa é para identificar quem está por trás disso, que chefe de gangue ou do tráfico, ou seja lá quem for. Eles têm várias classificações diferentes para essas coisas. E aí você precisa descobrir quem dentro da polícia tem conexões com eles, quem poderia negociar em seu nome. Eu digo 'negociar', mas o que estou realmente querendo dizer é que a gangue vai ficar com uma parte e o policial vai ficar com outra, que eles vão dividir entre eles, e, se você tiver muita sorte, vai ter o seu filho de volta, sem faltar nenhum pedaço. Talvez. Nada é garantido.

"O problema", Clyde continua, "é que todo mundo vai querer tirar uma lasquinha. Digamos que você tenha sorte e consiga ter o seu filho de volta. Você pode pensar, viva, problema resolvido! Mas deixa eu te dizer uma coisa: o problema não tá resolvido. Depois de um tempo — e isso pode ser uma semana, um mês, um ano, vai saber —, depois de algum tempo, um monte de gente aleatória vai começar a aparecer do nada. Alguém que o viu, ou viu os sequestradores, ou que tem alguma informação sobre os sequestradores — em seguida eles vão procurar alguém na polícia com essas informações e vão querer dinheiro para ficarem de bico calado, entendeu? E aí, quando você se dá conta, já está envolvido numa outra situação — num outro sequestro, num outro assalto, ou até pior, e esse ciclo continua, sem parar."

Clyde olha por cima do ombro, para onde Joy e Peter estão parados, na entrada da cozinha. Ele se acomoda na poltrona, acende outro cigarro, traga com força, solta vagarosamente uma nuvem comprida de fumaça.

"Cê entendeu?", diz Clyde. "Todos esses meus anos em Trinidad, eu tentei passar longe desse tipo de encrenca — manter distância dos encrenqueiros, não me envolver com nada disso. Nunca quis ter um carro de luxo, um casarão, viajar para Miami, pra Londres, pras Cataratas do Niágara. Só estava tentando viver a minha vida. Só queria levar uma vida decente. Só isso. Mas o senhor tá vendo como é este país? É impossível levar uma vida decente neste país."

"Você é um homem decente", diz padre Kavanagh. "Não…"

Clyde o interrompe, uma mão erguida. "Pare. Pode parar. O senhor está vindo cheio de táticas pra cima de mim, não pense que não estou percebendo."

"Que táticas?"

"Táticas! Olha, eu já me decidi. Sobre o dinheiro na Inglaterra, já me decidi há muito tempo. Eu disse, esse dinheiro é para o Peter. Disse isso pra mim mesmo, eu disse, ninguém, não importa quem seja, nem o que queira, ninguém neste planeta vai botar as mãos nesse dinheiro além do Peter. E não fique achando que o senhor, só por ser quem é, vai me convencer de qualquer outra coisa."

"Mas, Clyde, dinheiro vem e vai. Outras coisas, depois que elas se vão, não voltam nunca mais. É com isso que talvez você tenha de conviver. É um fardo muito pesado para carregar."

"O senhor quer falar de fardo pra mim?", diz Clyde. "O senhor não tem nem ideia do que é carregar um fardo, padre. Eu posso te contar como é carregar um fardo, padre. Eu sei como é." Ele aponta para o peito. "Então, pode deixar que eu decido se posso ou não posso carregar esse fardo. Tá bem? Não me diga o que fazer." Ele bate no peito. "Eu sei. Eu sei o que preciso fazer."

19

São quase cinco horas quando padre Kavanagh parte em direção a Port of Spain com Joy e Peter. Depois que eles se vão, Clyde tranca a casa, entra em seu carro e engata a ré em direção à Trilha. Alguns meninos estão de bobeira na estrada, perto do posto de gasolina, sentados na beira da calçada ou no muro de tijolos quebrados; um ou dois se levantam para vê-lo melhor quando ele passa de carro. Cerca de um quilômetro adiante, com um pasto cheio de búfalos de um lado e um terreno abandonado, com a vegetação alta, do outro, ele avista um cano de ferro largado no acostamento. Ele sai do carro para olhar: o cano nem está enferrujado, um metro de comprimento, quatro centímetros de diâmetro; é do mesmo tamanho do bastão utilizado por quem luta com bastões, o tipo que um homem sempre deveria ter ao seu alcance. Ele limpa a terra do cano e o coloca no vão dos pés do banco do passageiro.

Ele dirige até San Juan, uma hora de viagem na hora do rush, até um lugar onde um homem chamado Desmond Maharaj trabalha. Em sua mesa, a secretária está organizando uma pilha de recibos e desenhando números, pequenos e delicados, dentro dos quadradinhos azuis do livro-caixa.

"O patrão está lá em cima?", pergunta Clyde.

"Quem é o senhor?"

"Diz pra ele que é o Deyalsingh, de La Sagesse", ele diz. "Ele está lá em cima?"

Ela arruma os recibos numa pilha, prende-os com um clipe, fecha o livro-caixa sobre eles. "Aguarde um momento", ela diz. "Eu vou ver." Ela se levanta e abre uma porta na parede atrás de sua mesa, e Clyde ouve seus passos subindo os degraus.

Passos pesados descem pela escada, e o sr. Maharaj aparece na porta. Sua pele é clara para um indiano, a cor de alguém que passa a maior parte do tempo dentro de um escritório, e o rosto é todo coberto de marcas de acne. Ele tem o cabelo grosso, do tipo que fica arrepiado na cabeça. "Tá ocupado?", pergunta Clyde, quando eles apertam as mãos.

"Tô sempre ocupado!", diz o sr. Maharaj. "Entra", ele diz, subindo as escadas à sua frente. "Vamos subir ao meu escritório e conversar."

Subindo as escadas, há um desses escritórios de carpete cinza, com uma cortina amarelada na janela e uma cozinha compacta improvisada num canto, com uma pia, uma chaleira e um frigobar arrebentados. O sr. Maharaj serve um copo de água da pia para ele e o deixa sobre a escrivaninha, na frente de Clyde.

"Então", diz o sr. Maharaj, sentando-se. Ele tem uma dessas cadeiras presidente, dessas que giram. "Ouvi falar dos seus problemas. Você sabe quem está por trás disso? Tem alguém negociando por você?"

Clyde bebe toda a água, põe o copo sobre a mesa. O sr. Maharaj o observa na outra ponta da mesa; entre uma tragada e outra do seu cigarro, ele enfia uma unha numa espinha no queixo ou na lateral da boca.

"Vamos, me diga", diz o sr. Maharaj. "O que posso fazer por você? Você está querendo um dinheiro emprestado?"

"Não. Eu não pego emprestado o que não posso pagar. Eu quero vender a casa."

"Cê tá falando da casa do seu pai, lá na La Sagesse?"

"É a única casa que eu tenho."

"Eu lembro do lugar. Tinha um terreno vazio ao lado dela, né?"

"Exatamente."

"Essa é aquela que só tem mato de um dos lados, e as montanhas se erguendo no outro, né?"

"Essa."

"As pessoas não gostam muito da localização," diz o sr. Maharaj. "Porque tem muito bandido por lá."

"Bom, olha, pode dizer pra mim. Você tem interesse ou não?" Ele cita o nome de outros homens que haviam expressado interesse no passado: três, quatro nomes, todos de homens ricos.

"Não digo que não estou interessado", diz o sr. Maharaj. "Só estou expondo um fato, dizendo que as pessoas não acham a localização muito boa."

Clyde bate com a ponta dos dedos na escrivaninha.

"Quanto tempo você tem para levantar o dinheiro?", pergunta o sr. Maharaj.

"Eles não disseram", diz Clyde. Ele procura a carteira de cigarros no bolso: vazia. "O que esperar dessa gente?"

O sr. Maharaj desliza seu maço de Marlboro por cima da escrivaninha. "Pega, pega", ele diz. "Pega tudo."

"Quanto você conseguiria me dar até amanhã?", Clyde pergunta.

"Amanhã?"

"Amanhã. Quanto?"

"Em dinheiro vivo?"

"Sim."

"Em dinheiro vivo, o máximo que consigo te dar até amanhã seriam quarenta mil. Posso conseguir um pouco mais, outros quarenta, mas eu teria de pegar em Miami, e ia demorar pelo menos uma semana, talvez dez dias."

Só quarenta mil? Os sequestradores pediram duzentos e cinquenta mil. Ele não achou que conseguiria levantar tudo isso — mas, de alguma forma, esperava obter pelo menos metade do valor. Quarenta não é grande coisa. "Não dá pra subir um pouco mais? Aquela casa vale, no mínimo, uns oitenta."

"Talvez ela valha oitenta, cara, mas você quer em dinheiro vivo, e quer isso hoje, e eu nem sei se você tem algum documento que prove que aquela casa é sua, pra começar."

"Cara, eu tenho a escritura, não esquenta com isso."

"O.k." O sr. Maharaj se endireita na cadeira, apoia os braços sobre a mesa. "Você é quem sabe. Eu posso te dar quarenta amanhã se você quiser."

Clyde franze o rosto. "Quarenta? Você não consegue subir isso pra quarenta e cinco ou cinquenta?"

"Olha", diz o sr. Maharaj. "Você sabe que, normalmente, não é desse jeito que eu compro casas! Em geral isso envolve advogados e essas coisas todas. Estou tentando te ajudar, por causa da situação em que você está. Estou fazendo isso como um favor." Clyde abre a boca para dizer alguma coisa, e o sr. Maharaj se apressa em dizer: "Eu sei, eu sei, você não quer nenhum tipo de favor. Isso não é um favor".

Clyde apoia os cotovelos nos joelhos, esfrega o rosto com as mãos. O sr. Maharaj vai até a cozinha no canto e volta com alguma coisa enrolada em papel-alumínio. "Toma aqui um sanduíche de frango", ele diz. "Vai comer no teu carro." Quando Clyde permanece, sem dizer nada, ele diz: "Vai lá, pensa nisso. Mas se quiser os quarenta amanhã, você precisa me ligar ainda esta noite, para que eu vá ao banco bem cedo amanhã. Eu não mandaria ninguém fazer isso: eu mesmo irei. O.k.? Me liga quando você decidir".

"Tudo bem", diz Clyde. Ele se levanta e estica o braço por cima da escrivaninha. "Já decidi."

"O.k.", diz o sr. Maharaj. "O.k." Ele está sorrindo como se estivesse satisfeito por fechar o negócio, mas Clyde não sorri de volta, e então o sr. Maharaj também para de sorrir. Eles discutem os detalhes restantes de pé, virados de frente para a porta.

"Deyalsingh", diz o sr. Maharaj, no topo da escada, quando estavam prestes a partir cada um numa direção. "Não precisa ter pressa para desocupar a casa, hein? Leve o tempo que quiser. Leve todo o tempo de que precisar."

*

"Eu sei para quem você trabalha", Clyde diz para o homem em Caroni, quando faz uma ligação aquela noite. "Mas quem é você?"

"Pode me chamar de Seis", diz o homem.

"Seis? Seis de quê?"

"Seis. Só Seis, cara."

"Que porra de nome é esse? Você não tem um nome de verdade?"

"Olha", diz o homem chamado Seis. "Não me irrite, cara. Você não está no comando. Eu estou no comando."

"Eu não tenho como levantar todo esse dinheiro", diz Clyde. Ele mantém um tom profissional. "Não tenho como. Vou te entregar o que eu conseguir juntar. O.k.? Eu vendi minha casa, vou vender o meu carro. Vou limpar minha conta no Republic Bank. Vou conseguir levantar uns cinquenta ou sessenta mil. Se tudo der certo, vou ter esse dinheiro amanhã, ou nos próximos dias. Essas coisas levam tempo."

"Cinquenta? Você acha que isso é brincadeira?", diz o homem. "Você tem que dar a porra toda. São *duzentos* e cinquenta, cara, não cinquenta."

"Eu não tenho essa grana, é o que eu estou tentando dizer", diz Clyde.

"Não é o que o seu cunhado está dizendo. Então, quem é que está mentindo, você ou ele?"

"Bom, deve ser ele", diz Clyde, "porque eu é que não estou."

O homem estala a língua. "Você acha que isso é brinca-deira?"

Os próximos dias se confundem. Uma manhã, quando acorda, ele come uma fatia de pão; à noite, quando volta, sobraram apenas migalhas, o saco plástico cheio de buracos, poças de cocô de passarinho em cima do balcão. Um dia ele toma uma ducha; no outro, apenas molha as mãos e as esfrega no rosto. Um dia ele lembra de dar água aos cães; no outro esquece. Al-gumas noites ele se senta na escada do quintal dos fundos por algum tempo, fuma um cigarro; em outras noites, deita-se em sua cama, querendo muito dormir. Mas os dias não são todos iguais. Três dias se passam, talvez quatro. Todo dia ele passa dirigindo pela casa de Romesh, olha para as portas trancadas, a garagem vazia, os cães patrulhando a cerca. Ele passa de carro pela casa do pai de Rachel, aquela que, na época do Natal, fica coberta de luzes. Ele sacode o portão, chama para ver se Ro-mesh está lá, mas qualquer um que vem até o portão — eles sempre mandam as mulheres, uma das irmãs de Rachel, ou a mãe de Rachel — diz que não, que Romesh não está lá nem Rachel. No terceiro ou quarto dia em que Clyde vai até lá, a mulher lhe diz que Rachel e Romesh tiraram uns dias de férias. "É mesmo?", ele pergunta. "Pra onde eles foram?" E a mu-lher — uma mulher bonita, com o cabelo arrumado, usando sombra e batom — pensa por um instante antes de responder que eles foram para os Estados Unidos. "Por que você não me diz que eles estão simplesmente morrendo de medo de falar comigo?", diz Clyde. "Você acha que eu tenho cara de que vai derrubar esse portão e entrar pra matar alguém?" A mulher nem perde seu tempo tentando sustentar aquela mentira. "Se eu quisesse derrubar esse portão e matar alguém", diz Clyde, "eu já teria feito isso. Só quero falar com ele. Nós nos conhece-mos há tantos anos, achei que ele, pelo menos, falaria comigo."

A mulher parece constrangida. "Bom", diz Clyde, se afastando. "Ele sabe onde me encontrar."

Durante o dia, ele ocupa seu tempo dirigindo por Trinidad. Vai até o Republic Bank em Port of Spain para limpar sua conta — ele precisa sacar o dinheiro em quatro visitas separadas, por segurança, muito embora, toda vez que eles colocam todo aquele dinheiro dentro de uma maleta, Clyde pensa, aquilo é praticamente uma isca para qualquer um que esteja pensando em roubá-lo. Ele vai a uma revendedora de veículos para negociar um valor para o seu carro; a uma loja de móveis em Arima para vender a geladeira, o freezer, o fogão, a mesa de jantar e as cadeiras. Vai até a casa de Desmond Maharaj, entra de ré em sua garagem e põe dois sacos de dinheiro no porta-malas do seu carro. O sr. Maharaj o convida para entrar e comer alguma coisa, ou ao menos tomar uma bebida gelada; quando Clyde recusa, o sr. Maharaj diz para sua mulher pegar um pouco de comida para Clyde levar, e ela entra na casa e volta com um pote de sorvete abarrotado de arroz, curry e salada de repolho, e um saco de plástico transparente cheio de doces indianos, e outro cheio de ameixas. Ela abre a porta do carro e põe a comida no banco do passageiro. Talvez ela tenha percebido a barra de ferro, porque fecha a porta do carro, volta rapidamente para dentro de casa e não sai mais de lá.

Todas as noites, em sua casa, Clyde fica esperando pelas ligações do tal Seis e, todas as vezes, ele diz que está levantando todo o dinheiro que pode e que não tem outro dinheiro além daquilo, que deve haver algum engano, mas que, definitivamente, não tem outro dinheiro.

"O.k., o plano é o seguinte", diz o homem chamado Seis. "Entregue o que você tiver para o seu cunhado, e ele trará para nós."

"Ele nunca está em casa", diz Clyde. "Ele anda se escondendo de mim."

O homem liga para ele, para confirmar. "Leve até a casa dele amanhã de manhã. Lá na Hibiscus Drive, ou sei lá qual é o nome."

"Bougainvillea Avenue."

"Isso. Bougainvillea Avenue. Leve pra lá. Está tudo acertado."

"Só espero que ele não vá puxar uma arma pra mim, ou algo assim", diz Clyde. "Você não está me mandando pra uma cilada, né?"

"Não, não", diz o homem. "Pelo menos eu acho que não. Não se preocupe com isso", ele diz. "Nós vamos lidar com ele. Você só leva o dinheiro pra lá."

Na manhã seguinte, Clyde carrega os sacos até o carro e dirige o meio quilômetro até a casa de Romesh. Os pastores-alemães estão presos no canil dos fundos. Ele abre o porta-malas, tira os sacos e os coloca no chão; ele não fazia ideia de que dinheiro podia pesar tanto. Romesh aparece na soleira da porta, vestindo apenas calções, sem camisa. Seus olhos vão direto para os sacos de arroz, e depois para a varanda do vizinho, de onde a sogra do piloto os enxerga, seus mamilos visíveis por baixo da camisola fininha. Ela volta rapidamente para dentro de sua casa, e eles escutam sua porta sendo fechada silenciosamente, e depois trancada. Clyde arrasta os sacos para dentro.

No pé da escada, ele pega um saco em cada mão e começa a subir, os músculos retesados. No topo, larga os sacos no chão. A pracinha está vazia: estamos no meio da manhã, os homens estão no trabalho, as crianças na escola. Clyde deixa os sacos onde estão e entra na sala de estar. O ambiente parece igual a como estava antes, nada mudou de lugar desde que Clyde esteve aqui, há algumas noites.

"Onde você está?", Clyde o chama. Com cuidado, ele caminha pelo piso frio e lustroso, passa pela mesa de jantar enorme e chega à cozinha. Romesh está na porta dos fundos, como se estivesse prestes a fugir.

"Tem mais alguém aqui?", Clyde pergunta. "A Rachel está em casa?"

"Não."

"Sayeed está na escola?"

"Sim."

"Eu disse pra esse tal de Seis quanto dinheiro tem aqui", diz Clyde. "Então, não pegue nada. Eles sabem quanto é pra chegar lá." Eles se encaram. Romesh dá um passo para trás. "Que porcentagem eles estão dando pra você, cara?", Clyde pergunta. Ele vai pra cima de Romesh. "Hein? Cinco por cento? Dez por cento? Você não tem vergonha nessa sua cara, não?"

"Clyde, você precisa dar toda a quantia pra eles." A voz de Romesh está assustada.

"Agora você tá com medo?", Clyde pergunta. "Só agora que você está se dando conta de que a coisa é séria?" Os olhos de Romesh estão enormes, como os de uma criança. "Você achou que ia pegar a sua parte do dinheiro e que tudo voltaria ao normal? Foi isso que você achou? Hein?"

"As coisas meio que saíram do controle", diz Romesh, por fim.

Clyde precisa sair dali antes que perca a cabeça. Há utensílios por toda parte que poderiam se mostrar úteis em suas mãos: facas, tesouras, chaves de fenda. Clyde se vira, começa a se afastar.

"Clyde", Romesh o chama, da porta dos fundos. "Eu não estou brincando. Você precisa dar toda a quantia pra eles."

"Diz pra eles que isso é tudo que eles vão receber. Diz pra eles soltarem Paul. Você acha que pode fazer isso?"

"Mas, Clyde, e todo aquele dinheiro do tio Vishnu? Dá pra eles."

"Não é o dinheiro do tio Vishnu", diz Clyde. "Não é o meu dinheiro, não é o teu dinheiro, não é o dinheiro de mais ninguém. É o dinheiro do Peter."

Ele estaciona o carro no posto de gasolina e dá as chaves ao frentista para que o vendedor de automóveis o pegue mais tarde. Depois caminha de volta pra casa pela Trilha, o asfalto derretido grudando na sola dos sapatos. Agora que o dinheiro trocou de mãos e todas as transações foram concluídas, ele está exausto. Os cães se arrastam saindo de debaixo da casa, balançam o rabo, sacodem a poeira dos pelos. Lentamente, Clyde sobe os degraus até a varanda. Lá dentro, ele precisa resistir a um impulso para se deitar. É melhor seguir em frente: siga em frente, não pare, não pense, não desanime, não pense no que pode acontecer se aquele dinheiro não for o suficiente. Ele passa por todos os cômodos da casa, fechando janelas, apagando luzes. Puxa a caixa de sapatos na prateleira mais alta do seu armário, tira de lá os documentos que precisa conservar: todas as certidões de nascimento, sua certidão de casamento, os extratos bancários do Barclays Bank, em Londres, os certificados das premiações de Peter em St. Saviour's; todos os atestados de óbito que havia acumulado, de seu pai, tio Vishnu, Mousey. Ele segura o papel grosso, amarelado, nas mãos, passa o dedão na borda do selo do tabelião. Um dia, ele pensa, alguém vai segurar um pedaço de papel parecido nas mãos, e o seu nome estará escrito nele. O quarto começa a rodopiar: ele devia se deitar. Mas, se ele se deitar, vai parar pra pensar; e se parar pra pensar, talvez mude de ideia; e ele não deve, acima de todas as coisas, mudar de ideia. Ele enfia os documentos dentro de um saco plástico. Pega algumas roupas, sua escova de dentes, sua lâmina de barbear. Esquece de fechar as portas do armário às suas costas; elas ficam abertas, uma bola de roupas amassadas no chão.

Lá fora, ele chama os cães, solta suas coleiras. Tira a porta do armário velho do buraco na cerca atrás do coqueiro. Deixa uma tigela cheia de água para eles debaixo da escada, na sombra.

Não há mais nada a fazer a não ser esperar sentado em sua poltrona que o telefone toque. Talvez o dinheiro seja suficiente; alguns desses sequestradores pegam qualquer coisa que dão pra eles e soltam a pessoa. Mas toda vez que pensa naquilo, ele também pensa: talvez eles não façam isso. Sua mente fica andando em círculos, confusa. Ele não consegue entender como chegou àquele ponto. Lembra claramente que, no começo, logo que os meninos nasceram, ele estava determinado, acima de tudo, a ser um bom pai. Agora, de alguma maneira, ele tinha chegado a este ponto e, aparentemente, aquele era um ponto sem volta.

"Deyalsingh", diz o homem chamado Seis, quando liga. "Você só nos mandou uma parte do dinheiro."

"Isso é tudo que eu tenho, cara. Não tenho mais nada. Solta o menino. Já é muito dinheiro."

O homem chia. Pelo barulho parece coçar a cabeça.

"É muito", diz Clyde. "Setenta e cinco mil dólares? É uma fortuna! Soltem ele. Vocês não machucaram ele, né? Soltem ele. Vocês não precisam levar ele a lugar nenhum, apenas o soltem que ele vai encontrar o caminho de volta." Ele fica esperando, mas não há resposta. "Hein? O que você diz?"

"Tenho que ver o que o patrão vai dizer."

"Tive que vender a minha casa", diz Clyde. "Eu não tenho mais casa. Eu tô indo pra Port of Spain. Você pode entrar em contato comigo através dos padres." Ele espera. "O.k.? Daí, quando vocês soltarem ele, você me liga lá e me diz?"

"Não sei, cara", diz o homem. "Eu vou ter que ver com o patrão." O homem dá um suspiro e desliga.

Clyde enfia os pés de volta nos chinelos, pega seu saco plástico. Tranca a porta da varanda, põe a chave no cobogó lá em cima, para o caso de Paul voltar.

No quintal da frente, ele procura pelos cães, chama-os pelo nome, mas eles não vêm. Ele fecha o portão às suas costas e parte em direção ao posto de gasolina da Trilha. Na árvore onde o maxi táxi para, um mendigo está sentado nas raízes que saem das entranhas de uma árvore de fruta-pão. Ele fixa o olhar em Clyde enquanto ele vai caminhando. Um carro passa por ele, diminui a velocidade; o motorista o examina pelo retrovisor antes de seguir adiante. Deve ser por volta de quatro horas: sua sombra no asfalto tem quase a mesma altura do seu corpo, o mesmo formato. Conforme ele segue andando, um quilômetro, dois, o sol vai descendo, sua sombra se alongando. Ele fica aliviado quando chega a uma curva na estrada e a sombra desaparece.

20

Na casa inacabada perto do mar, coisas diferentes apareciam e desapareciam todos os dias. Primeiro tinha um cooler, a caixa de biscoitos Crix, garrafas de dois litros de refrigerantes, jornais, um baralho; em outros dias tinha lençóis, toalhas, rolos de papel higiênico. Um dia tinha um balde cinza; no outro, ele havia sumido. Na maior parte dos dias, tinha comida: coisas compradas de vendedores na rua, enroladas em papel-alumínio ou papel-manteiga; sanduíches embalados em papel-filme; comida quente em embalagens de papelão: coxinha ao barbecue, costelinha de porco. Mas hoje é diferente. Os caras passaram a manhã toda fazendo uma limpeza, carregando braçadas de coisas e enfiando tudo de qualquer jeito dentro do carro. Eles não falaram com ele; não lhe ofereceram água; nem olharam muito pra ele.

Agora, encostados na parede da casa, há sacos de lixo, sacos de lona, fita isolante, uma pistola preta fosca e uma pilha de tijolos vermelhos empoeirados. Com essas ferramentas, só haveria uma foto de "antes", isso se Mamãe e Papai conseguissem achar alguma. Paul queria que aquilo acontecesse logo; é horrível ficar ali esperando acontecer. Ele sabe que será rápido: o tal do Robert lhe havia prometido. Mais cedo, Treats tinha pegado a arma, apontado para ele e dito, como se aquilo fosse uma brincadeira: "Pá! Pá! Pá!". Paul gritou — ele gritou muito, e eles tiveram de lhe tapar a boca com fita isolante mais uma vez — e o tal Robert disse para Treats parar de se comportar como um idiota. E então Robert pôs a mão em seu ombro e disse que seria apenas um tiro, e que seria rápido.

Quando eles o levaram para fora, Paul tentou não ouvir nem ver nada, mas, mesmo assim, ele os ouviu conversando, discutindo aonde levá-lo para fazer menos sujeira. Eles o conduzem até a praia, perto da água, onde o sangue vai ser levado para longe e desaparecer. Ele fecha os olhos e fica escutando as ondas e o som do vento nas árvores. Tenta não pensar onde todos estão, e o que estão fazendo naquele momento — Papai, Mamãe, Peter, padre Kavanagh; procura não pensar em como Papai ficará furioso quando souber que Paul não foi capaz de cuidar de si mesmo, que ele fracassou nisso, na sua primeira tarefa como adulto — mais ou menos adulto. Robert disse que seria rápido, mas tudo está muito lento. Muito, muito lento. Muito, muito, muito lento. Isso está demorando uma eternidade. Ele tenta permanecer calmo e confiar que o tal Robert será mesmo rápido como prometeu. Paul escuta o barulho das ondas, da água que espera por ele. E ele não consegue dizer por quê, mas pensa que, talvez, aquela água realmente se importe com ele, que talvez aquela água queira tomá-lo em seus braços; e seja como for, aquela é uma água maravilhosa, e se ele vai ter mesmo que acabar algum dia, podia muito bem ser ali.

21

Eles estão no aeroporto antigo, aquele que tem um mezanino para as pessoas acenarem do segundo andar e enormes cobogós no saguão do térreo. É o tipo de lugar que deveria ser ventilado e luminoso, mas não é. As paredes são de um verde sem vida, os rodapés acumulando a sujeira de anos de mãos gordurosas, costas suadas, rastros grudentos de refrigerante espirrado, o amarelo fluorescente das manchas de curry. As luzes, presas às vigas de ferro do teto a dez metros de altura, acenderam-se há alguns minutos, mas antes estava melhor, na luz difusa do crepúsculo. Peter, de pé, em silêncio, ao lado da mãe, pensa que nunca a vira com uma aparência tão cansada, tão velha. Sob a luz elétrica, as olheiras fundas debaixo de seus olhos parecem hematomas. Ela ergue os olhos quando um homem usando uma regata de redinha passa esbarrando nela, e puxa sua bolsa para a frente, abraçando-a contra a barriga.

O saguão está começando a ficar cheio. A poucos metros de onde estão Peter e sua mãe, há uma porta de vidro com um aviso luminoso com as palavras: "Partidas — Departures". Na frente da porta há duas barreiras de metal, do tipo que você vê no Carnaval ou no desfile do Dia da Independência, dispostas de maneira a criar um corredor improvisado até a porta de vidro. Duas aeromoças atravessam a multidão e contornam as barreiras em suas meias-calças, saltos altos e gravatinhas engraçadas para assumirem seus postos nos dois lados da porta de vidro. Elas falam em walkie-talkies e depois conversam entre si e ficam alisando os cabelos, ignorando os curiosos.

Os passageiros começam a se aglomerar, depois de dizerem um último adeus aos seus familiares. Muitos dos que estão aqui não têm relação com o voo que está partindo, vieram apenas pelo espetáculo: eles se acotovelam espremidos em meio às barras de metal, tentando conseguir uma boa posição para ficar ouvindo as despedidas, ver quem está indo no voo de hoje para Nova York e tentar descobrir o que pretendem fazer por lá. Perto de Peter tem uma mulher baixa, usando uma camiseta muito apertada, comendo *pholourie* num saco de papel engordurado, olhando para ele descaradamente. Seus olhos já o haviam examinado dos pés à cabeça várias vezes, prestando atenção nos jeans novos, nos tênis novos, na camiseta nova, na mochila pendurada num dos ombros, como aquelas que os alunos americanos usam na TV.

Dentro da mochila há diversos documentos importantes, que ele conferiu duas vezes em casa, em Port of Spain, antes de saírem para o aeroporto. Um cheque, do Barclays, da Inglaterra, de trinta mil dólares americanos; centenas de dólares em dinheiro para ele se manter até o cheque ser compensado; e uma carta endereçada à Imigração americana no aeroporto JFK, do Departamento de Alunos Estrangeiros de Harvard. A carta é o seu documento preferido, naquele papel cor creme, com uma marca-d'água, com o brasão carmesim e negro no cabeçalho. Está assinada por alguém chamado dr. Evan Waszowski e traz o número do seu telefone e o de sua assistente; debaixo da assinatura, escrita numa letra cursiva apressada, estão as palavras: "Por favor, ligue para os meus telefones na ocorrência de quaisquer problemas na Imigração". Seus "s" finalizados com um tracinho, de modo que se parecem mais com o número 8; a cruz do "t" estendida com um floreio. Evan Waszowski é um homem ocupado, um homem importante, mas ele atenderia uma ligação telefônica no meio da noite para defender Peter, caso fosse necessário. Aquilo era uma coisa e tanto.

Ele e a mãe ficam ali parados, em silêncio, olhando para o pequeno guichê onde o pai aguarda na fila para pagar seus impostos de saída. Custa cem dólares trinitários, e todo mundo precisa pagar, ou eles não te deixam sair. Seu pai está com uma das mãos na cintura, saindo pelo lado da fila para tentar enxergar o que acontece no guichê, a nota azul de cem dólares dobrada na mão. Há tempo de sobra: eles tinham acabado de anunciar o voo, e ele provavelmente se atrasaria, conhecendo a BWIA. Peter o observa, na esperança de que ele o veja, para que possa fazer um sinal dizendo que não tem pressa nenhuma. Ele morde os lábios, passa a mão nos cabelos, cruza os braços e volta a descruzá-los, fica batendo com uma das mãos na coxa. Quando chega sua vez, ele gruda a nota no guichê, com a mão aberta; o funcionário carimba um recibo e o passa por baixo do vidro. Peter vê o pai pegar o comprovante amarelo no guichê, vê como fecha o punho sobre ele quando vem ao encontro deles.

"Pegou tudo?", seu pai pergunta.

Peter pega o papelzinho das mãos do pai. Os três se aproximam.

O pai vai contando os itens nos dedos. "Comprovante?"

"Aqui."

"Cartão de embarque? Passaporte?"

"Aqui. Aqui."

"Cheque?"

"Aqui."

"O visto? E a carta?"

"Aqui."

"Todas as suas informações de viagem?"

"Aqui."

"E o dinheiro. Cuida bem dele."

"Vou cuidar."

Então, de repente, depois de todos aqueles anos de espera, eles estão aqui. Mais tarde, sempre que Peter lembra desse momento, ele imagina a si mesmo com a cabeça abaixada e os braços estendidos na lateral do corpo: uma das mãos tentando conter o passado, a outra, o futuro, exatamente como Moisés abriu o mar. Naquele espaço silencioso entre aquelas enormes paredes negras, se ao menos tivesse força suficiente nos braços, ele teria mantido o resto do mundo longe deles, criaria um espaço para mantê-los todos seguros, para mantê-los juntos. Mas ele não podia. Aquele momento mesmo já estava se esvaindo; o pai já parecia encolher diante de seus olhos; ele já não era mais seu pai, e sim um homem velho, no fim de uma longa jornada, tirando um pesado fardo das costas.

Peter sente uma bola se formar na garganta, mas ele a engole: não há lugar para choro aqui. Paul havia cumprido seu papel. Papai havia cumprido seu papel. O resto era por conta dele: agora era ele quem deveria cumprir seu papel. Ele se vira primeiro para a mãe. Seus dedos a seguram pelos ombros; abraçada contra o peito, ele a sente engolir em seco diversas vezes.

Depois, seu pai. Os curiosos se aproximam.

"Tudo de bom", diz o pai, enquanto eles apertam as mãos.

Ele se vira para partir. Os caipiras ficam assobiando enquanto ele atravessa o corredor improvisado em direção ao controle de segurança: *Tchau, tchau, boa viagem. Nos encha de orgulho!* O guarda dá uma boa olhada em seu passaporte, não por nenhum motivo oficial, mas sim por pura xeretagem, e olha por cima do ombro para os pais, examinando-os. Peter pega os documentos de volta, atravessa a porta, para por um momento para reorganizá-los. Ele consegue sentir os olhos em suas costas, dos pais, dos curiosos, todo mundo esperando que ele se vire e dê um último aceno de adeus. Mas, agora, isso tudo acabou; ele precisa se concentrar apenas na tarefa que tem pela frente.

22

Naquele outubro, assim que os resultados das provas saíram, padre Kavanagh dirigiu até a casinha que os Deyalsingh alugaram em St. James, na parte ocidental de Port of Spain, um envelope de papel pardo no assento ao seu lado. Ele empurra o portão para abri-lo, fica esperando, na varanda minúscula, que eles abram a porta da frente. Joy olha por entre as grades da janela e acena. Clyde destranca a porta e sai para a varanda: ele olha para o envelope, leva a mão ao peito.

"Entre, entre, padre", diz Clyde. Padre Kavanagh sabe que ele não gosta de conversar na varanda, com os transeuntes passando tão perto na calçada movimentada na frente de sua casa. Clyde se senta em sua poltrona — ele trouxe a poltrona de La Sagesse e, em determinada altura, mandou reformá-la —, e padre Kavanagh puxa uma cadeira de plástico toda detonada debaixo da mesa. Clyde fica segurando o envelope, olhando com frequência para o quarto, onde Joy está se arrumando.

Quando ela sai de lá, se senta no braço da poltrona, ao lado de Clyde, e ele põe os óculos para ler. Padre Kavanagh espera. Ele sabe que não há muita coisa ali: é uma única folha de papel timbrado do Ministério da Educação de Trinidad & Tobago; algumas linhas datilografadas, levemente fora de prumo. "Confirmação Oficial do Ministério. Medalha de Ouro concedida a: Peter Deyalsingh. Escola: St. Saviour's College, Port of Spain." Abaixo disso, uma assinatura ilegível feita com caneta esferográfica azul.

Mais cedo, houve comemorações e aplausos na sala do diretor, e padre Malachy ergueu o envelope sobre a cabeça como se fosse um troféu. Agora, padre Kavanagh está sentado em silêncio na cadeirinha de plástico enquanto Clyde e Joy ficam olhando para a carta. "Ele conseguiu!", diz Joy. Depois de muito tempo, Clyde diz: "Ele conseguiu".

Padre Kavanagh faz um café para eles, e logo o telefone começa a tocar. Padre Malachy liga para se assegurar de que as notícias chegaram a eles e lhes dá os parabéns. O ministro da Educação liga. O professor de matemática de St. Saviour's liga, o professor de Peter na escola primária liga, irmã Frances, da escola primária, liga, seus vizinhos ligam, seus parentes ligam, o *Trinidad Guardian* liga, os diretores de outras escolas ligam. Parabéns, todos dizem. Parabéns, parabéns, parabéns.

"Padre, você me faria um favor?", Clyde pergunta. Ele está, aparentemente, um pouco atordoado.

"É claro."

"Eu quero me deitar um pouco", ele diz. "O senhor poderia atender as ligações por mim?"

Padre Kavanagh assume o telefone. "Vou transmitir seus parabéns a ele", o padre diz para cada um que liga, anotando seus nomes num pedaço de papel. Ele conversa com uma sra. Bartholomew, que era sua vizinha; a filha de uma certa sra. Des Vignes, que falecera recentemente. Joy lhe traz um prato de comida, fica parada de pé ao seu lado enquanto ele come.

Joy foi até a Rose House há algumas semanas e pediu a sua ajuda. Ela precisava falar com alguém, ela explicou, com alguns homens, mas não podia ir sozinha. "Se você vier comigo", ela disse, "eles vão ver que estou indo apenas pra conversar, não pra criar nenhuma confusão."

"Por que você não vai com o Clyde?"

"Não posso ir com o Clyde, padre", ela disse.

Eles foram até o lugar onde um desses homens morava. O homem usava apenas uma cueca samba-canção, sentado em sua cama. Ele parecia ser um homem normal; padre Kavanagh ficou com a impressão de já ter passado por ele na rua. Ele estava comendo *pepper mango** de dentro de uma sacolinha plástica: o indicador e o dedão estavam vermelhos daquela coisa.

"Não vim criar problemas", ela disse. "Não vim trazendo a polícia, nem um bando de homens. Somos somente eu e o padre. Mas ele não vai falar nada pra ninguém. Ele não pode fazer isso, é a religião dele."

O homem se sentou apoiando os cotovelos nos joelhos, as pernas bem abertas, chupando os pedaços de manga.

"O que você fez com o corpo?", Joy perguntou ao homem.

Primeiro ele negou, mas ela disse mais uma vez que só queria saber. "Eu preciso saber", ela disse. "Ele era meu filho, você sabe disso! E nós somos hindus. Temos rituais e essas coisas."

Finalmente, o homem disse que eles jogaram o corpo no mar. "No fundo, bem no fundo", ele disse. "Não tem como encontrar."

Joy perguntou, elevando a voz, como se estivesse tentando sentir-se corajosa: "Ele sofreu muito?".

"Não, não", disse o homem. "Eu não sou cruel desse jeito. Ele não sofreu."

Padre Kavanagh caminha pela casa até o quarto. "Clyde?", ele chama. A porta está entreaberta, ele consegue ver os pés descalços de Clyde na ponta da cama. "Clyde?" Ele empurra um pouco a porta. Clyde está deitado de costas, um braço esticado em cima do colchão, a outra mão cobrindo os olhos.

---

* Conserva de manga com pimenta. [N.T.]

Padre Kavanagh tira as roupas de cima da cadeira, se senta. Senta-se da mesma maneira que se sentaria num confessionário, bem reto, as mãos unidas, repousando sobre o colo. O ventilador está desligado e o quarto está quente, as cortinas ainda estão fechadas, os lençóis amarrotados do sono da noite passada. Ele fecha os olhos para bloquear tudo aquilo, pede a Deus que lhe mostre como ajudar esse homem neste momento de angústia.

"Se você pedir perdão a Deus", ele diz, suavemente, "Ele o dará a você."

O homem talvez esteja chorando, é difícil dizer com a mão lhe cobrindo os olhos daquele jeito. Padre Kavanagh estica o braço e segura a mão de Clyde. Clyde a aperta com força; padre Kavanagh aperta de volta, surpreso com a força de seus próprios braços, tão pouco usada nesses últimos anos. Sem a mão cobrindo os olhos, padre Kavanagh pode ver agora, claramente, as lágrimas brotando, escorrendo pelas têmporas.

*

Eles não esperavam ver Peter novamente, no mínimo, até o verão, mas o dinheiro da bolsa de estudos do governo tinha sido adiantado, e agora havia dinheiro para tudo: as anuidades de Harvard, as refeições de Peter na cantina da universidade, seus livros, roupas, plano de saúde, e ainda sobrava dinheiro pra gastar e mais duas passagens de avião para Trinidad todo ano. Ele tinha partido no final de agosto e já estava de volta para as festas de fim de ano, usando suas novas roupas americanas, a camiseta de Harvard e os tênis da Nike, e cheirando a enxaguante bucal e loção pós-barba. Peter tinha tirado a carteira de motorista no verão passado, antes de ir embora; agora, padre Kavanagh, no banco do passageiro do carro dos Deyalsingh, fica assistindo enquanto ele dirige. Tantos rapazes da sua idade querem se exibir, ele pensa: eles dirigem com um braço para fora da janela, ou desviam na última hora dos buracos, ou fazem as curvas muito rápido. Peter não faz nada disso. Ele está com as duas mãos no volante, verifica os retrovisores com frequência, muito embora a esta hora não tenha praticamente ninguém na estrada. É manhã bem cedo, o sol ainda nem saiu.

Em Maracas há apenas um carro estacionado, com seus faróis ligados; eles seguem adiante, contornando a costa norte, em direção a Blanchisseuse. A rodovia se estreita, e o asfalto dá lugar a uma estrada de terra e areia. A vegetação nos dois lados é escassa, decrépita, pontuada pelos coqueiros altíssimos e por suas silhuetas medonhas sob a luz da alvorada. Eles estacionam numa clareira e caminham até a areia. Peter trouxe uma lanterna, mas eles não precisam dela: os primeiros raios de sol estão atingindo os morros atrás deles, o céu despertando como alguma coisa que incendeia.

Eles já tinham falado sobre o que Peter veio fazer aqui. Clyde e Joy não quiseram vir. "Isso não é muito o estilo do Clyde", Joy explicou, "mas é uma coisa que eu preciso. Preciso saber que alguém fez uma prece, para que sua alma possa descansar em paz."

Peter se senta na areia e tira os tênis. Não há mais ninguém ali, exceto um cãozinho marrom e branco fuçando numa lata de lixo. Ele fareja na sua direção, depois se senta na areia e fica olhando para eles. Peter enfia suas meias dentro dos tênis, ergue as calças até pouco abaixo do joelho. "Eu devia ter trazido um calção de banho", ele diz. Coloca a chave do carro dentro do tênis, fica de pé novamente. Padre Kavanagh tira os sapatos, ergue as calças um pouco acima dos tornozelos, se levanta. Peter olha para ele em silêncio e depois caminha pela praia até a beira do mar. A luz agora já é mais clara, ele precisa proteger os olhos.

Padre Kavanagh o acompanha lentamente, sentindo-se como se estivesse caminhando em direção à beira de um precipício. O mar pode parecer raso no início, onde ele consegue ficar de pé com a água batendo em seus tornozelos, mas, depois daquilo, há uma tremenda depressão em direção ao nada, e existe apenas a enorme força da corrente e a potência das ondas quebrando. Ele para na beira, onde a espuma lhe molha os dedos (como ela se mexe rápido!) e depois é absorvida pela areia e recua.

"Aqui", ele diz. "Vamos parar aqui."

Peter já está com a água pelos joelhos. Ele olha para trás, o vento ondulando seu cabelo. Padre Kavanagh quer dizer, numa voz tranquila, que não sabe nadar, que não gosta de água. Mas em sua mente ele enxerga as profundezas turvas e obscuras, as marés subindo traiçoeiramente. A espuma gelada, não branca, e sim rosa-dourado nessa luz, toca seus dedos; ele puxa os pés para trás.

"Vem", diz Peter. Ele volta, as calças enroladas já escurecidas pela água do mar. "Pegue a minha mão." Às suas costas, o céu resplandece. Padre Kavanagh vai se aproximando lentamente dele. E consegue enxergar agora o que Clyde sempre enxergou — que Peter, realmente, não era como um de nós, que ele era feito de ouro, de ouro puro.

Padre Kavanagh segura sua mão e segue Peter enquanto ele avança pela água, entrando no mar.

Agradecimentos

Estou em dívida eterna com minha irmã, Jennifer Adam, por ter lido cada versão deste romance, e pelas muitas horas de discussão pelo Skype. Por sua leitura e por sua opinião crítica, agradeço também a Jeremy Taylor, em Trinidad; Jo O'Donoghue, em Dublin; Ardu Vakil, da Goldsmiths; Jacob Ross, que foi meu mentor em 2016 como parte de um projeto comandado pela Word Factory de Cathy Galvin, em Londres; Willy Kelly; Alice Kelly; Mary Adam.

Obrigada a minha agente, Zoë Waldie, da Rogers, Coleridge & White, por ajudar este livro a encontrar um lugar neste mundo.

Obrigada, Mitzi Angel, pelas palavras certas nos momentos certos, pelo espaço, pelo título. Me sinto honrada de fazer parte da família Faber & Faber: obrigada, Stephen Page, Alex Bowler, Louisa Joyner, Rachel Alexander e Maria Garbutt-Lucero.

Em Nova York, Alexis Washam teceu comentários detalhados e perspicazes sobre o manuscrito; sou grata a ela e a toda a equipe da SJP for Hogarth pela sua paixão e por terem acreditado neste livro, especialmente Sarah Jessica Parker, Molly Stern e Rachel Rokicki.

Para minha família: obrigada, Mãe, Pai, Ian, Jenny (de novo) e Judy, pelo apoio e incentivo ao longo dos anos; obrigada, Sophie e Benji, por compartilharem a mesa da cozinha com as minhas pilhas de papel e por compartilharem uma parte da sua infância com este livro; e obrigado, Nick, por tornar tudo isso possível.

Golden Child © Claire Adam, 2019. Todos os direitos reservados.
Publicado originalmente em 2019 por Faber & Faber Limited.

Todos os direitos desta edição reservados à Todavia.

Grafia atualizada segundo o Acordo Ortográfico da Língua
Portuguesa de 1990, que entrou em vigor no Brasil em 2009.

capa
Flávia Castanheira
ilustração de capa
Mariana Zanetti
composição
Jussara Fino
preparação
Manoela Sawitzki
revisão
Jane Pessoa
Tomoe Moroizumi
Valquíria Della Pozza

Dados Internacionais de Catalogação na Publicação (CIP)
— —
Adam, Claire
Menino de ouro: Claire Adam
Título original: *Golden Child*
Tradução: André Czarnobai
São Paulo: Todavia, 1ª ed., 2020
272 páginas

ISBN 978-65-5692-080-1

1. Literatura inglesa 2. Romance 3. Ficção contemporânea
I. Czarnobai, André II. Título

CDD 823.92
— —
Índice para catálogo sistemático:
1. Literatura inglesa: Romance 823.92

todavia
Rua Luís Anhaia, 44
05433.020 São Paulo SP
T. 55 11. 3094 0500
www.todavialivros.com.br

fonte
Register*
papel
Pólen soft 80 g/m²
impressão
Edições Loyola